『ユリシーズ』の詩学

The Poetics of *Ulysses*

金井嘉彦 著

東信堂

はしがき

ジョイスは文体に取り憑かれていた作家といえる。時代は下るが、あるとき弟が政治の話をしようとしたとき、「文体にしか興味がないんだ」といってそれを制した逸話が残っているほどである（Joyce, Stanislaus, 23）。しかしジョイスがいったことがあながち嘘でないことは、ジョイスが書いたものを実際に見渡してみるとよくわかる。『ダブリナーズ』、『若き日の芸術家の肖像』（以下『肖像』と略す）と、そのもとになった『スティーヴン・ヒアロー』、『ユリシーズ』、『フィネガンズ・ウェイク』を眺めてみるだけでも、大きく変化を遂げていくジョイスの文体が見える。単純に変わったということではない。自分のではない文体を、自分の作品の中に取り込み、記録していくその様にはもはや尋常とは呼べない熱意が感じられる。一方自身の文体については、時を経るごとに複雑さの度合いと凝縮度を増していく。これほど自身のではない文体を求めた作家はいない。これほど自身の文体を変えた作家もいない。ジョイスは、文体を求める作家であった。

ジョイスにとって文体はテクニカルなものではない。テクニカルなものであるなら、これはと思えた文体をそのまま使うことができたはずだ。ジョイスにとって文体は、表現をするための手段を超えている。文体は、表そうとすることが必然的に帯びなくてはならない形式のことであり、その意味においては、表そうとするものそのものであった。文体は、変わりゆく自分と、変わりゆく自分のまわりの世界を目の前にしつつ、芸術家としての自分、ほかの——時代と場所の——芸術家とは違う芸術家である自分を、まわりの世界につなぎ、そこに向かって表すための「ことば」であり、したがって、それを見つけること自体が作品を生み出すことと等価となる。『肖像』が描くのはまさにその点である。しかし、その『肖像』で宣言したように、宗教や国家と同じく人間にイデオロギー的な力を及ぼす言語というものに、対抗をしつつ、その「ことば」を見つけることは、凡人の想像を絶する苦行であったはずだ。

そのようにして得た文体でジョイスが書いた小説『ユリシーズ』は、内容の小説というよりは、文体と形式の小説となる。その意味するところは、小説の中で起こることが一義的に重要となるのではなく、文体と形式が、それよりも高い次元において意味を決定する、ということである。『ユリシーズ』の文体と形式は、小説の中で起こることをもとにして、あるいはそれとは別のところで、意味を付け足す。それは、装飾であったり、意味の補足であったり、意味の軌道修正であったり、新しい意味の示唆であったりする。そのようにして意味を形成する様々な作用を本書では広く詩学の名のもとでとらえ、その有り様の解明を試みる。

第I部においては、『ユリシーズ』を彼が書いた全作品——『フィネガンズ・ウェイク』、『肖像』、『ダブリナーズ』——の中に置きつつ、その作品の基本的なあり方を探る。「文体の詩学」と表題をつけた第II部においては、『ユリシーズ』の文体の基本的な分析を示すとともに、ジョイスが『ユリシーズ』の文体によって表そうとするものについて考察を加える。第2章においては、『ユリシーズ』の文体が示す変化を語りの上での距離という点から考察をし、それをジョイスが影響を受けたヴィーコの歴史観との関連で見ていく。第3章では、『ユリシーズ』の謎として有名なマッキントッシュの男の謎を取り上げ、この謎が持つ特殊な二面性，つまり，謎であると同時に謎でないという二面性が、

『ユリシーズ』の文体の動きと密接な関係を持つことを見ていく。第4章では、『ユリシーズ』第五章においてブルームがヘンリー・フラワーとなることで、ジョイスの作品の中に花開かせたものについて考察をする。第5章では、『ユリシーズ』第十章を取り上げ、そこに描かれるダブリンという街が、文体によって確固としたものにされると同時に内側から危ういものにされていくのを見ていく。

第Ⅲ部では、バフチーンのカーニヴァル論を援用し、『ユリシーズ』に色濃く現れるカーニヴァル的な側面を分析する。第6章においては、文体の動きの中でも示されたスティーヴンとブルームを引き下げる動きを、否定的であると同時に肯定的な意味をも持つカーニヴァル的な「格下げ」ととらえ、それにより導かれていった先にある、祝祭気分に満ちたカーニヴァル的世界で、ある種の「改新」が救済として示されるのを見る。第7章と第8章においては、カーニヴァル的世界において特徴的に起こる、ものの垣根が取り払われ、他のものと混じり合い新しい意味を帯びたものになる現象を、『ユリシーズ』に見られる「ブリーヴン」と「ストゥーム」に向かう物語にたどる。第9章は、下へと向かう力が働いている『ユリシーズ』において、その力の発生源となる大地、地球としてモリーがあることを見ていく。

第Ⅳ部では、一九〇九年にダブリン初の映画館ヴォルタ座を作ったジョイスが、映画を自らの作品世界の中にいかに反映させているのかについて考察していく。第10章では『肖像』執筆の過程をたどりながら、そこにすでに見られる映画の影響が、『肖像』という作品を今ある『肖像』にしたことを見ていく。第11章においては、『ユリシーズ』の映画性を、通常取り上げられない部分を中心に見ていく。第12章においては、『ユリシーズ』の映画性というときにテーマとして取り上げられることの多いモンタージュを、『ユリシーズ』の根本的なあり方との関係で考察する。

『ユリシーズ』の詩学／目　次

凡　例

1　文体や語義を論じる場合には、必要に応じて和訳のほかに原語表記を加えている。訳は自分の訳を基本としたが、集英社版の『ユリシーズ』を参考にした箇所もある。

2　引用文の出典は引用文に続けて（著者名、ページ数）の形式で示してある。同一著者に複数の著書がある場合は、著者名に年号を加え、（著作名、年号、ページ数）で記してある。文献については巻末にまとめてある。

3　注は巻末にまとめてある。注が煩雑とならないように、出典箇所・参照文献を示すものについては、できるだけ本文中に（著者名、ページ数）の形式で書き入れてある。同一著者に複数の著書がある場合は、著者名に年号を加え、（著作名、年号、ページ数）で記してある。文献については巻末にまとめてある。

4　ジョイスの作品からの引用は、基本的には（　）内に、略号で示した作品名、ページ数という形で示すが、『ユリシーズ』の場合には、略号Uに続けて章番号と各章を通してつけられた行数で示している。作品の略号および典拠とした版は以下の通りである。

U：『ユリシーズ』：H.W. Gabler (ed.), *Ulysses* (New York: Garland, 1984)

D：『ダブリナーズ』：Robert Scholes and A. Walton Litz (eds.), *Dubliners: Text, Criticism and Notes* (Harmondsworth: Penguin, 1967)

SH：『スティーヴン・ヒアロー』：*Stephen Hero* (1944; London:Jonathan Cape, 1975)

P：『若き日の芸術家の肖像』：Chester G. Anderson (ed.), *A Portrait of the Artist as a Young Man: Text, Criticism, and Notes* (London: Penguin, 1977)

FW：『フィネガンズ・ウェイク』：*Finnegans Wake* (London: Faber and Faber, 1975)

『ユリシーズ』の詩学

第Ⅰ部　序　論

第1章 『ユリシーズ』の詩学

読んでも読めない『ユリシーズ』

「『ユリシーズ』を読むことはできない。できるのは再読することだけだ」(Frank, 21) という有名になった言葉が意味するところは二つある。一つは、初めて『ユリシーズ』を読む読者には『ユリシーズ』を理解することはできない、ということであり、もう一つは再読すれば理解できる、あるいは理解は再読から始まる、ということである。なぜ『ユリシーズ』には「読んで」も「理解する」ことができないという矛盾が生じるのであろうか。「読め」ば「理解できる」のが普通ではないのだろうか。再読をすれば理解できるというのはどのようなことなのだろう。初読後の「理解」と再読後の「理解」にはどのような違いがあるのだろうか。このようなことを可能にする小説があるとすれば、それはどのような仕組みによるのだろう。このようないくつかの問いに対する答えをすでに持っているであろうからこそ発せられたこの言葉には、思い切りと深い洞察がある。ジョイスを知る者であれば、あるいは『ユリシーズ』をすでに何度も読んでいる者であれば、当然のことと理解している認識を簡潔に表したこの言葉には、『ユリシーズ』の本質――の少なくとも一部――を示すものがある。この言葉が文字通り意味することと、この言葉が示すと今書いた、『ユリシーズ』の本質、あるいは本質の一部が、同じかどうかを、とりあえず問題としないのであれば。

『ユリシーズ』は「読んで」も「理解する」ことができないというのは、「理解する」のに必要な文脈を初読の読者は持てない、あるいは持っているにしてもそれでは十分ではないことを通常指す。『ユリシーズ』は、情報量の多い――あるいはディテールが豊富、といってもよい――小説である。一九〇四年六月十六日木曜日午前八時頃から翌朝未明にかけて起こったことが、入手しやすいペンギン版のページ数にしておよそ六四〇ページにわたって書かれている。確定版が出版されて以来各版のページ数で示すというよりは、固定されたテクストの行数で参照箇所を示すようになった（その意味ではどの出版社・版でも変わらない）その行数でいうと二万五五四二行の大作である。そこに、当時のダブリンの街の様子、そこに住む人々の様子、時間の経過とともに起こること、時間の経過とともに揺れ動き変化する登場人物の考えや感情、想起される思い出、記憶が描かれる。ダブリンの街についていうなら、ジョイスが「たとえこの街が消えたとしても、『ユリシーズ』をもとに再構成できる」と豪語したほど詳細に描かれる（Budgen, 67-68）。通りの名前、建物の名前、店の名前が、そこに住んでいる、あるいは住んでいた経験のある人たちには既知のものであるにしても、そこに住んでいない者にとっては目新しいものというレベルを超えて、どのようなものであるか想像することも相互の関係を想像することもできない未知のものとして提示される。登場人物たちについても同様のことがいえるが、これについては街の様子についてある既知のものと未知のものとの絶対的差、あるいは断絶は、多少緩和される。というのも、ジョイスの作品は、奇妙なほどに登場人物を同じくするからである。『ダブリナーズ』や『若き日の芸術家の肖像』（以下『肖像』と略す）で描かれた人物が、『ユリシーズ』に再度登場人物として現れたり、人の話や思考の中に出てきたりする。少し例を挙げるだけでも、『ダブリナーズ』のレネハン、ホロハン、シニコー夫人、『肖像』のスティーヴン、サイモン・ディーダラス、リオーダン夫人などが思い浮かぶ。時間の経過とともに現れることとは、それぞれの時間と場所において起こることの意であるが、これは少しいい方を変えるなら、時間あるいは場所が変わることが生み出す事柄といってもよい。時間と場所の変化は、必ず描くべきことを生み出す。

問題はその情報――あるいはディテール――の提示の仕方にある。小説とは、概して、情報量ゼロの地点から出発して、作品世界という虚構を維持しつつも、すべてを知らせないことにより生じる緊張感を物語を進める原動力の一つとし、最終的にはそれぞれの小説に含まれる情報量全体を開示する地点へと読者を導く過程である、という――あまりに技術論的すぎておもしろみのない――見方をすることができるとするならば、『ユリシーズ』の場合には、三つの特徴があることに気づく。一つには、始まりの時点の情報量と終わりの時点で最終的に得られる情報量との差があまりに大きい。これは情報量の絶対量が多いことから生じる。それは、『ユリシーズ』という作品にある、すべてを記録しようとする志向性に、少なからずよっている。すぐに目につくものとしては、当時のダブリンの通りや店の名前、当時流行っていた様々な歌、多種多様なジャンルの文体や、文学史において使われた数多くの文体を挙げられよう。細かいものでは、第七章において、考えられ得る修辞的技法すべてを網羅的に取り込もうと試みている例を挙げられる。その量が尋常ではないことは、ドン・ギフォードが『ユリシーズ』につけた注釈の厚さを見ればわかる。このすべてを取り込まずにはいられないその強迫観念的な衝動の背後には、なにかしらの怖れすら感じられる。このすべてを記録しようとする百科全書的な傾向が、『ダブリナーズ』や『肖像』で別個に扱っていた人物たちを『ユリシーズ』において一同に会させているとさえいえるかもしれない。

特徴の二点目は、登場人物と読者との間に情報量という点で奇妙なねじれがある点を挙げられよう。つまり、同じ始まりの時点をとってみても、読者の方が持っている情報量がほぼゼロに等しいのに対して、登場人物はその作品世界の中に生きてきただけの情報量を持っているのである。つまり、読者はなにも知らなくても、登場人物は、あたかも『ユリシーズ』が取り上げる一九〇四年六月十六日に至るまでの時間を生きてきたかのように、読者が知らない事柄も知っているが、それについて読者の側が知識を持っていないことについては知らない。いおうとしているのは、要するに、登場人物は『ユリシーズ』の舞台となるこの日までの歴史を持ち、読者には知るすべのないその歴史を読者も知っているかのように振る舞う、ということである。たとえば、『ユリシーズ』の主たるテーマの一つであるスティーヴンとブルームとの出会いについてみても、スティーヴンとブルームがこれまでどのような関係にあったのか、お互いに知っていたのかを読者は知らないが、当のスティーヴンとブルームは、第十七章において明らかにされるように、お互いを前もって知っていたし、これまでにも何度か会っている。一方(登場人物)は知るがもう一方(読者)は知らない状況は、広い意味でのドラマティック・アイロニーを生み出す。そのドラマティック・アイロニーを解消しようという意識は、当然のことながら、登場人物にはない。登場人物は、自分が知っている(が読者は知らない)自分や身の回りのことを、所与のこととして、それについて改めて説明することはしない。

特徴の三点目としては語り手の姿勢を挙げられる。読者や登場人物よりも多くを知っている語り手であるが、その差を埋め、読者により見渡しのきく展望を提供しようという意図を語り手が持ち合わせることはない。語り手はむしろ姿を消そうとしている。この後第II部で詳しく見ていくように、意識の流れを中心とした文体において語り手は、その意識の流れに紛れ込んで姿を見えなくしようとしているし、後半の実験的な文体が使われるところでも、文体的に介入することはあっても余計な説明はしない。

イン・メディアス・レス、あるいは、現在を生きる

二点目、三点目に挙げたことには、もう一つ補足が必要であろう。読者と登場人物間、および読者と語り手間で、

圧倒的な情報量の差ができるのは、『ユリシーズ』の構成原理の一つによる。それは時間をめぐるものである。『ユリシーズ』に描かれることは、地の文の時制が過去形になっていることから、過去に起こっていることがわかる。しかし『ユリシーズ』は現在を中心として描かれる。同様の作られ方のされる小説は他にも多くあるが、その現在の意味が他の小説と比較してもきわだって重要となっている。

過去に起こったことを現在として描くということの意味は、先にも触れたように、登場人物は一九〇四年六月十六日まで生きてきた歴史を持つが、それを所与のこととする、ということである。つまりは、登場人物が持つ過去を、この小説は不自然な形で読者に知らせることはしない、ということである。登場人物は、小説の中で描かれる時間に応じて起こること、目にすること、聞こえること、考えることに反応して、なにかいったり、考えたり、行動をしていくのであり、それ以外の余計なことは一切しない。それは、ちょうどわれわれが普段の生活において個々の時間においてしているのとまったく同じである。われわれは、どの瞬間にであれ、自分の行動や考えの理由や背景を、あたかも突然目の前に見えない聴衆・読者が出現したかのように、説明し始めたりしない。それとまったく同じことを『ユリシーズ』の登場人物は行う。その意味では登場人物は物語の時間、物語の現在を生きているといってよい。

しかし、勘違いをしてはならないのは、登場人物が余計なことをしない・考えない・記さないのは、彼らが、われわれが生きているのと同じ意味で、生きているのではないということだ。確かに彼らはまるでその時間を生きているかのようではある。だがそれは作られたものである。

物語が基本的に過去形で語られることの意味は、その出来事が過去においてすでに一度起こったということを意味している。『ユリシーズ』に描かれていることも同じである。一九〇四年六月十六日に起こっている(ことになっている)。それを、その時点を過去と呼べる時点、つまりはその時点からいえば未来にあたる時点から溯って書いているのである。要するに、小説に描かれていることという点からすれば、すべてが終わり、結末もわかっている時点から物語を書いているということである。だが物語は、まるで現在を一部分だけ切り取って提示するかのごとく、あくまでも現在を基調にして、現在との関係で必要となる過去以外には触れず、またあたかもその先のことはわからないかのように装いつつ進む。あるのは現在だけで、第一章から第十八章までが現在として進む。スティーヴンは第九章で「現在に、ここに、しがみつくんだ。あらゆる未来がそこを通って過去の中になだれ込んでいくのだ」といっているが（U 9:89）、『ユリシーズ』もまたその現在にしがみついている。

ここで重要なポイントは三つある。一つは、『ユリシーズ』は現在を基調とすることであり、二点目は、過去に起こった事柄を現在に再構成しているということであり、最後の一つは、ゆえにその「現在」は偽物であり、作られた現在であるということである。『ユリシーズ』は、すでに起こってしまった過去を、その過去からすれば未来にあたる時点から、現在に再構築する。『ユリシーズ』に何度か現れる「レトロスペクティヴ・アレンジメント」（"a retrospective arrangement"）という言葉はこのことを指し示すヒントとなる。

堆積する情報——あるいはディテール——

この結果、『ユリシーズ』においては、情報——ディテールといってもよいが、情報という味気ない言葉で表現する方が、これから述べようとすることには合うかもしれない——はただただ貯まっていく。時の流れの中で新しい状況が生まれるに従い、登場人物がそれに反応し、行動し、考え、しゃべることが、情報となっていく。その意味では、『ユリシーズ』における情報は、川の流れ——リフィー河であればなおよい——に運ばれた砂が河口に堆積するように、ただただ堆積する、といってもよい。「ただただ」という副詞で強調していることは、情報が、ほんの一部を除いて、他の情報と結びつかないまま増えていく様であり、情報が増えていっても、ある形を帯びないことである。

二つのイメージがここで浮かび上がる。一つは、第二章に描かれるスティーヴンとディージー校長のやりとりである。ディージー校長が歴史とは神の顕現という一つの目的に向かうものととらえるのに対し（U 2: 380-81）、スティーヴンは歴史とはそこから目覚めるべき悪夢だと考える（U 2: 377）。歴史と物語は、フランス語ではどちらもイストワール（histoire）と呼ぶことに示されているように、根源的にはどちらも同じものである。ディージー校長がいうことにスティーヴンが反発をするのは、『肖像』において描かれていた芸術家が示すべき宗教的なものへの反発からでもあるが、それと同時にそこには、物語あるいは歴史が神という唯一のものによって意味を与えられることへの反発がある。第二章で子どもたちを相手に歴史の授業をしながらスティーヴンが考えるように、歴史とはあまたある可能性の中の一つのみを現実化し、その他の可能性をそれと同時に排除する、いかんともしがたい時間の作用を指す。そうして出来た歴史が悪夢であると叫ぶことは、実際の歴史が示す暴力性に対する嫌悪を示すのと同時に、そのようにしてあまたある可能性の中から一つだけを選び他を排除することに含まれる力ずくの選択、すなわち暴力、に対する憤りがある。スティーヴンが求める歴史においては、可能性は相互に排除しない。それが可能であるかどうかは別として。『ユリシーズ』が求める物語も、可能性を互いに排除しない。たくさんの情報が、形を帯びずにただ与えられることの意味は、そこにあるのだろう。

もう一つのイメージは、テクストという、文字（情報）が入らなければただ白いだけの空間に、あふれんばかりの情報が入り込むそれである。『ユリシーズ』のあとに書かれる『フィネガンズ・ウェイク』においてより強まるこのイメージには、ケルトの文様を想起させるものがある。自然は真空を嫌うというスピノザの言葉を文字通り表すがごとく、空間を埋め、狭い空間にまで入り込んでいく文様。外側に向かっても内側に向かっても、どこまでも続いていくこうとする文様の連鎖。空隙への畏れなのか、神の栄光を讃えるために全体を覆おうとしているのか、もはや区別つかない程度にまで増殖をする文様。そんな文様のごとく、『ユリシーズ』における情報は、テクストを覆い尽くし、そしてまたそれを読む人間という器の中に満ちようとする(1)。

形を帯びず堆積していく情報——あるいはディテール——は読者を惑わす。情報の整理は通常小説側・語り手側の責任において行われる、あるいは行われるべきことと考えられるが、『ユリシーズ』においては読者がその役割を果たさなくてはならない。ロラン・バルトのいう区別を使うなら、『ユリシーズ』は、リーダーリー・テクストではなく、オーサーリー・テクストである (Barthes, 10-11)。「アトムのように心に降り注ぐ」(Woolf, 9) 情報に読者が形を与えなくてはならない。形のないものには形を与えなくてはならない。それが理解ということだ。第一章において、マーテロ・タワーから泳ぎに行こうと海に向かう一行を描くくだりに突然割って入る、あるいはあまりに自然に入る、水死をした人がそろそろあがりそうだという誰が発したのかよくわからない台詞も、第一章が終わって第二章に入るとスティーヴンがすでにディージー先生の学校で授業をしている場面の急な切り替えも、第三章で続く意識の流れの道筋もすべて読者が理解しなくてはならない。第三章が終わって、この小説は『肖像』同様スティーヴンの物語なのかと思い始めた読者の目の前に突然ブルームが、しかも時間を第一章の始まった時間に戻して現れることも、第七章に入る新聞の見出しのようにも見えるものも、第十章においてある人物を描いていたはずのセクションに突然他の人物の描写が入ることも、第十二章や第十四章でブルームがなぜか騎士に姿を変えて登場することも、第十五章においていないはずの人が現れ、起こるはずのないことが起こる不思議も、みな読者の理解にゆだねられる。しかし、当然のことながら読者には理解できるとは限らない。ほとんどの読者に起こることは、なにがなんだかわからずにただ混乱することだけであろう。それは一般読者だけに起こることではない。『ユリシーズ』が発表された当時の批評を見れば、同じことが作家や批評家にも起きていたことがわかる。『ユリシーズ』にあるのは混沌だと批判されていた（Aldington, 333-41）。『ユリシーズ』はまさに読めないのである。

では再読をすればできる理解とはどのようなものであろうか。『ユリシーズ』を初めて読んだ段階で読者にできていることは四つある。一つは、小説のいわゆる筋と登場人物の理解である。スティーヴンとブルームとが出会い、そしてまた別れていく大筋の中に、ブルームがマーサ・クリフォードという女性と密かに手紙のやり取りをしている様子、友人ディグナムの葬式に参列する様子、広告取りの仕事をしている様子、妻とボイランとの関係に悩む様子、ユダヤ系であることから他のダブリン市民によそ者扱いされたり批判されたりする様子、妙な因縁でスティーヴンと何度か会い、最終的には彼を自宅にまで連れて帰るようになるいきさつが書き込まれているのを知る。二つ目は、中に書き込まれた物語の背景となっている事実の理解である。たとえば、前日がミリーの誕生日であったこと、この小説の舞台となっている日時や、ブルームの体重、ブルームがこれまでどんなところに住んでいたか、どんな人と交流があったか等々を知ることになる。三つ目は、小説中に書き込まれていることの関連づけである。それにより、たとえば第十二章に現れる「市民」とガーティーは血縁で結ばれ、第十三章のガーティーは第十五章にも出てくるがどうやら第十三章のガーティーが実際に出てきているのではないこと、第四章でブルームが回想する医者と第十四章でブルームを迎えてくれる医者が同じであることがわかる。目の利く読者であれば、さらには、第一章で言及される小さな雲が第四章にも現れること、マリガンに鍵を奪われたスティーヴンが、履き替えたズボンに鍵を入れたままにしてきたブルームと同様、鍵を持たずに一日を過ごすことにも気がつくであろう。四つ目は、すべての情報を、理解や整理がまだできていないにしても、とりあえず受け止めることである。とするならば、再読で行うことは、右記の一と二と三で得られた理解をもとに、四の未整理分をできる限り理解をすることとなる。一度『ユリシーズ』を終わりまで読んだことから、とりあえず書かれている事柄を、すべてとまではいかないにしても、記憶に残し、個々の事柄のつながりができたことで見えてくる――どのようにおぼろなものであるにしても――全体像との関係で細部を読み、その全体像を補完する作業を行うことになる。それでもその意味づけ、関連づけのフィルターから漏れるものはたくさん残ることになるだろう。

余剰の美学

『ユリシーズ』は、そもそも情報量の多い小説であるが、余分なものを多く含んだ小説である。この余剰性は『ユリシーズ』においてマイナスの意味を持つものにはならない。むしろ積極的に求められたものと考えるべきであろう。もともと『ダブリナーズ』に収められる予定であった物語が（書簡集Ⅱ、168）、情報量の多い長編『ユリシーズ』へと姿を変えたことがなによりもそれを物語っている。そしてその変貌は、『ダブリナーズ』から『肖像』、『ユリシーズ』、『フィネガンズ・ウェイク』と後期の作品になるに従って文字通りヴォリュームを増していく傾向の中に置いて考えるべきであろう。

余剰性をもたらす契機には二つがある。一つは分節化であり、もう一つは加筆である。分節化とは、事物を分けることを指すが、ここでは、事物をより細かい単位でとらえ直すことと定義しておこう。そのよい例は、たとえば第七章、第十七章に見られる。第七章は一つの流れのある物語を六三のセクションに分けて描く。分けることで各セクションに余計といえば余計な「見出し」をつける。第十七章は全部で三〇九の質問と答えから成るが、それは第十七章で書くべきことを三〇九に分けて書いていることを示す。文節化はその答えの中にも見られる。第十七章は分節化されればされるほど、書かれることが増えることを示す好例といえる。『ユリシーズ』で有名な意識の流れもこの分節化と関わる。従来の表現技法によるのであれば、行動や発言、あるいは語り手による感情の説明という形でしか表せなかった人の有り様は、意識の流れによって、可能性としては限りなく細かく文節化することが可能となる。その意味において第三章や第十八章も分節化の好例といえるだろう。

加筆という言葉で表そうとしているのは、書き加えることである(2)。そのよい例は、たとえば第十二章、第十五章、第十七章に見られる。第十二章には、バーニー・キアナンのパブで起こっていることとは関係のない挿入部がある。そこでは物語の時間は一旦止まり、挿入部が終わると物語は再開する。第十五章にも同じような例が見つかる。この章は幻覚で有名な章であるが、幻覚が始まるところで一旦物語の時間が止まり、幻覚が終わったところで時間が再び動き出すところがある。この幻覚も、本筋との関係でいえば、加えられた部分と読める。しかし、第十二章の挿入部は、その挿入自体に意味があり、余分なものともいえない。第十五章の幻覚にしても、ひょっとすると登場人物自身でさえ意識していないような心の中の欲望や不安や怖れを可視化したもので、それには意味がある。第十七章は、分節化との関係でも挙げた章であるが、加筆とも関係がある。第十七章の質問と答えで示されることは、物語の中で起こっていることとは違うレベルのことであることが少なくない。たとえば、ブルームがお湯を沸かすために水を出そうとする場面には次のような質問と答えが付けられる。

水は出たか？

出た。ウィックロー州にある立方容積二十四億ガロンのラウンドウッド貯水池からは、直線一ヤードにつき五ポンドの初期敷設費で作られた単線および複線パイプからなる濾過装置つき本管の地下水道を通り、ダーグル、ラスダウン、ダウンズ峡谷およびキャローヒルを経て、二二法定マイルの先にあるスティローガン二十六エーカーの貯水池にたどり着き、そこから二五〇フィートの傾斜路を利用した調節タンク・システムを通り、上リーソン通りユースタス橋にて市の境界線に達するのだが、長引いた夏の干ばつと一二五〇万ガロンの給水のため、流水用タンクの基底線以下に水位が落ちていたため、市監察官にして水道技官である土木技師スペンサー・ハリー氏は、水道委員会の指示にもとづき（一八九三年のように、飲用には適さないグランド運河およびロイヤル運河の水に頼らなくてはならなくなる可能性も考慮に入れて）市の水道を飲用以外の目的に使用することを禁止していた。とりわけ、六インチの計量器を経て供給される定量が貧困者一日一人あたり十五ガロンとされているにもかかわらず、同市の法律顧問である事務弁護士イグネイシャス・ライス氏立ち会いのもとに計量器を調べて発見したところによると、南ダブリン貧民保護委員会が一夜に二万ガロンもの浪費をし、それによって他の社会層、すなわち支払い能力のある自立し健康な納税者層に損害を及ぼしていたことが発覚していたためである（U 17: 163-82）。

「水は出たか？」という質問に対しては「出た」ということだけで通常であれば足りる答えに、ここでは余分と形容するのでは不十分なほどの情報が書き加えられている。このような書き方がされる結果、質問と答えという、知りたいことを知るのに最も単純で非主観的で効率的な形式を取っているにもかかわらず、第十七章は読者の知りたいことを示さない章となる。しかし、後に触れるように、第十七章の質問と答えは、その内容というよりは、余分なことに触れるそのこと自体に意味がある。

本筋――というものがあるとして――とは関係ないという意味では余分であるように見えるが、各章でやろうとしていることとの関係で付け加えられたように見える部分よりも、もっと本質的な加筆がある。それは先に確認した現在を中心としての場面の再構成にある。それはジョイスの創作の過程からすると『ユリシーズ』よりももっと早くから起こる。それが最もよくわかる例は、『スティーヴン・ヒアロー』から『肖像』への書き換えに見つけることができる。長くなるが、引用する。

バット神父は、このような普通ではない才能［スティーヴンの才能］についてしかるべき報告を聞いて、ある日スティーヴンを「測ってみる」目的で彼に話しかけてみた。バット神父は英作文の先生が全部見せてくれたよと言って、スティーヴンのエッセイを非常にほめた。彼はその若者を励まし、ダブリンの新聞か雑誌の一つにそのうちなにか寄稿してみてもよいのではないかと言った。スティーヴンはこの励ましが親切心からのものであるがそこに間違いがあることに気がつき、自分の理論を長々と説明した。バット神父はそれに耳を傾け、［スティーヴンは］モーリスがしたよりも早く、すべてその通りだと同意した。スティーヴンは自分の説を非常に力を入れて述べ、彼が文学的伝統と呼ぶものの重要性を説いた。言葉というのは、と彼は言った。ある価値をこの文学的伝統の中で持ち、またある価値を――卑近な価値――を市井において持ちます。言葉というのは人間の考えの容器にすぎないのですが、文学的伝統の中では市井においてよりより重要な考えの容器となります。バット神父は、チョークまみれの手でたびたびあごのところをこすりながら、そして頭を頷かせながら、スティーヴンには伝統の重要性が理解できている、といった。スティーヴンは自分の説を例証するためにニューマンから一節を引用した。

――ニューマンの文章においては、と彼は言った。言葉は文学的伝統にしたがって用いられています。そこにおいてこそ完全な価値を持ちます。通常の語の使用法においては、というのはつまり市井においてはということですが、まったく異なった価値、卑近な価値を持つことになります。「お引き止め《ディテイン》していないとよいのですが。」

――いや、まったくそんなことは大丈夫。

——いえ、そうではなく……

——ああ、そうだね、ディーダラス君、わかっているよ……君の言おうとしていることは……「引き止める《ディテイン》」だね……（ＳＨ 32-33）

この一節が『肖像』に取り入れられるとき、そこには劇的な変化が起こる。まずは、『スティーヴン・ヒアロー』でスティーヴンと神父との会話の前に置かれた、これまでの経緯を説明する地の文——神父はスティーヴンの才能について聞かされており、スティーヴンのエッセイを読んでいた——は消され、この場面に関係したことだけ——フランス語の授業に出ようと思ったが遅すぎたので、次の授業が行われる階段教室に行き、学監がいるのを見つける——が記される。『スティーヴン・ヒアロー』においては、長い地の文の後ろにたった二回の会話のやり取りしか付けられていないが、『肖像』においては、この後四ページにわたる会話文を中心とした場面が続く。アリストテレスとアクィナスの考えを借りた美学理論に始まり、ランプに石油を入れるときに使う漏斗の呼び方の話をコミック・レリーフのように挟みながら、また美学理論に戻り美しいものとはなにかを話す中に、『スティーヴン・ヒアロー』で問題とされた「引き止める《ディティン》」という語の文学的伝統における価値と市井における価値の話が組み込まれる（Ｐ 184-90）。起こったことを起こったこととして描くにしても、それを今目の前で起こっていることに見えるような描写法を取ることで、学監とスティーヴンのやりとりは、生き生きとした場面（シーン）として再現される。『スティーヴン・ヒアロー』においてのように、交わされる会話の要点だけを示すのではなく、それ以外にも交わされた言葉、状況の描写、会話中に思い出されたこと等をも交えることで、実際に会話が目の前で繰り広げられているような印象を抱かせる描写法となっている。

『スティーヴン・ヒアロー』と『肖像』との違いは、まさにこの描写法にある。『スティーヴン・ヒアロー』がジョイスの芸術観に照らして許容できないものであり、この描写法を取り入れた『肖像』が作品として出版されたことは、この描写法の重要性を物語る。『肖像』が芸術家としての自立を描いた小説であることを考えるなら、この描写法を手に入れたことこそが、ジョイスを芸術家たらしめたといってもよいほどである。『ユリシーズ』もこの手法を基本に書かれる。『ユリシーズ』が十八の「エピソード」から成るのはそのような理由による。

今確認したことは、過去に起こったことを、物事が今目の前で起こっているかのように再現する描写法により、その「今」を再構築するのに必要な細部が大幅に書き加えられたということである。もう一つ確認しておいてよいことは、『肖像』へと書き換えられるときにその大部分が捨てられることになる『スティーヴン・ヒアロー』の中で、最終版の『肖像』にまで残った——とはいえバット神父という名前は『肖像』では消え、学監としてのみ出てくることになる——バット神父とスティーヴンとのやりとりは、ジョイスがそれをもとに小説を書いていくといっていたエピファニーの一つと考えられる点である。エピファニーとは通常神の顕現を指す言葉であるが、宗教から離れた、あるいは離れようとするジョイスにとって、現れるのは神であろうはずがない。現れるのは、『スティーヴン・ヒアロー』における定義を引用するならば、「言葉や身振りの通俗性にであれ、心の記憶の相にであれ、突然姿を現す精神的意味」("a sudden spiritual manifestation, whether in the vulgarity of speech or of gesture or in a memorable phase of the mind itself") である (SH 216)。ここでは「精神的意味」と訳したが、原文で確認をするのであれば、それにあたるのは "a sudden spiritual manifestation" であるから、「精神的な現れ」「精神に現れるもの」といった意味になる。したがって、この定義が指すのは、人の言葉や身振りに現れたり、回想しているときに突然現れる精神的なものということになる。ジョイスが意図したエピファニーは、『肖像』第四章の終わり近くで鳥の少女の中に現れた美的なものに限らず、卑俗な言葉や身振りに現れる人間の本質も含む。バット神父の例は後者にあたる。

エピファニーが、生活の中でなにかを見て、聞いて、思い出しているときになにかの拍子に感じ取られた、天啓にも似た、いってみれば、個人的な真理の現れであるとすると、そこには三つの重要なポイントがある。その一つは、エピファニーをもたらした情景とエピファニーとの関係は、ある言葉とそれが指し示すものとの間の関係に似て、恣意的であるということである。エピファニーとして感じ取られる深層の意味は、その情景が意味する表層的意味とは異なっており、なおかつ、両者の間には、その結びつかなければならない必然性は一般的にはない、ということだ。『肖像』におけるバット神父とのやりとりでいえば、描かれているのは朝のあいさつとそれに続く会話であって、そこで示されていることが一般的に意味することとは、バット神父の人当たりの良さでもあり得るし、彼が示すスティーヴンに対する好意や、石炭に火をつけることがうまい世俗的知恵でもあり得る。この情景と、スティーヴンにとって重要だった意味――ニューマンが使っていた「引き止める(detain)」という言葉を、スティーヴンがまさに目の前で説いていた文学的伝統において受け取ることができず、市井の意味で受け取ってしまったことに示されるバット神父の卑俗的限界――との間には、必然的な関係はない。

二つ目のポイントは、一点目と関わる。エピファニーをもたらす情景とエピファニーという深層の意味との間の関係が恣意的であり、なおかつ情景がそのエピファニーを表すために用いられるのであるとすると、情景はそのエピファニーを表すための記号として使われることになる。情景は情景が示す意味を表すのではない。その先に真の意味がある。情景はそれを指し示す記号の役割を果たす。

三つ目のポイントとなるのは、エピファニーが具体的な情景から抽出される抽象的な意味であるという点にある。ある情景の中でエピファニーが感知されるとき、情景は一旦概念に変換される。この時点でのエピファニーはまだ材料にすぎない。それを小説に再現するときにエピファニーは完成する。エピファニーは、常にすでに起こってしまっている。それをそれが起こった時点に遡って、その時点を「今」と定めて再現するときに、エピファニーが完成する。具体的な情景を抽象的な概念に変換することで生まれたエピファニーを、その生成の過程を逆にたどり、抽象的な概念から具体的な情景へと再変換することで、エピファニーはエピファニーとして完成する。このとき起こるのが細部の加筆である。『ユリシーズ』に見出せる膨大な細部とは、このような再変換と再構成の過程で生じたものである(2)。

非効率、あるいは現在の美学

今確認したことは、エピファニーとは、ある情景から抽出された精神的な意味を、それが感じ取られた情景に再度戻すことを指すということであり、その後半の過程において細部の膨大な補充が行われるということである。そのことを理解した上で、今度は逆に小説を読むときにどのようなことが起こるか、読者はなにをしなくてはならないのかを考えてみよう。

エピファニーとして抽出された抽象的な意味を具象的な情景に戻すとき、肉付けと膨大な詳細の書き込みが行われることは、今見た通りであるが、であるとすると、それが小説に描かれたのを読む側からするならば、エピファニーは再度その情景の中に隠されることを意味する。「隠される」という表現をここで用いたのは、一つには、すでに確認したように、エピファニーという抽出すべき意味と、それを感じ取ってもらうために再現した現実との間には、圧倒的に非経済的・非効率的な関係があるからである。つまり、読み取るべきエピファニーという抽象的な概念は、小説という形式を取ろうとしないのであればそれを示す抽象的な言葉（たとえば、美とか卑俗性とかといった言葉）で読者にそのまま伝えられ得るが、小説という形式を取るがために、場面に再現して提示をしなくてはならず、そのために膨大な細部の肉付けが必要となるのである。表そうとするエピファニーの、一点に凝縮された意味と、それを表現するために展開しなくてはならない情景との間には、一粒の砂と世界との間ほどの開きがある。通常小説には、作者あるいは語り手が表そうとする事柄とそれを表すために使う表現の間に効率的な関係がある。作者は当然そのことを知っているし、読者もそのようなものとして小説を読んでいく。作者と読者が共通の認識あるいは約束事として共有しているこの効率性を、『ユリシーズ』は顧みない。

「隠される」という表現を用いたもう一つの理由は、これもすでに確認したように、描かれる情景と、その中に読み取るべきエピファニーとの間の関係が恣意的であるからである。恣意的であるということは、描かれる情景が、いつでも必ず、意味されたエピファニーを意味する関係にはないことを意味している。そのことは、読む側からすると読み取るべき意味がどこにあるのかわからないことを意味する。読者が、作者、あるいは語り手が意図したのとは違う意味をその情景から読み取ってしまう可能性が常にすでにあるのである。その意味では、『ユリシーズ』は誤読を必然的に生む小説であるといえよう。

この誤読の可能性は、先に見たスティーヴンの歴史意識からすると歓迎すべきものとなることはいうまでもない。ディージー校長がいうような、いくつもある可能性のうちのたった一つだけが実現していく歴史というナラティヴに反発をするスティーヴンであれば、『ユリシーズ』というナラティヴにおいて、描かれる情景が、いくつもある意味の可能性に開かれている状態はこの上なく好ましいものとなる。そのような小説として描けたことの意味は、ジョイスにとっても、文学の歴史においても大きい。

作者の側の偉業はともかくとして、読む側は大変である。いくつもある意味の可能性の中から自分で意味を選ばなくてはならない。「エピファニーを記すのが文人のつとめ」（SH 216）というのであれば、読者はエピファニーを探し出さねばならない。意味の可能性がいくつもある情景の中で、目をこらしてエピファニーを探さなくてはならない。すでに触れたように、情景がエピファニーを示すための記号の働きをするのであれば、第三章冒頭で記号を読み解かなくてはならないといっていたスティーヴン同様、読者もその記号を読んでいかなくてはならない。

鳥占い師（augur）としての読者

記号としての情景を読む作業は、『肖像』第五章でスティーヴンが図書館の前を飛ぶ鳥を見ながら、考えていた鳥占いに似ている。鳥占いは、鳥が生きるために行う飛ぶ動作に、それとは異なる意味、人間や国にとって大事ななにかしらの意味が込められているとの仮定のもとに、鳥の動作を読む。鳥の動作の意味はいかようにも読むことが可能だが、鳥占い師はその中から一つだけ、人間や国にとって重要な――おそらくは神々からの――メッセージを読み取る。鳥の飛び方から読み取られる最終的なメッセージは、必ずその意味でなければならないというわけではない。鳥の飛び方と最終的なメッセージとの間には必然的な関係はない。この状況はエピファニーを読み取る読者に当てはまるものである。いかようにも読むことが可能な情景から、エピファニーというジョイスからのメッセージを読み取る読者は、鳥占い師のようにこの小説を読まなくてはならない。

エピファニーを生きる

情景を記号として読むという点で共通する鳥占いのメッセージとエピファニーであるが、その中に書き込まれている時間という点では異なる。鳥占いのメッセージは、占いという性質上未来に関係する度合いが高い。求めるメッセージは未来にそれに対してエピファニーの場合は、物語外ですでに一度起こっているという意味で本質的に過去と関係する。すでに起こっているというのは、物語が過去形で語られることに示されているように、基本的にすでに起こったこととして語られることを指している。作者が経験したエピファニーを記すのもこれに含まれる。概して鳥占いのメッセージは未来からやってくるのに対して、エピファニーは過去からやってくるといってもよいだろう。

しかし作品内では、エピファニーは、まだ起こっておらず、これから起こる。より正確にいうなら、読者が読むのに合わせて起こっていく。読者が読むプロセスの中で起こっていく。それはすでに確認したように、エピファニーが現在を中心とした場面として小説内に再現されているからである。これによりエピファニーは「今」という時間を与えられる。語り手あるいは作者がエピファニーを感じ取った現場、あるいは登場人物がエピファニーを感じ取った（であろう）現場を再現した場面を読者が読むことで、エピファニーが登場人物に起こる。すでに一度起こっているはずのエピファニーであることを考えるならば、再度登場人物に起こる、という方がより正確である。そのエピファニーは登場人物だけに起こるのではない。エピファニーを読み解けた読者にも起こる。読者はエピファニーが再現される現場に居合わせることで、語り手あるいは作者が感じ取ったエピファニー、あるいは登場人物が感じたであろうエピファニーを、今度は読者が体験することになる。登場人物にエピファニーが訪れるのと同時に読者にもエピファニーが訪れる。このような時間的関係を強調して、エピファニーを読み取る読者はエピファニーを生きるといってもよい。こうして『ユリシーズ』の巧妙な仕掛けにより、エピファニーは登場人物と読者の双方に立ち現れることとなる。

エピファニーと「手紙」――ゴミの中から真実が立ち現れる――

エピファニーは『フィネガンズ・ウェイク』に登場する「手紙」と似ている。「手紙」とは、『フィネガンズ・ウェイク』（以下『フィネガン』と略す）第一巻第一章で言及された後に、とりわけ第一巻第五章および第四巻において大々的に取り上げられるもので、そこには主人公ＨＣＥの「罪」の真相が書かれているとされる。実際のところは、たとえば「ママフェスタ」と呼ばれる第一巻第五章で、この手紙がこれまでどのような題名で呼ばれてきたか，どのような状況の中で書かれたのか，どのようにして発見されたか，一部が消失しているがどのような内容であるのか，書かれた文字の有り様，手紙に付着した「お茶のシミ」，署名が見られないこと，書き方の特徴等についての説明が，『ケルズの書』の説明に重ねられる形で加えられるが、『フィネガン』において常にそうであるように，取り上げられた問題について読者に明確な答えが与えられるわけではない。注目をすべきは，その真相を記した「手紙」の見つかり方である。『フィネガン』においては「手紙」はゴミの中から見つけ出される。

これは、『ケルズの書』が泥の中から発見されたように、「手紙」もゴミの中から見つかることにすることで、『ケルズの書』と「手紙」とを平行関係に置き、その両者の類似性を示唆する試みであるが、そのことで示そうとするのは、真理がゴミの中から現れるというジョイスの最終的な認識であろう。ゴミは、『ケルズの書』との類縁関係においては字義通りに解釈されねばならないであろうが、『フィネガンズ・ウェイク』、あるいはジョイスの作品全体との関係において考えるときには字義通りに解釈する必要はない。比喩的な意味で、時間が経過することに伴い否応なく堆積していく諸々の事柄を指すと考えることができる。

その意味での「ゴミ」を『ユリシーズ』の中に探すとするならば、それにあたるのは、エピファニーに肉付けをし、エピファニーが現れる「今」と「ここ」を再現するのに必要な膨大な細部となろう。膨大な詳細の中から現れるエピファニー、ゴミの中から現れる「手紙」、泥の中から見つかった『ケルズの書』、これら三つは同じ事柄を表す異なった相と考えるべきであろう。

『ユリシーズ』のエピファニー

では、『ユリシーズ』におけるエピファニーとはなんであろうか。第十五章最終部において倒れたスティーヴンを介抱するブルームが、生まれてまもなく死んだブルームの息子ルーディーの姿を見る場面は最も有名なエピファニーといえるが、『ユリシーズ』にはそれ以外にもいくつものエピファニーがある。第八章においてブルームが昼食を取ろうとして入った店で客たちが動物のように食べている様子を目にして嫌気を覚える場面もエピファニーといえるであろうし、第六章において墓地へと向かう馬車の中で、自殺をした父親を持つブルームを目の前に「しかし一番悪いのは、自らの命を絶つ者だ」(U 6: 335)と述べるパワー氏の軽率な発言にもエピファニーを認めることができよう。もっと小さいものでは、たとえば第一章で、良心の呵責にさいなまされるスティーヴンの心の中で、死の床にある母親が吐いた胆汁をためた椀と、緑色の水をたたえるダブリン湾がオーバーラップする場面もエピファニーといってよい。

その中で最大といってよいエピファニーはホメロスとの照応関係である。『ユリシーズ』は、ホメロスの『オデュッセイア』を下敷きにして、オデュッセウスの冒険になぞらえる形で一九〇四年六月十六日に起こる出来事を描いていることで有名であるが、そのためにこのいわゆる「神話的手法」(mythical method)が一人歩きをしてしまったきらいがある。一つには、ホメロスとの照応関係が、ジョイスが『ユリシーズ』を書くにあたり各章の構想を示すために記した綿密な「計画表」(scheme)の一部としてあった伝記的な事実から、作者の意図を示すものとして動かしがたいものとなった状況がある。もう一つには、一見して混沌とした『ユリシーズ』の世界に枠組みを与え、『ユリシーズ』を読む際の道標を与えてくれるこの小説の構成原理としてのホメロスとの照応関係は、『ユリシーズ』批評の出発点となっていたため、疑問を差し挟む余地のないものとなっていた。ホメロスとの照応関係が果たす構成原理としての役割を否定する必要はないにしても、『ユリシーズ』というタイトルの中に示されはするが、テクストの中では一切触れられることのないホメロスの物語との関係をテクストの側から今一度考え直してみる必要がある。ホメロスの世界を念頭に置きながら『ユリシーズ』を読むのではなく、『ユリシーズ』を読みながらいかにホメロスの世界が立ち上がるかに立ち戻らなくてはならない。少なくとも両者の双方向性は取り戻さなくてはならない。

特別なことをする必要はない。ホメロスとの照応関係をどのようなものとして認識し、位置づけるかについての考え方あるいは方向性を少し修正するだけでよい。オデュッセウスの冒険との平行関係を所与のものとして『ユリシーズ』の中に読み込むのではなくて、『ユリシーズ』はあくまでも一つの作品として独立したものとして読み、その読みの結果として平行関係が立ち現れると考えればよい。たとえば、第一章に現れるミルク売りの老婆は、使者ヘルメスとしてテクストに登場するのではない。スティーヴンが意識の流れの中で老婆に使者の姿を認めることを契機として、その延長線上に初めて『オデュッセイア』に登場する使者ヘルメスが立ち現れるのである。その延長線上に現れる像が、ジョイスがこだわってきたエピファニーであるにしても、それは通常のエピファニーのように登場人物のためのものではない。どこまで行っても交わることのないと平行関係と形容される『ユリシーズ』と『オデュッセイア』の世界は(Levin, Harry, 71)、登場人物というよりは、読者に読み解くことが託されたエピファニーとなる。

『ユリシーズ』のそれぞれの章で、そこに描かれる人物や出来事の向こう側に『オデュッセイア』で描かれる人物や事象が立ち現れるエピファニーが起こると、それぞれが共鳴・共振し、『ユリシーズ』の背後に開けるホメロスの世界を補完・補強する。このようにして『ユリシーズ』総体としてのエピファニーが起こるとき、『ユリシーズ』のエピファニーは完成することになる。

『ユリシーズ』の英雄的要素

ホメロスの『オデュッセイア』がエピファニーとして『ユリシーズ』に立ち現れるとき、卑小・卑俗な現代の生活は壮大にして英雄的・神話的な世界につなげられる。『ユリシーズ』にはその接続をスムースにする要素があるのだろうか。どこに英雄的な要素があるのだろうか。このように問うことは、『ユリシーズ』をどのような物語として読むのかと関わる。それはとりわけモリーの姦通をどのように考えるかということと関わる。

『ユリシーズ』は、夫不在の十年の間言い寄る求婚者たちを妻が拒絶をする貞節の物語『オデュッセイア』とは異なり(3)、姦通の物語である。物語は姦通相手のボイランからモリーに宛てた手紙をブルームが受け取るところから始まる。ブルームはそれを見た瞬間から不安に駆られる。「ミセス・マリオン・ブルーム」(U 4: 244) と書かれた宛名も大胆に見える。妻のモリーにその手紙を渡すと、彼女は中を見てからそっと枕の下に隠す。そんな妻に劇「リア」を観るから遅くなることを告げ――このことは第四章では描かれない――、ブルームは家を出る。こうして始まったこの日一日中をブルームは不安とともに過ごす。その一方で、モリーとの関係がうまくいっていた幸せだった頃のことをしきりに回想するのは、その不安から逃れるための逃避、不安の代償行為としての精神的慰撫であろう。その一方でブルームもまた妻のモリーとは別の女性と関係を持とうとしている。文筆業の手伝いをしてくれる女性を求むとの新聞広告を出し (U 8: 326-27)、それに応募をしてきたマーサ・クリフォードという女性と文通をし、もうそろそろ会おうとしている。モリーとブルームの関係に影を落としているのが息子ルーディーの死であることもそのうちに読者に伝えられる。ブルームは妙な因果 (『ユリシーズ』で繰り返し使われる言葉でいうならコインシデンス) により、モリーの不倫相手ボイランと何度か遭遇しそうになる。第六章では墓地に向かう馬車の中でボイランのことを考えていると、実際ボイランが外を歩いている。第八章では食事を終えたブルームが図書館に向かう途中でボイランらしき姿を見かけ、ブルームは歩を速めて遭遇を避ける。第十一章においても二人は隣り合わせる。ブルームがオーモンド・ホテルで夕食を取っていると、まさにモリーのもとへ向かおうとするボイランが同ホテルに立ち寄っていく。ブルームは止めようと思えば止められる姦通を止めようとはしない。ボイランと遭遇した際になにかいうことができたかもしれない。しかしブルームはただボイランから逃げることしかしない。もっと決定的な邪魔をしようとすれば、ボイランが訪れてくる時間に家に戻ることさえ可能なはずだ。それを考えもするが、ブルームは家に戻ろうとはしない。結果としてボイランとモリーの逢瀬は、予定通り起こる。ゆえに第十三章のブルームは失意のうちにある。ボイランがモリーと会ったと思われる時間に時計は象徴的に止まっている（U 13: 846-47, 848）。第十三章の舞台となる浜辺の近くの教会で捧げられている祈りは、悲しみにくれるブルームのための祈りともなる。失意のブルームを慰める役を担うのはガーティーということになる。花火が上がるのを見ながらスカートの下に隠れた部分をブルームに見せ、ブルームに一時的な快楽を慰めとして与える。劇を見に行くことになっているブルームは、家に帰るわけにもいかず、午前中に入院していることを聞いたピュアフォイ夫人を見舞いに病院に寄る。ブルームが家に帰るのは、ようやく第十七章になってのことである。そこで彼はボイランがモリーに送り届けた果物籠や、ボイランがベッドに残していったくぼみを確認する。

姦通に関係した部分を取り出すならばこのようにまとめられる話の解釈の仕方としては二通りが考えられる。一つは、ブルームはモリーの不倫に悩みながらもそれに耐えたとし、ブルームを受動的な被害者と考えるもので、もう一つは、モリーの不倫はブルームがむしろ意図したもので、ブルームはそれに悩み苦しみながらも耐えたとするものである。前者の考え方がより受け入れやすいものとなろうが、それでは理解の難しい点がいくつかある。第一に、ブルームは二人の逢瀬を止めようと思えば止められたのに、それをしない。ブルームは、妻に対してもボイランに対しても、起こり得ることに対しなんらかの注意をすることができたにもかかわらずなにもしない。ボイランがモリーを訪れる時間に偶然を装って、あるいは堂々と、家に戻ってくることもできたはずだが、実際にはそのような行動は取らない。第二に、ブルームは、二人の関係を止めることよりむしろそれを助長するかのような行動を取っている。第四章でブルームはモリーに劇を観てくると嘘の予定を告げ（とはいっても第四章の時点では読者にこのことは伝えられず、時間的に考えるならば第四章の時点でそのようにモリーに告げていたことが後に明らかになる）（U 18: 81-82）、モリーが不倫をしようとしているのであれば安心してできる状況を作っている。ブルームが第十七章冒頭まで家に戻らないのは、スティーヴンと出会ったことによる部分もあるが、それだけではない。モリーのために家に戻らない身振りであり、また同時にモリーとボイランの逢瀬の結果に直面しなければならないのを先延ばしするためである。さらにはブルームは今年で十五になる娘ミリーをマリンガーの写真店に勤めに出しているが、その理由はモリーが第十八章で推測しているように、モリーを尋ねてボイランが来たときにミリーがいないようにするためである（U 18: 1002-09）。このことは、ブルームがこの日よりもずっと前からモリーとボイランの間に起こり得ることを理解し、それが起こらないようにというよりは、それが起こる方向にモリーを誘導していたことを示す。第三に、ブルームはモリーの不倫を冷静に受け止めている。第十七章で明かされるボイランの痕跡――第十章でボイランが用意をしていたフルーツ籠（U 17: 304-05）、ボイランがモリーのために買っていた馬券（U 17: 320-21）、空けられた肉の瓶詰め（U 17: 304, 2125）、ボイランがベッドに残したくぼみ（U 17: 2124）――は、もしもブルームがこの不倫に彼自身が関わることなく、一方的にモリーの側の落ち度で起こった事柄であるならば、ブルームにとって直視するのは難しいはずのものである。第四章でモリーのためにかいがいしく朝食を用意し、第十六章でスティーヴンに誇らしげにモリーの写真を見せるブルームの胸の中には、モリーに対する愛情が間違いなくあふれている。そのブルームが、単なるボイランの来訪を示す痕跡だけではなく、ボイランがベッドに残した痕跡まで、見たくなくとも目にせざるを得ない状況に置かれるなら、胸を万力で締め付けられるような苦しみと耐えがたい悲しみを感じるはずだ。

しかしブルームは冷静に対応する。最初に台所で見つけたボイランの痕跡――プラムトゥリー社の瓶詰め肉の空き瓶とボイランがモリーに届けさせたナシ――については、この段階では決定的な不倫の証拠を示すものとはならないとの判断をしているのか、特にコメントをすることはない。破られた馬券については、ボイランの来訪ということより、偶然勝ち馬を予想することとなったブルームに対し、ボイランの側が負けたことを示す面に心が向かうが、それについても「あらゆる出来事の意味も解釈が困難で」あり、「現実的損害をもってして勝ちを推し量ることはできない」との、個別的な事柄への考察というよりはそれを超えた一般的考察を加え(U 17: 342-47)、意味の相対化を図る。ベッドにボイランの痕跡を認めたブルームの心中はさすがに穏やかではない。にしても、彼は「入ってくるものはみな自分が先行者だと考えるが、自分以後の諸連続項には先行しても自分以前の諸連続項よりは常に後行するにすぎず、一人一人が自分自身を最初にして最後の唯一の単独項と思いこんでいるが、無限から生じて無限に繰り返される連続項の中では最初でも唯一でも最後でも唯一でも単独項でもない」(U 17: 2126-31)との、負け惜しみといえなくもないが、微笑とともに行われたとするなら十分冷静な、相対化を行っている。続いての彼の考察は「羨望、嫉妬、諦念、平静」という四つの感情に影響されるが、ブルームはボイランの男性的肉体と精力への羨望を、男と女が引かれ合うことの自然さや自然の大惨事、重大な犯罪に比べれば大したことではないとの理由を並べることによって得られる平静により抑え込み、二人の交合とそれによって得られた快感に対する嫉妬を、二人が互いに持っている好意や近く行われる地方巡業から得られる利益を考えれば仕方がないとする気持ちにより抑え込む(U 17: 2154-2199)。

第十七章の文体とブルームの心中とは反比例の関係にある。「科学的協議問答体」と呼ばれるこの章の文体が冷たさを感じさせるほど客観的なのは、ブルームの心中の動揺・悲しみ・苦しみ・動揺を抑えようとする姿勢を反映する。問いと答えというなにかを知ろうとするときに最も単純かつ効率的と考えられる形式を取りながら、適切さを欠いた問いと、不必要に長くなったり、枝葉末節に及びしまいには本筋から離れることの多い答えにより、それが機能不全に陥るのは、ブルームがこの日一日中繰り返し行ってきた、目の前にある問題から目を逸らし、そこから逃れようとする姿勢を表す。こうしてこの章の文体が示す客観性と冷たさは、ブルームが感じた動揺を隠す、あるいはその動揺を抑えるために必要であったことがわかるとき、第十七章の人間味を失うほどに客観的で冷静な文体は、逆にどうしようもなく人間的で泥臭い、そして表しようもないほど大きな哀しみを表すこととなる。と同時に、いかに嫌々ながらであるにせよ、ブルームが自分の気持ちを抑えながらこの大きな問題に立ち向かうとき心に抱いていた勇気と愛情と優しさとを示すのである。それは十分に英雄的といえる。

罪の甘さ、あるいはフェリックス・クルパの美学

浮かび上がる当然の疑問は、なぜブルームは妻モリーの不倫を認めるのか、あるいは妻モリーを不倫に向かわせるかである。ブルームが考えているのは、モリーとボイランとの関係だけではない。第十五章の最終部において、生まれてすぐに死んだ息子ルーディーの姿をスティーヴンの中に見たブルームは、彼を家に連れ帰り、泊まっていくようにと勧める。さらには彼に同居させようと考えるブルームには、スティーヴンにイタリア語のレッスンをモリーにしてもらうこと以上を期待しているふしがある。それはスティーヴンが同居することになるかもしれないことを聞いたモリーが第十八章で示す反応——若いスティーヴンにセックスを教えることを夢想する（U 18: 1351-59）——からも推察できる。一方のスティーヴンもそのような関係に巻き込まれる可能性を、前の晩に見た夢——メロン（第十七章でモ

リーの尻はメロンと形容される U 17: 2241-43) を持った男に招き入れられる――の中で感知している (U 3: 365-69)。

この背景には、一つには、モリーとブルームとの関係が、息子ルーディーが幼くして死んで以来うまくいってない事情がある。テクストによれば、モリーとブルームの間には、「十年五ヶ月と十八日」の間満足のいく性的関係が成立していない (U 17: 2282)。『ユリシーズ』に出てくる言葉を使うならば、その「カルマ」(U 9: 70) を断ち切って、妻の不倫を新しく関係を築くための足がかりにしようとしている可能性がある。第二には、夫婦の関係が思うようにいかないからといって、二人の性欲がなくなっているのではないことを挙げられよう。モリーが「どこかでやってきたに違いない」(U 18: 76-77) と疑うほどに、ブルームに欲望があるのと同様に、第十八章で港に行って誰なのか名前もわからない男に抱かれることを想像する (U 18: 1410-13) モリーにも欲望がある。欲望にははけ口が必要となる。一九〇四年六月十六日に起こるモリーの姦通とブルームのガーティーを見ながらの自慰行為は、その長い期間押さえつけられてきた欲望の高まりを示すともいえる。第三には、ここでブルームが第十二章で「市民」に向かっていった憎しみ合うことではなく、愛することが重要だ (U 12: 1481-85) という、陳腐に聞こえた言葉を思い出してもよいかもしれない。妻ペネロペイアにいい寄る求婚者たちを皆殺しにするオデュッセウスとは対照的に、ブルームが、自ら感じる痛みに耐えながら、モリーのまわりの男たちに見せる寛容な態度は、まさにこの言葉の意味するところである。四点目には、その「罪の甘さ」を挙げてもよい。ブルームには、第十五章の幻想に示されているように、マゾヒスティックな性向がある。その中でブルームは、男に変身した売春宿の女主人にブルームはいじめられる女に変身するだけではなく、自分の妻が他の男に抱かれるのをへこへこと取り次ぐ男として描かれている。妻が犯す姦通の罪は、そのような性向を持つ者にとっては甘いはずだ。時間的には姦通が起こったあとの第十三章において、ブルームは失意のうちにあるが、その一方でブルームが性欲の高まりを見せるのは、直接的にはガーティーを目にしてのことであるにしても、間接的に妻モリーが他の男に抱かれたことが引き金になっている可能性もある。「罪の甘さ」は、第十章でブルームが妻モリーのために古本屋で買う本のタイトルであるが、そのような表題の本をブルームが買うのは偶然ではない。

ブルームの考えは最後の章において示されるモリーの独白において肯定される。第十八章でモリーは、まだ少女といってもよかった頃に恋の喜びを教えてくれたマルヴィーや、ブルームが第十七章でモリーが関係を持っていたと疑っていた男たち（U 17: 2132-42）のうちの何人かについてや、前日に行われたボイランとの情事、ブルームが家に連れてきたスティーヴン、そして夫のブルームのことについて文字通り思いをめぐらせる。その中でモリーは、ボイランとの情事で得られた満足感から、次第にボイランの野卑な態度に耐えられないことへと考えを移していく。ほかの男のことを考える際にも、ブルームの優しさや謙虚さに対する評価は、モリーの心の中の底流となって常に流れる。そしてそれは、ホウス岬でブルームに申し込まれた結婚を受けたことを鮮烈に思い出す場面へと続き、そこで結晶化していく。そこで何度も力強く挿入される「イエス」は、なによりもブルームを肯定する言葉となる。そのときにホウスの丘で感じた精神的にして性的な悦びの再現を思わせる「イエス」は、同時に二人をそのときに引き戻し、二人の関係に新たな力を注ぎ込む。この最後の最後に発せられる「イエス」において、『ユリシーズ』に描かれている一日に表面化した問題にも、この日に至るまでの苦しみ――ジョイス的にいうのならばパラリシス――にも答えが与えられ、二人が新しい段階へと進む可能性が最も現実化されるのに近い可能性となって二人の前に顕現する。その意味で、この最後の最後に発せられる「イエス」は、『ユリシーズ』において最も強力なエピファニーとなる。

これまで物語の中心にいたブルームとスティーヴンがすでに退場し、物語が終わったかと思える段階でこれまでほんの少ししか姿を見せなかったモリーが登場し、その意識の流れを開示する第十八章は、『ユリシーズ』構成上の大きな問題であったが、第十八章が必要であった意味は、まさにその肯定にある。ブルームがしてきたことやブルームの考えをモリーがどのように受け入れているかを示す必要がどうしてもあったのである。それによってブルームの妻を他の男に差し出そうとする特異な考えは特異ではなくなり、気を配りながらその実現に向けて画策をする狡知と、自らも痛みと苦しみをもってその代償を払うブルームは英雄に匹敵する資質を与えられることとなる。第十七章の最後で「彼は旅をした」とブルームは描かれる（U 17: 2320）。「旅をする」を意味する英語はフランス語では「苦労をする」との意味も表す。ブルームはまさに苦しみつつこの計画を実行に移し、それに成功をする。

モリーが力強くブルームを肯定する第十八章最後の場面は、もう一つ別の場面を想起させる。引用しよう。

あのひわたしはかれにけっこんをもうしこませたイエスさいしょシードケーキを口うつしでかれにたべさせてあれはうるうどしのことことしとおなじイエス十六ねんまえああああのながいキスのあとでわたしはいきがとまりそうイエスわたしはやまにさくはなのようだとかれはいった……だからわたしはできるかぎりのあらゆるよろこびをかれにあじあわせてかれをゆうわくしてとうとうかれはわたしにイエスといってくれと……そしてわたしはめでうながしたもういちどいってとそうよするとかれはわたしにねえどうかなときいたイエスやまにさくぼくのはなイエスといっておくれとそしてわたしはまずかれをだきしめイエスそしてかれをひきよせかれがあたしのちぶさにすっかりふれるよことができるようにおやかにイエスそしてかれのしんぞうはたかなっていてそしてイエスとわたしはいったイエスいいことよイエス（U 18: 1573-1609）

モリーがここで思い出しているのは、二人にとって原初的な時である。ホウスの丘に寝ころびながら長いキスを交わし、ブルームに「できる限りの喜びを味わせて」結婚を申し込ませた時のことである。モリーは、思考の中で、今をはるかに遡り、今へと続く二人の関係が始まった時へと戻っている。その時自体が喜びに満ちた時であるが、二人の関係がしっくりといっていない今と比較をするならばその時はさらに輝きを増して見える。だからこそモリーはそこに立ち戻っている。繰り返される「イエス」はうなずき・肯定であるとともにその時に味わった、高まっていく悦びを示し、最後のイエスはその悦びの頂点を示しているといえる。シャクナゲに囲まれ、二人のほかには(山羊を除けば)誰もいない静かな悦びに満ちたこの場所は、遠い過去、それも今の苦しさの拭われている時間を与えられたとき、もう一つ別の場所と時間、すなわち人類にとっての原初的な場所と時間という意味合いをまとってゆく。そこでシードケーキを口うつしでブルームに食べさせるモリーの行為は、リンゴをアダムに食べさせるイヴのそれと重なる。人間の失墜をもたらした不吉な行為と重なるにしても、ここにはその不吉さの影は微塵もない。食べるという生の行いはここでは性の行いと直結し、強い力に満ちている。その強さは、モリーが「イエス」という言葉を発するときの力強さとつながっている。

　ここに見られる罪に対する肯定の身振りは、ブルームが見せたそれと共通している。ブルームが姦通の罪に寛容な態度を示すだけでなく、むしろそこへと導いてきたのと同じように、モリーは、人類に原罪をもたらしたアダムとイヴの罪を強く想起させる行為をなんのためらいもなく、むしろ積極的に行う。そのことが最後の最後に示されることにより、ブルームの一見特殊に見えた行いは、彼の個人的な考えによるものというだけではなく、ジョイスの考えでもあることが示される。それは、この後、『フィネガンズ・ウェイク』においてたびたび現れる言葉を用いるならば、フェリックス・クルパ(*felix culpa*)の美学といえよう。フェリックス・クルパとは「幸福なる失墜」を意味する神学上の概念で、アダムとイヴによる失墜があったからこそ神の救いが得られるとする逆説的な考えである。ジョイスにあっては、罪は救いをもたらす肯定的なものとなる。

一個人の罪の意味が人類の始まりを示す罪の解釈と重なるとき、この小説には、まさに『ユリシーズ』というタイトルを付すにふさわしい普遍性が生じてくる。それはブルームに与えられる英雄性と手を取り合う。

接合

ブルームからオデュッセウスへの経路が開かれる過程で興味深いことが二点起こっている。一つは、モリーを経由するという点であり、もう一つは物語外にその経路が開かれている点である。その両者に共通するのは、接合である。ブルームはモリーに接合され、そしてさらに別の物語（オデュッセウスの物語）へと接合されている。この接合は、単に結びつけられることを意味するのではない。その本質はあるレベルから異なるレベルへとつながれる点にある。ブルームの行い、考え方、思いは、第四章から第十七章まで提示をされてきた後、第十八章においてモリーという他者の思考と眼差しに照らされることとなる。そのモリーを経て、『オデュッセイア』の世界との照応関係というエピファニーが完成する。

接合は、ジョイスの文学の中核的テーマであるといってよい。初期の作品において重要なテーマとなっているパラリシスにしてもエピファニーにしても接合が重要なポイントとなっているといえよう。『ダブリナーズ』はダブリン市民が陥る精神的麻痺をパラリシスとして描いているが、その麻痺が麻痺となるのは、他者の眼差しに接合されるときである。その他者は、他者との定義上外側にいる。「邂逅」は、少年が少年であるがゆえに想像もしない大人、あるいはその集合体としての社会という存在に接合される瞬間を、妙な言葉を口にしながらどうやら自慰行為にふける変質者との邂逅という形で描く。相手が変質者であるのは、文字通り相手が変質者であるということもあるが、大人という少年にとってまったく異質の世界にいる者の異質性を強調する。その意味でタイトルにある「邂逅」とは、単にこの男との出会いを意味するのではない。遠いところにいる大人という他者との、この段階では瞬間として終わるが、いずれ避けようもなく訪れる、出会いを意味する。「少年時代、青年時代、青年期、社会生活」の四つの段階からダブリンを描くとのジョイスの意図からするならば（書簡集Ⅱ、134）、「邂逅」同様少年時代を題材にした「アラビー」は、少年が、ロマンティシズムとエキゾティシズムを求めて行ったバザーに、ひょんなことから大人の生活の場、金儲けの場を垣間見て、生きるための行いが行われる現実の世界に接合されたときに味わい感じた幻滅を描く。「痛ましい事件」は、独善的な男が、つきあっていた女性が事故死（おそらくは自殺）したのをきっかけとして、自分を客観的に見つめることのできる視点に接合されたときに初めて見えてきた情けない自分の姿と深い孤独と絶望を描く。「死者たち」は、文筆業に携わることからそつなく物事をこなす男が、妻のことを考え、その思いを高めていたときに、妻の方は自分のために死んだ男のことを考えていたことを知ったのをきっかけにして、自らと他者との接合が不十分であったことを思い知る様子を描く。

接合には以下に述べる三つの段階がある。まず第一の段階は、他者の存在に触れる段階である。ここには、登場人物が他者の眼差しに晒される存在である事実に触れる場合もあれば、あるいはその事実を知る場合もある。後者の場合にも、自らの直感あるいは洞察によりその事実にたどり着く場合と自分の外部から、というのはつまり、語り手がその事実の中に登場人物を置く場合とがある。二番目の段階は、その他者の目に自分がどのように写るのかを登場人物が知る段階である。第三の段階は、他者の眼差しの中に写る自分を、自分が知る自分の中に織り込み、より広い意味で自分がどのような存在であるかを知る段階である。

この三つの接合の段階をもとに、パラリシスについて再度考えてみるならば、パラリシスとは、このいずれかの段階の接合がうまくいっていない状態を指すと再定義することができる。しかし、単に接合がうまくいっていない状態があるだけではパラリシスとはならない。パラリシスがパラリシスとして浮かび上がるのは、一方に接合のうまくできていない人物がいて、他方にそのことがわかっている人物がいるときである。いい換えるならば、うまく接合のできていない人物が、それを理解している人物の眼差しに接合され、その眼差しによって照らされるときに、パラリシスにあると認識されるのである。ある人物の接合がうまくいっていないことを理解している人間は、他者の場合もあるし、自分である場合もある。前者にあたるのは語り手ということになる。その意味では、パラリシスは「ある」のではなく、「起こる」といういい方をした方がよいかもしれない。一個人の内部で起こるのではなく、なんらかの他者との間で「起こる」。

パラリシスと表裏一体の関係にあるのはエピファニーである。人やものの本質が天啓のように明らかになる瞬間を指すエピファニーは、パラリシスを映し出す他者の目である。パラリシスであるというためには、パラリシスであることがわかる他者の目が必要であると右に書いたが、エピファニーとはその他者の目でパラリシスを認める側から見たパラリシスにほかならない。パラリシスとエピファニーには、見られる側と見る側という違いしかない。

『ダブリナーズ』がパラリシスを描くのに対し、『肖像』がエピファニーを描くのはそのような理由による。パラリシスをパラリシスとして認知できるエピファニーの力を持つことが芸術家の資質となる。

繰り返される物語

『ユリシーズ』には『ダブリナーズ』に収められた話と似ている部分がある。それを見ることは、『ダブリナーズ』と『ユリシーズ』の違いを引き立ててくれるので見ておくことにする。『ダブリナーズ』の「邂逅」に描かれる、少年と変質者との出会いは、『ユリシーズ』第十三章に描かれるガーティーとブルームの出会いを思い起こさせる。少年と少女の性の違いと年齢の違い、「邂逅」の変質者とブルームの年齢の違いはあるが、二つの話において起ることは本質的に同じである。両者ともにおいて年上の者が年の若い者に出会い、自慰行為に及ぶ。にもかかわらず『ユリシーズ』第十三章が「邂逅」のように、気味の悪いざらつきを感じさせないのは、「邂逅」の少年が大人の世界に接合されていなかったのに対し、『ユリシーズ』第十三章の二人は接合されていることによる。この章の前半がガーティーの側からの語りによって語られ、後半がブルームの側から語られる構成は、その様子を示す。

もう一つよく似ている例として挙げることができるのは、『ダブリナーズ』の「死者たち」のゲイブリエルと『ユリシーズ』のブルームである。両者とも妻の心の中にいる他の男の存在に悩んでいる。しかしブルームにゲイブリエルが示すような悲劇性がつきまとわないのは、ゲイブリエルとグレタの場合には、それぞれが勝手な物思いにふけっているのに対し、ブルームとモリーの場合には、すでに見たように、両者は互いの眼差しに照らされ、その中でできるおのれを保持している。他人のナラティヴの中で生きる自分というものをよく理解している。ブルームはモリーに接合され、モリーの中できちんとした位置づけを得ているのと同様、モリーはブルームに接合され、その中で確固たる位置を得ている。そしてその中でできる自分というものを、ブルームとモリーの双方が自分と定めているのである。

接合を示す形式

接合は形式にも現れている。まずは初期の作品と『ユリシーズ』との間にも接合が起こっている。先に『ユリシーズ』にはそれよりも前の作品に出てくる登場人物が登場することに触れたが、それは『ダブリナーズ』、『肖像』が『ユリシーズ』に接合されていることよる。『ユリシーズ』と『ダブリナーズ』および『肖像』は確かに登場人物の多くを同じくするが、『ダブリナーズ』や『肖像』に出てくる登場人物と『ユリシーズ』に再度登場する登場人物は、名前は同じでも異なっている。それはジョイスが描き方を誤ったのでは、当然のことながら、ない。『ダブリナーズ』と『肖像』の場合には、登場人物は主人公としてそれぞれの短編、あるいは中編の中に登場するが、『ユリシーズ』の中に置かれたときには他者の目に晒されている。彼らを描く視点は、彼らを主人公として描く『ダブリナーズ』や『肖像』の場合には、内部にその中心が設定される。それにより登場人物は、当然のことながら基本的に彼または彼女を中心として描かれることとなる。そこから生まれる自己肯定性は、ときに彼らに鼻持ちならない性質を与えることとなる。『ダブリナーズ』のレネハンはそのよい例となるであろう。『ユリシーズ』においては同じ人物を描く場合でも、視点は外にある。ダブリンの街全体を見渡す目により、彼らは社会的な人間関係の中に置かれて描かれることになる。それは他者の眼差しに接合され、他者の眼差しに照らされた人間像である。両者の間に現れる「ずれ」は、どんなに小さいものであっても決定的といわねばならない。

『肖像』のスティーヴンにしても同様である。『肖像』の原型はエッセイ「芸術家の肖像」にあるが、そこに描かれる独善的な芸術家像は、影を潜めているとはいえ『肖像』に依然として残る。そのスティーヴンも『ユリシーズ』においては、知的ではあるが、情けない青年にすぎない。

初期の作品と『ユリシーズ』の間で起こっていた接合は、『ユリシーズ』内部でも起こる。まずは、第一章から第三章までに描かれたスティーヴンは、第四章以降において描かれるブルームに接合される。そのブルームも意識の流れを主とした文体で語られる内側から見たブルームから、後半の実験的といわれる文体の中で外側から描かれることにより、外から、ということはつまり外にいる他者の目に接合される。それにより読者は、「芸術家的」(第十章)であったり、なにごとにつけ一家言を持ち、知識をひけらかさずにはいられず(第十二章)、「バイロンに似」た(第十三章)、ブルームの姿が見えてくる。先にも触れたが、第十三章はこの動きを一章の中で行っている章といえる。ガーティーのロマンティックでセンティメンタルな自己像は、後半でブルームの目に接合されたとき、粉々にされてしまう。そして大団円は、第十八章になる。第一章から第十七章までのスティーヴンおよびブルームはモリーの眼差しに接合され、最後の審判を受けることになる。しかし物語はまだ終わらない。『ユリシーズ』の先にはホメロスの物語がある。そこへ接合されて、それゆえに他の物語にも接合され得る可能性が示されるところで『ユリシーズ』は次の『フィネガンズ・ウェイク』への橋渡しを行う。

『フィネガンズ・ウェイク』へ

この接合には、自己と他者という対立する二つの項目がまずあり、それがうまくいっていなければ、一段高い次元での統合は難しいが、うまくいけば一段高い次元での統合が期待できる、弁証法的な動きが認められることに気がつく。ジョイスにとっての問題は、この接合の弁証法の動きが果てしなく続くものであることが見えてしまったことにある。他者というのは、目の前やまわりにいる一人ではない。まったく違う場所、あるいはまったく違う時代に生きる者、あるいは生を持たない、空想上の者でさえ他者として想定できるのである。この果てしなく続く動きの中ではどこまで行っても最終地点にたどり着くことはできない。そのときに感じる落ち着きのなさは、場合によっては恐怖と絶望をも生み出すのであろう。そのような心持ちの中でジョイスがたどり着いたのが、というよりはたどり着かざるを得なかったのが『フィネガンズ・ウェイク』ということになる。

第Ⅱ部　文体の詩学

第2章　『ユリシーズ』におけるスタイルの変化と歴史的パターン

百科全書的な作品

ジョイスの『ユリシーズ』という小説は、いわゆる百科全書的な作品ということができる。この作品には、天文学・植物学・動物学・医学・解剖学等の用語が数多く含まれるだけでなく、おびただしい数の文学的・歴史的言及がその中でなされ、また地理的には、この小説を通してダブリンという街を再構築できるほど、正確かつ細密な情報が含まれている（Budgen, 67-68）。この百科全書的性格は、文体についてもいえることである。『ユリシーズ』は全部で十八のエピソードから成り立っているが、各エピソードにはそれぞれ異なった文体が使われており、中でも第十二章「キュクロープス」および第十四章「太陽神の牛」は、他の文学作品やパンフレット等の文体を模倣し、とりわけ百科全書的な特色を有する。このように一つの作品内で数多くの文体を駆使した小説は稀であり、この小説の大きな特色となっている。それゆえ、たとえば、ヘイマン、イーザー、ケナー、マリリン・フレンチ、ピーク、マドックス、カレン・ローレンス、リケルムなど数多くの批評家たちが、特に一九七〇年代以降盛んにこの問題について論じてきた。これらの研究をふまえ、『ユリシーズ』における文体の変化を歴史観との関連で考察するのがこの章のねらいである。

円環運動をする文体

イーザーは、いかなる文体でも解釈行為を含む視点を表すために自ずと限界があり、ジョイスは数多くの文体を使用することによって、各文体の一面性を示すとともに各文体に内在する限界を打ち破ろうとしたのだと説いた（Iser, 201-02）。しかしながら、ジョイスが数多くの視点を混在させることによって現実により近い世界を構築したという指摘だけでは十分とはいえないであろう（書簡集I、167）。というのも、それだけでは答えの与えられない疑問が残るからである。第一の疑問は、それならばなぜ十八のエピソードにそれぞれ完全に異なる文体を使わなかったのか、というものである。『ユリシーズ』の最初の六章における文体は、若干の違いはあるもののほぼ同一と見なしてよく、簡単には区別できない。また、スティーヴンに中心を置く最初の三章とブルームに焦点を置く次の三章においては、同じモード（mode）の語りが使われている。ここにおいても明確に異なった文体を使ってしかるべきでなかったか。第二の疑問は、数多くの文体さえ使われれば、どのような使われ方でもよかったのか、というものである。今までの『ユリシーズ』の文体の研究は、各章の文体分析で終わってしまうことが多く、全体の流れの中で各章の文体を見ていくことは、比較的少なかったように思える。第三の疑問は、『ユリシーズ』創作にあたりジョイスが制作していた精密な計画表（スキーム）に示唆されている、最初の三章の文体が最後の三章で、若干の変更はあるものの、再び使用される、文体上の回帰にはどのような意味があるのか、である。最初の三章と最後の三章の文体は、ジョイス自身によって次のように呼ばれており、対応していることが見てとれる。

第一章　物語体（若年）“narrative (young)”:　　第十六章　物語体（老年）“narrative (old)”

第二章　問答体（個人的）"catechism (personal)"：　第十七章　問答体（非個人的）"catechism (impersonal)"
第三章　独白体（男性）"monologue (male)"：　第十八章　独白体（女性）"monologue (female)"(1)

最後の疑問は、三つ目の疑問とも関係するのだが、『ユリシーズ』の文体における円環的もしくは螺旋運動にはどのような意味があるのか、というものである(Goldman, 83; French, 4; Peake, 298; Riquelme, 217)。この螺旋運動は、『ユリシーズ』あるいは『オデュッセイア』の、旅立ち・放浪・帰還というテーマとも深く関わるものであるが、特に語り手と主人公との語りの上での距離によって示される（Goldman, 85-86; Maddox, Jr., 168; French, 66）(2)。第一章から第六章までは、いわゆる意識の流れ、または内的独白を主体とした、いわゆる「イニシャル・スタイル」（書簡集I、129)が使われている。内的独白は、マリリン・フレンチが指摘しているように、昔の万能な語りの一変形ではあるが、その違いには非常に意味深いものがある。特に重要なのは、「彼女は思った」とか、「彼は感じた」といった要約の語の除去である。これは表面的には小さい事柄のように見えるが、このような要約の語がなくなることは、登場人物と読者の間の仲介者の除去を意味し、その結果として、登場人物と読者と語り手の関係を近づける役割を果たす。つまり、登場人物に語り手の役割を担わせる一方で、読者と登場人物を一体化させるのである(French, 57-58.)。その上、語り手は、地の文においても登場人物が内的独白で使う言葉遣いと似た言葉遣いをするために、さらに登場人物と語り手との間の語りの上での距離は縮まり、この結果、第一章から第六章までにおいては、両者間には語りの上での距離がまったく見られなくなる。これを端的に表しているのは、主人公には見えなかったり聞こえなかったりする事柄は、一切読者には伝えられないということである。続く三章においては、語り手と主人公の間に若干の語りの上での距離が生じる。その距離は、主人公の知覚外の事柄が挿入されるという形で現れる。続く六章では、語り手は完全に登場人物から離れ、街全体を見渡せるような広い視野を持つことになる。そして最後の三章では、再び語り手は、最初の六章のように、登場人物と同化しようとするために、語りの上での距離は消失してしまう。

時の経過をその指導原理とする文体の変化

これまでに提起した四つの問題点は、文体の螺旋運動を歴史的パターン、特にヴィーコ的な円環的歴史観と重ねて考えることによって解決される。文体と歴史的パターンとの間にはなんの関係もないように見えるかもしれないが、『ユリシーズ』における文体の変化は、時の経過をその指導原理としているために、文体が形成する螺旋運動は、時が形成する一つのパターンであると考えられるのである。『ユリシーズ』における文体の変化が時を指導原理としていることは、次の二点によって示される。まず第一に、『ユリシーズ』における文体は、ある原型的形態の中に含まれる可能性が、時が経過するのに従って発現していくという形で発展していることに示される (French, 10, 142)(3)。つまり、ある文体はそれに先行する文体の中に可能性として内包され、予期されており、それが実体化していく、ということでもある。たとえば、第十五章「キルケー」の劇の形式は、第九章の「スキュレーとカリュブディス」においてすでに準備されている(4)。また、第十四章「太陽神の牛」における歴史的散文の文体は、第十二章「キュクロープス」における挿入部分の文体によって予知されている。『ユリシーズ』における文体の変化が時を指導原理としていることを示す二点目は、先に触れた、『ユリシーズ』の最初の三章と次の三章で同じモードの文体が使われている点にある。『ユリシーズ』は、時間的には二度始まる小説となっている。というのは、第一章から第三章までは、スティーヴンの午前中の動きを追い、続く第四章に入ると、時間は再び第一章が始まったのと同じ時間、すなわち、午前八時に戻って、今度はブルームの朝の様子を描き、第六章が終わる時点でちょうど第三章が終わったのと同じ時間になるように構成されているのである。最初の三章と次の三章で、スティーヴンからブルームへと焦点が移行しているにもかかわらず、同じモードの語りが使われていることは、ひとえに同じ時間帯の出来事が描かれているからであると考えられ、ここから時が文体を決める要の要素となっていることがわかる。

第一の時代──「神々の時代」──

ジョイスがヴィーコに深い影響を受けていたことはよく知られているが、マーガレット・チャーチがいうように、ヴィーコの影響に関する研究は、主に『フィネガンズ・ウェイク』に限られ、『ユリシーズ』への影響は明らかにされていない(Church, 1983, 70-81)。しかし、彼女がエルマンの伝記をもとに報告しているように(Ellmann, 340)、ジョイスが、すでに一九一一年から一九一四年までの間にヴィーコに深い関心を寄せていたとするならば (Church, 1976, 79-80)、『ユリシーズ』においてヴィーコ的な円環的歴史観が見られたとしても不思議はない(5)。

ヴィーコは、三つの時代、すなわち、神々の時代、英雄の時代、人間の時代の反復を説いたが、『ユリシーズ』もまた、三つの時代の繰り返しを表していると考えられる。第一の時代は、第一章から第六章までにあたる。ここでは、先にも述べたように内的独白を主とした、いわゆる「イニシャル・スタイル」が使われているのであるが、内的独白は登場人物と読者との間の仲介者をなくし、その結果、独白者に語り手の役割を演じさせることになる。当然のことながら、語り手なしで物語が進行するということはあり得ず、また登場人物が語り手であるということは地の文の存在からわかるようにあり得ないのであるが、内的独白という語りの技法が使われると、語り手の姿は見えなくなり、登場人物がいかにも語り手であるかのような見かけが生じるのである。この印象は、語り手が使うとある技法によってさらに強められる。その技法とは、語り手が地の文において独白者の言葉遣いを真似る、というものである。たとえば、

第三章「プロテウス」で、一匹の犬がサンディマウントの浜で飼い主である帆立貝採りたちにじゃれついた後で、犬の死骸を見つけるところは次のように描かれている。

犬はキャンキャン鳴いて二人に駆け寄り、後ろ足で立ち、前足でじゃれかかり、四つ足になり、また立ち上がり、声を出さずに熊のようにじゃれついた。相手にしてもらえないまま、やや乾いた砂地に上がる二人にまつわりつく。狼の赤い舌をあごからだらりと垂らしてあえぎながら。斑の体が二人の先に立ってゆっくりと歩き、それから跳びはねると、子牛のように全速力で駆け出した。いく手にはあの死骸が横たわっている。犬は立ち止まり、においを嗅ぎ、抜き足でぐるりをまわり、仲間だぞ、鼻を近づけ、ひとまわりして、びしょ濡れの犬の死骸の毛皮を、犬らしく、すばやくくまなく嗅ぎまわった。犬の頭が、犬の鼻が、地面に目を落として、大いなる目的に向かって動く。やれやれ、あわれな犬っころめ。ここにあわれな犬っころの体が横たわる（傍点は著者による、U 3: 343-52）。

この一節で興味深いのは、スティーヴンが浜辺で目にした犬がいくつもの動物へと「変身」をしている点である。より正確にいうならば、文体によって「変身」をさせられている点である。犬として姿を現したあとで、まずは「熊のような」（"bearish"）と形容され熊の姿を見せたあとで、「狼の舌」（"wolf's tongue"）を示し、馬の歩き方（"ambled"）で歩いたあと、今度は子牛のように駆ける（"a calf's gallop"）。こうした一連の変化のあとで、「犬らしく」（"like a dog"）と本来の犬に戻るのは、笑いを誘うほどにおかしい。書き出しが過去時制となっていることから、語り手による描写であることがわかるが、第三章の表題ともなっていた「プロテウス」のように、熊、狼、馬、子牛、そして本来の犬へと変化してゆく一連のメタファーは、スティーヴンの詩的な心にこそふさわしく、その模倣と考えられる。実際この一節は終わりに近くなると、スティーヴンの内的独白へと移行していく。現在時制で書かれ、スティーヴン以外には知らないはずの言葉──「大いなる目的に向かって動く」は、第二章でディージー校長がスティーヴンにいった言葉「すべての人間の歴史は一つの大きな目的、すなわち神の顕現へと向かって動く」(U 2: 380-81)の一部を取ったものであり、「あわれな犬っころ」は第一章で友人マリガンがスティーヴンにいった言葉で(U 2: 112)ある──を含んだ最後の三文は明らかにスティーヴンの内的独白である。この一節の前半に現れた動物のメタファーは、地の文ではあるが、前もってスティーヴンの内的独白を真似ることで、地の文と内的独白との境目をぼやかそうとした試みの痕跡である。

このような独白者の語り口を真似た地の文や内的独白や、三人称の主語および過去時制で始まった文の内的独白への融合もまた、書かれていることのすべてが内的独白であるかのような印象を与えるのに大きな役割を果たしている。こうして、内的独白の使用、地の文における内的独白と似た言葉遣いの使用、および内的独白と地の文との混交によって、文章全体がいわば「内的独白化」され、読者は、語り手というよりは独白者の視点を共有することになり、独白者の目や耳に入らない事柄は、一切知らされないことになる。極端な場合には、主人公が考えたくないような事柄さえも伝えられなくなる(Peake, 184)。

彼女［モリー］は茶碗の取っ手ではないところをもってひとくち飲み、毛布で指先を起用にぬぐってから、ヘヤピンで文章をたどり、その言葉を探し当てた。

──かれに会った《メット・ヒム》だって？　と彼［ブルーム］はいった。

──これよ、と彼女はいった。どんな意味なの？

彼はかがみ込んで、彼女の拇指の磨いた爪のそばを読んだ。

——輪廻転生《メテムサイコーシス》？

——そう、その人いったいどこの誰なの？

——輪廻転生《メテムサイコーシス》、と彼はつぶやいて顔をしかめた。ギリシア語だよ。ギリシア語から来た言葉だ。霊魂の転生という意味だよ。

——ちんぷんかんぷん！　と彼女はいった。もっと簡単な言葉でいってよ（U 4: 333-43）。


これは第四章「カリュプソー」でブルームが妻のモリーのところに朝食を運んでいったときに、読んでいた本の中にわからない単語があるので教えてくれと頼まれる場面だが、会話のつながり具合がおかしい。ブルームの「かれに会っただって？」（"Met him what ?"）は、あまりに唐突であるし、モリーの「その人いったいどこの誰なの？」（"Who's he when he's at home ?"）も文脈に即さない。このことと、「僕が転生のことを教えてやるまで、彼女はメット・ヒム・パイク・ホーシーズと呼んでいたっけ。ちんぷんかんぷん！」"Met him pike hoses she [Molly] called it ['metempsychosis'] till I told about the transmigration. O rocks!"（U 8: 112-13）とブルームが後に回想することを考え合わせるならば、この場面には、描かれるべくして描かれなかった言葉があることがわかる。つまり、モリーは、ブルームに「かれに会っただって？」と聞かれる前に、「メテムサイコーシス」（"metempsychosis"）という語をうまく読めずに、間違って「メット・ヒム・パイク・ホーシーズ」（"met him pike hoses"）といったはずなのである。にもかかわらずこの台詞が第四章において記録されなかったことの意味は、後にブルームが正確に想い出していることを考えると、ブルームが忘れたとか聞き逃したためということにはならない。それよりは、この会話の少し前に話題に上った、ボイランが午後四時にモリーを訪れて来るということと、モリーがいったこと（「かれと会った」）とが奇妙にブルームの心の中で結びついたために、ボイランのこと、あるいは彼を相手にして妻が不倫をはたらくかもしれないことを考えたくないがために、ブルームがこの台詞自体を意識下に押し込んで抑圧したことを意味している。このことは、主人公の知覚外の事柄だけでなく、主人公が意識したくない事柄までもが読者には伝えられないことを示す (Kenner, 382-94)。このことは、いかに語りの行為が主人公に負っているか、または、どれ程深く主人公が語りの行為に関与しているかを教えてくれる。

このようにして、第一章から第六章まではスティーヴンとブルームに視点を置いた表現がなされ、語り手が姿を消そうとしていることも加わって、二人が語り手の役割を担わされているといってもよいほどになっている。語り手は、作者と同一視はできないものの、作者の代理である。作者は物語世界の創造者であり、形而上学的には神に匹敵する存在であるから (French, 58)、登場人物が語り手の役割をするということは、神の役割をすることになるといえる。その意味において、最初の六章は、いわば「神々の時代」として見ることができる。

第二の時代——「英雄の時代」——

第二の時代は、続く三章に見られる。これまでは登場人物と同化することによって姿を消そうとしてきた語り手は、ここでは彼らから少し身を離し、自らの存在を明らかにする。

この語り手の、主たる登場人物からの遊離は、第六章「ハーデース」において暗示されている。というのは、この章には、これまでは見られなかった主人公の知覚外の事柄は読者には伝えられないという原則の違反が見られるのである (Peake, 209; French, 14, 56, 94)。

マーティン・カニンガムがひっそりといった。

——生きた心地がしなかったぜ、君が自殺のことをブルームの前ではなしたりするものだから。

——えっ？とパワー氏も囁き声でいった。どういうことだい？

——彼のお父さんは毒薬自殺したんだ、とマーティン・カニンガムは囁き声でいった。エニスにホテルを持っていたんだ。聞いただろう？ブルームがクレアに行くっていっていたのを。命日なんだ。

——そうなのか！とパワー氏は囁き声でいった。初めて聞いたよ。服毒しただって？

彼は振り向いて、暗い考えごとをしている目をした顔でブルームが自分たちのあとから枢機卿の墓所の方へとあるいて来るのをちらりと見た。なにか話をしていた（傍点は著者による、U 6: 526-34）。


何度も繰り返される「囁き声でいった」（"whispered"）という語は、カニンガムとパワーの二人がブルームに聞こえないように話していることを示している。最後にパワー氏が振り返ってブルームの様子をうかがう様子を示す地の文は、パワー氏とブルームとの間に十分な距離があり、カニンガムとパワー氏の会話が聞こえないところにブルームがいることを示している。ということは、これまでは守られてきた、主人公に聞こえないこと・見えないことは描かれないという原則が、破られていることがわかる。この原則違反は、これまでにはなく初めてであることと、第七章以降この原則が顧みられなくなることから考えるならば、第六章に現れたこの原則違反は、例外というよりは、次の「時代」への移行の準備ととらえられる。

この原則違反に象徴される語りの上での距離は、第七章から第九章までの三章の文体に、これまで見られなかった特徴を与える。第七章「アイオロス」には、比較的穏やかな文体が使われている前半九章の中で、際立って過激な文体が見られるという点で注目される。基本的には「イニシャル・スタイル」が使われているのだが、「ヒベルニアの首都の中心で」(U 7: 1-2) とか「広告取りの働きぶりを見る」(U 7: 120) といった、合計すると六三もの新聞の見出しのような語句によって区切られているのである。しかもその見出しは、上に挙げたもののように本文の内容を比較的よくまとめたものよりも、読者に本文の内容を予期させないものや、予期させても本文と一致しないものの方が多いといってよい (Iser, 213; K. Lawrence, 55)。たとえば、「おお、風神アイオロスの竪琴よ!」(U 7: 370) という見出しからという、マックヒュー教授が使うデンタル・フロスを推測することが一体誰にできるだろうか。また、次に挙げる例にいたっては、われわれはただ呆然とするだけである。

K・M・I・R・A

――俺の高貴なるアイルランドの尻を舐めろといってくれ、とマイルズ・クロフォードが肩越しにどなっていった。いつでも好きなときに、といってくれ。

ブルームがいっていることの意味を考え、微笑を浮かべようとしているうちに、彼はぐいぐいと大股で歩いていった (U 7: 990-94)。

なにかの省略であることだけは辛うじてわかる「K・M・I・R・A」が、「俺の高貴なるアイルランドの尻を舐めろ」(“kiss my royal Irish arse”) の頭文字をとったものだと気付き、翻弄されているのを感じるとき、われわれは今までになく語り手の存在を意識する。語り手が自らの存在を主張することから生じる文体の過激さを、後半九章の文体と同列に置き、それが前半において現れることを例外的とする傾向が従来は強かったが(6)、この位置でのこの過激さが現れることの意味は、最初の六章との明確な区別、いい換えるならば、一つの「時代」から次の「時代」への移行宣言にあると思われる。続く二章には、第七章ほどはっきりとした文体的特徴は見られないが、それでも第八章「ライストリューゴーン族」には、内的独白とあまりに深いところで結びついたために難解・断片的になった地の文が、第九章「スキュレーとカリュブディス」には、会話の中でいわれたことを地の文で茶化すように受けるといった現象や劇的構成が見られる (Peake, 206-08; French, 111; Riquelme, 196-97)。

このような語りの上での距離によって、ブルームとスティーヴンは、語りの行為には参加はしているものの、語り手という彼らよりも明らかに大きな力を持つ存在の出現により、もはや「神」の地位に留まることはできずに降格させられてしまう。しかしながら、第十章以降においては、内的独白が他の登場人物にも使われるのに対して、この三章の間はまだ彼らだけに限られている。したがって、語りの行為という創造的・神的行為への参加の程度において、他の登場人物よりは優っている。その意味において、彼らはこの三章の間は、いわば「英雄」的地位にある (cf. Frye, 33-35)。

第三の時代——平民の時代——

第三の時代は、続く第十章から第十五章までの六章に相当する。ここにおいて、これまでスティーヴンとブルームにのみ認められてきた特権である内的独白は、他の登場人物にも使われるようになり、最終的には使われなくなってしまう。これによって、スティーヴンとブルームの二人は、語りの行為への関与の程度において、他の登場人物ともはや同列に置かれることになり、いわば「平民」として機能することになる。一方、語り手は完璧に彼らから離れ、自らの力で語るようになる。これに伴って、文体はますます仲介的色彩を強め、不透明なものとなってくる。イーザーが第十四章の文体についていった「言語が前面に出てくるにつれて、現実は近くによってくるというよりもむしろ後退していくように見える」という言葉は (Iser, 191)、この六章全体についていえることである。

第十章「さまよえる岩」は、ダブリン市内の異なった場所で同じ時間帯に起こる出来事を描く十九のセクションで構成されている。そこでは、一見これまでと変らない文体が使われているように見えるために、多くの批評家がこの章を「幕あい」("entr'acte," "interlude") として見てきた (French, 126; Maddox, 155; Hayman, 97; Riquelme, 198; Gordon, 62)。しかしながら、この章の文体は、これまでのものとは二つの点で大きく異なっている。まず第一点目として挙げられるのは、たとえば、コンミー神父とかトム・カーナンといった端役にも内的独白の手法が使われるようになったことである。これは、特定の人物にだけ許されていた技法が、他の登場人物にまで開かれたという意味で、平等化をもたらす。この動きは、これまではテクストおよび読者の興味の中心にいた二人が、脇役として登場するセクションを除けば、十九のセクションのうちそれぞれ一つずつにしか登場しなくなる、量の面での平等化と連動していることにも注意しなくてはならない。第二点目は、一見無関係に見える一節を紛れ込ませることによって、各セクションの時間的関係を示す技法が使われていることである (Peake, 213; French, 118; Maddox, 146; Gilbert, 227; Budgen, 124-28)。たとえば、スティーヴンの父サイモンと妹ディリーが話をしている場面は次のように描かれる。


——お金は手に入ったの？　とディリーは尋ねた。

——いったいどこからお金を手に入れられるっていうんだ、とディーダラス氏がいった。わしに四ペンス貸してくれる人なんてダブリンには誰もいないよ。

——いくらかはいったはずよ、とディリーは彼の目をのぞき込みながらいった。

——どうしてそんなことがわかるんだね？　とディーダラス氏は、皮肉をこめていった。

カーナン氏は、取り付けた注文にほくほくしながらジェイムズ通りを大いばりで歩いていった (U 10: 668-74)。

この後すぐに再び二人の会話に戻るため、この一節を読む者はディリーとサイモンが話している近くをカーナン氏が歩いているのだろうと考えるが、ダブリンの地理を多少でも知っているなら、あるいは地図で確かめてみるならば、ディリーが父親と話をしているオークション会場とジェームズ通りは相当程度離れていることがわかる。こうして、最後の二行は浮いてしまうが、次のセクションに読み進み、冒頭を読めば、そのからくりが明らかになる。

日時計のところからジェイムズ通りの門の方向にカーナン氏が歩いていった。プルブルック・ロバートソン商会への注文を取り付けてほくほくとしながら、大いばりでジェイムズ通りを歩いていき、シャックルトン製粉工場の事務所を通り過ぎた (U 10: 717-20)。

つまり、親子がお金の話をしていたちょうどその時間に、別の場所でちょうどカーナン氏が取り付けた注文にほくほくしながら歩いていたことが示されているである。このようにして一見無関係に見える挿入を行うことで各セクション間の時間的関係を示す技法は、街中の出来事全体を見渡せる広い視野を持った存在がいることを明らかにする。これまで登場人物の側にいた語り手が、街を見渡せるほど登場人物から離れてしまったことを示す。これまでとは二点において重大な違いを見せる第十章は、こうして「平民の時代」の幕開けという重要な働きを果たすことになる。

主たる登場人物が他の市民と同様「平民」に降格させられるのとは逆に、主たる登場人物から離れ、その力を発揮し出した語り手は、これ以降の章の文体に際立った特徴を与えていく。第十一章の「セイレーン」では、文章の音楽的側面を強調し、それに伴う文章の難解化、断片化、ノンセンス化を引き起こす。正体のよくわからない男によって語られるとあるバーでの出来事を描く第十二章「キュクロープス」には、他の文学作品などの文体を使った二五のパロディーを挿入する。第十三章「ナウシカア」では、ブルームの現実的なセクションとガーティーのロマンティックなセクションを並列対比する。第十四章「太陽神の牛」では、英文学史における代表的散文を時代に沿って模倣し、第十五章「キルケー」では、花街での出来事を幻想的な劇に仕立てあげる。この劇的形式の中で、スティーヴンが『若き日の芸術家の肖像』で論じたように語り手の姿が見えなくなくなったような印象が与えられ、最後の三章の準備が行われる。ここで三つの時代は一めぐりし終え、再び第一の時代へと戻る。

第二の「神々の時代」

最後の三章は、第二の「神々の時代」にあたる。ここでは、語り手が最初の六章における場合以上に、登場人物の視点や言語を採用することによって登場人物と同化しようとするために、最初の六章とは異なった形で彼らは「神々」の地位に復帰することになる。ブルームが何度も考えているように（「戻ったとしても同じではない」（U 13: 1103-04）、「歴史は差異を交えながら繰り返す」（U 16: 1525-269））、歴史は形を変えながら反復するものなのである。第十六章「エウマイオス」では、スティーヴンになんとか印象づけようとするブルームの考え方や話し方を真似ることによって、また第十七章の「イタケー」では、ブルームの科学的・現実的思考を真似ることによって語り手はブルームと同化し、最後の第十八章「ペネロペイア」では、最も純粋な形の内的独白によって、モリーと同化する。

「イタケー」の章を例にとって考えてみよう。この章の物語の直線的進行は三〇九の質問と答えによって分断され、言語は数学的もしくは科学的な特色を有する。たとえば、アパートの鍵を忘れたブルームが、地下にある台所から入ろうとして飛び降りる場面は次のように描かれている。

彼は落下したか？

既知の常衡測定値十一ストーン四ポンドの体重をもって落下した。これを北フレデリック通り一九番地の薬剤師フランシス・フリードマンの店舗内の定期体重測定用目盛り付き器具で確かめたのは、この前の昇天祭の日、すなわち閏年、キリスト教暦一九〇四年五月十二日（ユダヤ暦五六六四年、マホメット暦一三二二年）、黄金数五、歳首月齢十三、太陽循環期九、主の日の文字ＣＢ、ローマ紀暦示数二、ユリウス暦六六一七年、ＭＣＭＩＶのことであった（U 17: 90-99）。

こういった科学か数学のレポートを想わせるような客観的で暖かみのない言葉を使っての書き方は、ブルームの科学的・数学的思考法を全面的・誇張的に語り手が採用したときに可能となる。ブルームは、この章においても規定されているように（U 17: 599-60）、科学的気質を持ち、これまでも様々な現象を科学的に解明しようとしてきた。たとえば、第四章では、猫に自分がどの位の高さに見えるのだろうか、なぜねずみは捕えられると鳴かなくなるのか、猫のひげはどのような役割をしているのか、なぜ猫の舌はざらざらしているのかを考え、また第五章では、体重とはなにかと自らに問い、重力による力であると自ら答を出している。また第八章では、橋の上から、まず最初は丸めた紙を、そして次にお菓子を投げ、カモメの知能を確かめる実験をしている。このように、ブルームは常に様々な現象を理解しようとして、自ら問い答えを出そうとしており、そのような態度を全面的に押し出したとき、第十七章のような描き方が可能になると考えられる。

『ユリシーズ』の文体は、これまで見てきたように、語りの上での距離という観点から見た場合、四つの部分から成る螺旋運動をなしている。その距離に応じて登場人物の語りの行為への関与の程度も変化し、登場人物の役割は、「神」、「英雄」、「平民」、そして再び「神」へと円環的に変化する。この螺旋運動は、時を軸として形成される一つのパターンであり、ヴィーコ的な円環的歴史観に基づくものと考えられる。

第3章　マッキントッシュの男と謎の詩学

あるときジョイスは友人に向かって、「学者先生方に何世紀にもわたって、私がなにを意味したかについて、甲論乙駁の議論をしてもらうために、多くの謎々難問を入れました。それこそが作品の不滅性を確かにする唯一の方法なのです」といった（Ellmann, 1982, 521）。この言葉通り、たとえば、第七章「アイオロス」で言及されているウユザラップとは何者かとか、ブルームが密かに文通しているその相手のマーサ・クリフォードとは誰か、マーサとボイランの秘書のダン女史と同一なのかとか、「アップ」と書かれた葉書きをテニス・ブリーンに送りつけたのは一体誰なのか、等々数多くの謎が『ユリシーズ』の中に導入されている。

その中でも特に有名なのは、マッキントッシュの男の謎である。ジョイスの予言が的中したかのように、この謎はこれまでしばしば取り上げられては、ジョイス研究家の頭を悩ませてきた。これまで多くの批評家によって、「この男は誰か」という問われ方がなされてきたこの謎は、実は解かれる必要のない謎でもある。この章では、この謎の持つ特殊な二面性、つまり、謎であると同時に謎でないという二面性が生み出されるメカニズムが、『ユリシーズ』の文体の動きと密接な関係があることを明らかにしたい。その上で、この謎が、構造的に生み出されたものであるゆえに、逆に、『ユリシーズ』の詩学の指標として機能しているといえることを論じてみたい。

マッキントッシュの男

マッキントッシュの男は、第六章「ハーデース」を皮切りとして、『ユリシーズ』の中で全部で十一回言及されている。以下順を追って見ていくことにするが、その前に注意しておかなくてはならないのは、マッキントッシュの男が姿を見せる前に、すでに謎めいた男が出てきてもおかしくない情況が整えられている、ということである。第四章「カリュプソー」において、ブルームは、朝食で食べる腎臓を買った帰りに、見覚えのある男を目にして挨拶しようとするが、相手は気がつかない。

なんていう名前だったかな、あれは。こんにちは。気がつかない。挨拶するだけの顔見知りというのはどうも面倒くさい。後ろから見たところは、あのノルウェーの船長に似ている。今日彼と顔を会わせることになるかも（U 4: 213-16）。

ブルームは「今日顔を会わせることになるかも」と考えているが、結果的には、この男が唯であったかわからないし、またその日のうちに会ったかどうかも定かではない。

このような情況の中で、第六章「ハーデース」において、マッキントッシュの男が初めて姿を現す。友人ディグナムの葬式で、墓掘り人たちが棺桶を穴に降ろそうとしている間、ブルームは、棺桶の中のディグナムにはここに誰が来ているかわからないし、また気にもしていない、などと考えている。そこで参列者に自然と目を向けると、そこに見知らぬ男がいることに気がつく。そのことを次のように意識の流れの中に記録する。

おや、あそこにいるマッキントッシュを着たひょろ長い変なやつは誰だろう。誰だか教えてくれ。教えてくれた人には薄謝を進呈。いつだって思ってもみなかったやつが現れる（U 6: 805-07）。

この男が誰なのか、どうしても気になるブルームは、少しして再びその男のことを考えてしまう

ミスタ・ブルームはずっと後ろの方で帽子を手に持って立ったまま、帽子を取っている人の数を数えていた。十二。おれが十三人目。いや、あのマッキントッシュの男が十三人目だ。死の数。あの男はいったいどこから現れたんだろう。礼拝堂にはいなかった。間違いない。十三がどうとかいうのはばからしい迷信だ（U 6: 824-27）。

参列者の数を数えると全部で十三人。ブルームは自分にその不吉な数があたることをあわてて打ち消し、マッキントッシュの男こそ十三人目であるとする。その男が間違いなく礼拝堂にはいなかったことを思い出したブルームは、さらにその男は「誰だろう」といぶかしがる。

葬式も終わり近くになると、そのマッキントッシュ（雨外套）を着た見知らぬ男の存在を気にかけるもう一人の男が現れる。

――教えてくれるかな、とハインズがいった。あの男を知っているかい。あっちにいた……を着たやつなんだが。

彼はあたりを見渡した。

――マッキントッシュだね。うん。見たよ。とミスタ・ブルームはいった。どこに行ったかな。

――マッキントッシュだね、とハインズは走り書きしながらいった。知らないやつだな。それが名前かい？

彼はあたりを見回しながら離れていった。

――いや、違うよ、とミスタ・ブルームはふり返って呼び止めようと声をかけた。おい、ハインズ！

聞こえなかったらしい。どうしたっていうんだ。どこに消えてしまったのだろう。影も形もない。まったく突然。どなたか見ませんでしたか？　K・EにLがふたつ。見えなくなった。いったいどうなっちまったっていうんだ？(U 6: 891-901)

弔問客の名前を夕刊に載せるためにメモをとっていたハインズに「あのマッキントッシュを着た男の名前を知っているかい」と聞かれたブルームが、「あのマッキントッシュのだろう」と答えると、ハインズは、勘違いしてそれが名前だと思い、そう走り書きして去っていってしまう。ブルームは訂正しようとするが、ハインズには聞こえない。いつのまにかマッキントッシュの男の姿もなくなっている。

こうして不思議な男の姿に気をとめたブルームは、一日中この男の存在を気にかけることになる。それとともに短い間に三回も謎の男のことを聞かされ、「あの男は誰だろう」と問いかけられた読者もこれを謎としてとらえ始める。

次にマッキントッシュの男への言及がなされるのは、第十章においてとなる。「さまよえる岩」と呼ばれているこの章は、午後三時頃のダブリン市街の様々な人々を同時に平行して描き出す十九のセクションから成り立つ。その最後のセクションでは、アイルランド総督がマイルス慈善市の開会式に出席するために馬車に乗ってダブリンの街を走り抜ける様子と、それを見た人々の反応が描かれているのだが、その中に「下マウント通りでは、茶色いマッキントッシュを着た歩行者が固いパンをかじりながら、総督の行手をすばやくケガをすることもなく横切った」(U 10: 1271-72)という一節が現れる。

「すばやくケガをすることもなく」という描写は、墓場で初めて姿を現わし、ブルームによって「死の数」を与えられたこの謎の男が、実は幽霊ではないかという印象を与える。続く第十一章「セイレーン」も終わり近く、マーサへの手紙を出すために郵便局に向かう途中で、ブルームは、昼に飲んだバーガンディーのおかげで腸にたまったガスに苦しめられながら、「墓地で見たあのマッキントッシュの男は誰だろう」と再び考える(U 11: 1250)。次の第十二章「キュクロープス」では、思いがけない形でマッキントッシュの男への言及がなされる。ブルームは、キアナンの酒場で、「市民」と呼ばれる熱狂的愛国主義者らの挑発に閉口する。ブルームが彼らに愛の重要性を説くのを受けて、地の文は次のように、「愛する」という単語を軸にしたパロディーを展開させる。

愛は愛を愛することを愛する。看護婦は新入りの薬剤師を愛する。A管区十四号の巡査はメアリー・ケリーを愛する。ガーティー・マクダウエルは自転車乗りの少年を愛する。M・Bは美男の紳士を愛する。リー・チー・ハンはチャー・プー・チョーにキスすることを愛する。象のジャンボは象のアリスを愛する。ラッパ型補聴器をつけたミスタ・ヴァースコイル爺さんは義眼をはめたミセス・ヴァースコイル婆さんを愛する。茶色いマッキントッシュを着た男は死んだ夫人を愛する。国王陛下は王妃陛下を愛する。ミセス・ノーマン・タパーは士官のテイラーを愛する。あなたはある人を愛する。そしてすべての者はだれかを愛するゆえ、このある人は別のある人を愛するのであるけれども、されど神はすべての者を愛する(U 12: 1493-1502)。

ここで、マッキントッシュの男が愛している女性はすでに死んでしまったことが新しい情報として与えられる。しかし、このような文脈で語られることだけに、安易には信じられない。第十三章「ナウシカア」では、マイルス慈善市の花火が終わった後サンディマウントの浜を歩くブルームの頭にマッキントッシュの男のことがふと思い浮かぶ（「それに、あの墓場で今日見た茶色いマッキントッシュを着た男」〔U 13: 1061-62〕）。次の第十四章「太陽神の牛」でも、再び新しい情報が与えられる。すなわち、産婦人科の病院で飲み騒いだためにそこを追い出されたスティーヴンや医科学生らとともに、ブルームが午後十一時の閉店間際にとある酒場に入ると、そこにマッキントッシュの男がいる。

おや、向こうにいるマッキントッシュを着た野郎は一体全体誰だ?浮浪者風だな。あいつのなりを見てみろ。なるほど!何を食っているんだ?　マトンちょっぴりさ。ぜったいボヴリル肉汁が必要。肉汁を飲ませなきゃあ。おめえ、あの文無しを知っているのか?リッチモンド病院にいた妙なやつかな。当たり前よ。やつのペニスは鉛入りかと思ったぜ。一時的精神異常だ。おれたちはパン食いバートルと呼んでいたがね。あいつも、旦那、昔はけっこう羽振りがよかったんですがね。あのぼろを着ている男が身寄りのない娘と一緒になった。その女がおっちんであそこにいるのが色恋沙汰のなれの果てでさあ。さみしき谷間をさまようマッキントッシュか。飲み干して下さい。決まりの時間です。ポリに注意を。えっ、今日葬式で見かけたって?　お友達がこの世におさらばで?（U 14: 1546-54）

昔はけっこう羽振りがよかったが、今ではすっかり落ちぶれてしまったこと、さらに、結婚した女に死なれたことなどが語られ、第十一章で得られた情報もまったくのでたらめではないことが示唆される。実際に起こったことと心の中で起こったこととが混ぜ合わされた幻想劇に仕立てあげられている次の第十五章「キルケー」でも、マッキントッシュの男は幻として現れ、ブルームを放火魔だといって批難する。

〔茶色のマッキントッシュを着た男が、跳ね蓋をあけて飛び出す。彼は細長く伸びた指をブルームに突きつける。〕

マッキントッシュの男
この男のいうことなんて一言だって信じてはいけません。あいつはレオポルド・マッキントッシュという有名な放火魔なんです。本当の名前はヒギンズです。

ブルーム
やつを撃て！キリスト教徒の犬め！マッキントッシュの男はもういい！

〔砲声一発。マッキントッシュの男は消える……。〕(U 15: 1558-65)

これは、それほどまでにこの男の存在がブルームの心にひっかかっていることを示す。それは、マッキントッシュの男とはなんの関係もないと思われる父親のルドルフ・ヴィラグが、茶色のマッキントッシュを着て現れてくることからもうかがえる (U 15: 2304-07)。

第十六章「エウマイオス」で、スティーヴンを連れて駅者溜りに寄ったブルームは、『イヴニング・テレグラフ』紙を見る。そこには、ハインズの書いたディグナムの葬式についての記事がある。

ここで話題を変えるために彼は永眠したディグナムについての記事を読み上げたが、思い返せばまことに陰気な野辺送り。それとも墓地への住所変更というべきか。

――「今朝」(これを書いたのはハインズにちがいない)「故パトリック・ディグナム氏の遺体はサンディマウント、ニューブリッジ通り九番地の屋敷からグラスネヴィンに移されて埋葬された……。会葬者の氏名は、パトリック・ディグナム(子)、バーナード・コリガン(義弟)、弁護士ジョン・ヘンリー・メントン、マーティン・カニンガム、ジョン・パワー、.)eatondph 1/8 ador dorador douradora (この誤植はきっとキーズの広告のことでナネッティが植字工のマンクスを呼んだためだ)。トマス・カーナン、サイモン・ディーダラス、文学士スティーヴン・ディーダラス、エドワード・J・ランバート、コーニリアス・T・ケラハー、ジョーゼフ・マッカシー・ハインズ、L・ブーム、C・P・マッコイ、――マッキントッシュ、その他多数」(傍点は著者による、U 16: 1246-61、中略)

ブルームは、自分の名前が間違ってブーム(Boom)と載せてあること、マッキントッシュの男がマッキントッシュ(M'Intosh)という名前を与えられそこに記載されていること、また出席していなかったはずのスティーヴンの名前が加えられていることに気がつく。

マッキントッシュの男への最後の言及は、いわゆる科学的教義問答体で書かれた第十七章「イタケー」の終わり近くに見られる。この日の出来事を思い返しているブルームは、結局マッキントッシュの男が誰であるかという謎は解けなかったことを、次のように宣言する。

立ち上がって多彩多形状多数の衣類を抱えて歩き出したブルームが、自ら解こうとして、解決できなかった自らが関わった謎とはいかなるものであったか？

マッキントッシュとは何者か？（U 17: 2063-66）

こうして、マッキントッシュの男とは誰か、という謎に対する答えは、読者の期待を裏切って、結局与えられないまま小説は終わり、読者を再読へと導き、批評家を探偵のような仕事へと駆り立てることになる。

マッキントッシュの男の解釈

まず、スチュアート・ギルバートが、マッキントッシュの男は『ユリシーズ』が下敷きにしているホメロスの『オデュッセイア』中のテオクリュメノスの役割を果たしているとし、マッキントッシュの男の謎に対する批評の口火を切った (Gilbert, 170-73)。ライオンズやダフィーは、『ユリシーズ』に『ダブリナーズ』や『若き日の芸術家の肖像』の登場人物が再登場することが多いことを手がかりにして、マッキントッシュの男と似た情況に置かれた男をその中に求める。その結果『ユリシーズ』では名前しか出てこないものの、『ダブリナーズ』中の短篇「痛ましい事件」に出てくる、シニコウ夫人の死を嘆くジェームズ・タフィーではないかと考える (Lyons, J.O., 133-38; Duffy, 83-85)。これに対して、クロスマンは、この男の主な働きは象徴的であるとし、ブルームの「象徴的ダブル」であると主張する (Crosman, 128-36)。また、ベグナルは、描かれている姿が似ていることから、ジョイスが評論を書いている、一九世紀アイルランドの詩人、クレランス・マンガンに違いないとする (Begnal, 565-68)。さらには、リン・ドウ・ヴォアは、マッキントッシュの男の描写である「ひょろ長い変なやつ」は、ジェームズ・タフィー同様ジョイス自身にも当てはまり、「今は亡き女性を愛していた」という記述は、ジョイスの母親に対する良心の呵責の表現であるとして、この謎の男はジョイス自身にほかならないと主張する (de Vore, 347-50; Benstock, 396-413; Thomas, 69-74, 112-23; ナボコフ 401-06)。このほかにもマッキントッシュの男は、ブルームの父親で、自殺し、エニスに埋められているはずのルドルフ・ヴィラダの亡霊にほかならず、ダブリン市内を彷徨っているのは、ダラスネヴィンに埋葬されている妻の近くにいたいがためだとする、ゴードンの説などがある (Gordon, J.S., 671-79; French, 204-05, 286 [n. 43])(1)。

マッキントッシュの男の謎に、その正体を明らかにしようとするアプローチとは異なったアプローチで迫った批評家がいなかったわけではない。アダムズは、『ユリシーズ』内の登場人物や事物を詳細に研究した著書の中で、マッキントッシュの男の正体は特定不可能だとし、この男の謎は、彼の名前についての読者の好奇心を呼びさます役割を果たしているとする。その上で、ジョイスはこの満足させられない好奇心をもて遊んでいるだけであるとする (Adams, 1962, 217-18; Hart, 91-114)。これを受けて、カーモードは、偶然性を高める単なる余剰であるこの謎を、われわれが解きたがること自体が問題であるとする。そして、その原因を、第一には、テクスト内ではいかなる部分も他の部分と比べて例外的には扱われず、同質・同様の注意を受けること、第二には、文学を超えて文化的なレベルで見られる力が働いて、われわれは、とんちには答えを、冗談にはおちを期待するのと同じように、物語の中に一貫性を求めてしまうことに見出す (Kermode, 49-73)。

二つの考え方

マッキントッシュの男の謎をめぐる批評には、このように、あくまでもその正体を求めようとするものと、結局は答えが与えられないことを冷静に受けとめ、この謎を、いわば、作品の持つ豊饒さないしは余剰であるとする二種類に大別される。ここでいう余剰とは、作品の筋・テーマ等とは関係を持たない、必要以上と思われる細部のことである。この二種類の方法は、それぞれマッキントッシュの男の謎の持つ性質の一面をとらえている。すなわち、謎である面と、謎ではない、単なる余剰である面である。換言すれば、どちらもこの謎の半面しかとらえておらず、部分的にのみ正しいといえよう。

まず、第一の方法では、この謎が解かれるべき謎であることが前提とされているが、第二の方法において問題とされているように、なぜこの謎が解かれねばならないかを考え直す必要がある。この謎に答えが与えられなかったことは、まぎれもない事実であり、それをまずわれわれとしては素直に受け入れねばならない。この受け入れは、『ユリシーズ』のオープン・エンディングなどに見られる解放性、無収束性と、名前がわからない男がまわりに何人かいても不思議ではない都市の性格を考慮に入れるならば、きわめて自然になされるはずである。

次に、第二の方法は、この謎が従来の謎のパターンを逆手にとったものであることを明らかにした。すなわち、この謎は、実質は単なる余剰であるが、受け取る側が普通の謎に対して持つ、答えがあるはずだという予期を利用することにより、謎であるかのように見せることに成功していることを明らかにした。この点は評価されねばならないが、マッキントッシュの男の謎の持つ特殊性や、『ユリシーズ』内での意味を明らかにするまでには至っていない。というのは、まず第一に、この謎が単なる余剰であるとしても、なぜブルームがそれほどまでに、マッキントッシュの男の存在を気にかけたか、または、なぜこの謎が一つのモチーフを形成するまでこの小説内でクローズ・アップされたかが問題として残る。そこになんらかの不自然さが認められるとき浮かび上がってくる、作者もしくはテクストがこの謎に込めた戦略性を見失ってはならない。第二に、この謎が解けない謎であることは認めるとしても、マッキントッシュの男の場合には、第一章「テーレマコス」に登場する名前すら与えられていない牛乳売りのお婆さんや、第八章「ライストリューゴーン族」に初めて顔を見せる、少し頭のおかしいダンス教師ファーレル等の人物のようには、単なるテクスト内の余剰のレベルに還元しきれない。つまり、小説中で謎として喚起されることにより、単なる余剰とは異なり、普通の謎と普通の余剰の中間に位置されることになる。すなわち、謎であると同時に謎でないところに、この謎の特殊性が認められるはずである。この特殊な謎が『ユリシーズ』というテクストの中で持つ意味は、そのような二面性が生成されるメカニズムと『ユリシーズ』の構造が平行関係にある点にあると考え、さらに考察を進めてみたい。

マッキントッシュの男の謎が生成されるメカニズムは、『ユリシーズ』の文体の動きと密接な関係がある。この作品は、他の文学作品やパンフレット等の文体を模倣・パロディーする二つの章を含めて、それぞれ異なった文体が使われている十八の章から成り立っている。その文体は、次のような動きを示している。すなわち、前半九章までは、いうなれば、「言葉の保護色」を使うことによって巧みに姿を消そうとしてきた語り手が、後半部では、次第に多種多様な文体を使うことにより自らの存在を誇示するようになる。この動きには語りの上での距離の増加が伴う(**French, 66; Goldman, 85-86; Maddox, Jr., 168**)。

第九章「スキュレーとカリュブディス」までは、文章全体のいわば「内的独白化」によって、語り手は小説の前面から姿を消そうとしている。地の文の存在が示すように、語り手が不在であるということはあり得ないのだが、あたかも不在であるかのような印象をわれわれ読者に与えるのである。この「内的独白化」は、主に次の四つの手法によって達成される。すなわち、まず第一に、内的独白、または、意識の流れの使用である。第二、第三の手法としては、地の文における内的独白者の言葉遣いの模倣、および、地の文と内的独白の融合・混合を挙げることができる(Riquelme, 155; Peake, 180)。語り手は、地の文において、内的独白に見られるその登場人物に特有な語法、単語、イメージ、シンタックスなどを真似ることによって、あたかも地の文でさえも内的独自であるかのような印象を与える。また地の文として始めた文章を、いつのまにか内的独白へと、文章内または文章後に変える手法によっても、地の文の「内的独白化」を進める。第四の手法は、登場人物に見えたり聞こえたりする事柄以外は、一切読者には伝えないというものである。極端な場合には、主人公が考えたくないような事柄さえも、文として表すことをしない(Peake, 184; Kenner, 1977, 382-94)。通常、語り手は、登場人物をはるかに上回る力・はるかに広い視野を持つ。それゆえに、様々な事柄に関して大局的立場からコメントを加えたりすることが可能となる。その力を隠し、自ら持つ能力の範囲を登場人物の持つそれと同化させることによって、語り手は自身の存在を目立たなくし、あたかも登場人物が語り手であるかのような印象を与えることが可能となる。

以上の四つの手法によって、語り手は登場人物の後ろに隠れ、姿を消そうとする。そのために、語られる世界は、登場人物の目を通した、または登場人物の内側から見た世界に近くなっている。ここで注意しておかなくてはならないことは、語り手が姿を消そうとしていることは、登場人物と読者の間の仲介者の除去が行われていることを意味し、その結果として、登場人物と読者の関係が近くなるということである(French, 57-58)。つまり、単に語られる世界が登場人物の目を通したものになっていくというだけではなく、読者が登場人物のものの見方・価値観等までも共有するようになるのである。

このような前半九章のうちの、第六章において、マッキントッシュの男への言及が三回続けて行われるからこそ、この男の謎は読者に鮮烈な印象を残す。読者は、第四章から始まったブルームの章をすでに二章読み終え、まずブルームの視点・考え方等を理解するようになる。さらに、読者は次第にブルームとともに物語世界の中を歩み出し、ブルームと一体化し、ブルームそのものとなって物語世界を見ていくようになる。そこにマッキントッシュの男という正体のわからない男が登場してくるからこそ、『ユリシーズ』全体から見れば、わずかに十一回言及されるだけで、ほんの少ししか登場しない人物であっても、われわれ読者にとって存在感が強く残る。われわれ読者は、この後もブルームとともに歩んでいくのだが、目の前に平坦な道ばかりが続きはしない。これまで姿を見せなかった語り手が次第に姿を現し始め、われわれ読者がこれまで同様ブルームと一体化しようとしても、それを阻み始める。

前半九章の中でも、少しずつ登場人物から離れようとする動きを見せるが語り手は、後半部で完全に離れて、自らの存在を主張するかのように多種多様な文体を駆使して自らの力で語るようになる。こうして今度は、登場人物の内側からというよりは外側から、つまり登場人物の視点からというよりは語り手の視点から語りが行われるようになる。これに伴い大きくなっていく登場人物との間の語りの上での距離がもたらす登場人物に対する態度の変化を、マリリン・フレンチは、「『ユリシーズ』の後半では、文体が複雑になるに従い、登場人物やダブリンの街やプロットさえもその重要性を減じられていく」と表す (French, 126)。マドックスも、『ユリシーズ』の中での、透明から不透明へ、特定から不特定へという文体の動きに沿い、主人公に対する一連の試練という形で物語は進行していくという。その試練には、たとえば、ブルームが妻の愛人ボイランを通りで見かけたとき逃げたことに示されるような、主人公の存在・行為に関わるものや、ブルームの自慰行為を国家に対する反逆行為だと批難する語りの声に示されているような、文体上のものなどがあるという。そして、文体が徐々に主人公の重要性を減じていくことを、マリリン・フレンチ同様マドックスも指摘する (Maddox, Jr., 12)。この指摘通り、これまではテクストおよび読者の興味の中心にあったブルームは、他の登場人物に物語の中心を奪われることによって、またときには、語り手の持つ広い視野のもとに置かれることによって、またときには、語り手のシニカルな目によって、または、語り手の関心が語る対象というよりはむしろ語る際に媒介となる文体もしくは語る行為そのものへと移ることによって (French, 10)、その姿を語られる世界の中で小さくさせられていく。このため読者は、これまで前半部でなじんできた登場人物の立場に加えて、後半部でそれとは異なった、もしくはそれとは対立的な語り手やテクストの立場を提示され、混乱させられるとともに、そのどちらを取るかしばしば選択を余儀なくさせられる (French, 16)。

このような動きの中に、マッキントッシュの男の謎の行方が置かれる。全部で十一回行われるこの謎の男への言及のうち八回は後半部に行われる。ブルームが、第十一章「セイレーン」と第十三章「ナウシカア」で「あの墓地で見たマッキントッシュを着た男は誰だろう」と考えることにより、謎としての興味は、細々とではあるが、引き続き保持される。一方語り手は、ロラン・バルトが分析した、謎を含むバルザックの短篇『サラジーヌ』の語り手とは異なり、この謎に積極的に関与するようなことはしない。この謎を読者に思い出させることを、ブルームに任せっきりにするばかりか、この謎に対して語り手は、必ずしも暖かくない、というよりはむしろ冷たい、または茶化すような態度を示す。第十二章「キュクロープス」での「愛する」という単語を軸にした、他愛もない片言の集まりへのこの謎の男の組み込みや、第十六章「エウマイオス」で、ディグナムの葬式に関する記事の中に、「マッキントッシュ」("M'Intosh") という形で、この謎の男の名前を参列者として記載するところなどには、この謎をもて遊んでいるかのような様子がうかがえる。このような謎の扱い方は、その名前・正体を知りたいと思っているブルームや読者の欲望に対するアイロニーであるとさえいえる。このように、後半部においては、マッキントッシュの男の謎は、「あの男は誰だろう」と考えるブルームの存在のおかげで、謎としての機能を辛うじて維持するものの、登場人物とは対立的に現れてきた語り手によって、普通の余剰と同じような扱い方しかされない。こうして、第十七章「イタケー」に至ってわれわれは、結局この謎は解くことができなかったというブルームの敗北宣言ともいうべきものを聞くのである。

このように、マッキントッシュの男の謎は、文体を媒介として提示されるブルームの立場と語り手の立場の対立と前者から後者への移行によって生み出されたものであるといえる。この対立・移行は、テクストを見ていく際に提示されるパラダイムの対立・移行といい換えることができる。パラダイムとは、ここでは、「ものを見ていく際の枠組み」、「知の枠組み」、「思考の準拠枠」を指す。マッキントッシュの男の謎は、ブルームが持つ、謎であることを当然とするパラダイムと、語り手、もしくはテクストが持つ謎ではなく余剰であることを当然とするパラダイムとの対立および前者から後者への移行によって生み出されているといえよう。さらに、ブルームもまたテクストの中の一構築物にすぎないことをここで確認するならば、テクスト内でパラダイムの対立と変化が起こっていることが理解され、マッキントッシュの男の謎が持つ修辞注・戦略性が明らかになってくる。

マッキントッシュ男の謎と『ユリシーズ』の詩学

マッキントッシュの男の謎は、このように『ユリシーズ』の中でのパラダイムの対立と変化によって生み出されたものである。とするならば、逆に、この謎は『ユリシーズ』の詩学を代弁する象徴的存在として見ることができる。『ユリシーズ』の中には、テクストの読解の手助けとなるような手がかりが端々に隠されているといわれている（French, 23）。たとえば、ブルームが第八章で思い浮かべる「パララックス」（"parallax"）という語は、天文学用語で、ある天体を異なった二点から見たときに生ずる変位のことを指すが、これは、文体の変化に伴う視点の変化により対象の見え方が変わってくる、『ユリシーズ』の文体変化の原理を説明するメタファーとなっている。また第四章で、ブルームの妻モリーがうまく読めず「メット・ヒム・パイク・ホーシーズ」（"Met him pike hoses"）と間違って読んでしまった「メテムサイコーシス」（"metempsychosis"）という語は、死後、霊魂が他の人体または動物体に移るという考え方、すなわち輪廻を意味するが、これは、『ユリシーズ』の多様な文学的引喩により登場人物に多層的に重ね合わされる過去の偉人等のイメージの原理を説明している。たとえば、ブルームには、オデュッセウスのほかには、キリストやモーゼなどが、その予型（type）として重ね合わされている。そのほかにも、ホメロスの『オデュッセイア』との対応関係を示唆する唯一の指標となっている「ユリシーズ」という題名も、『ユリシーズ』読解の手がかりの一つとして数えることができる。

マッキントッシュの男の謎が指標となる『ユリシーズ』の詩学は、二つの文学的特質によって構成されている。その一つは「空間性」（"spatiality"）であり、もう一つは「時間的・因果律的連関」（"temporal/causal connection"）である。

「空間性」とは、ジョゼフ・フランクなどが現代文学の特質を明らかにするために、レッシングの『ラオコーン』の中での議論をもとに導き出した概念である。いうまでもなく言語とは、時間的経過を必然的前提としている。われわれは、文章を読み、また書くとき、一つの語から次の語へと時間をかけて進んでいかなくてはならない。そのような性質を持つ言語を使用する文学は、音楽同様、時間的論理に従っているため、そこに見られる知覚もまた「時間的」（"temporal"）である。これに対して、造型美術は、時間に束縛されない空間を使用しており、そのためにそこに描かれた事物は「空間的」に知覚される。本来「時間的」な文学において、造型美術においてのように、並列的に提示された対象が一瞬時に知覚されるとき、または、順序に従って各部が知覚されるのではなく、全体として知覚されるとき、または、通時的というよりは共時的な読みが提示されるとき、その文学作品は通常「空間的」（"spatial"）な性質を帯びる(2)。このような「空間性」（"spatiality"）の様々な形態を「空間的形態」（"spatial form"）と呼ぶが、それには、基本的形態としての、時間の直線的進行および連続性の抑制・破壊、因果律の廃止のほかに、時間表示の欠如、断片化、並列、筋の多様化、イメージの使用、再帰的連結、ロマンティック・アイロニーなどが挙げられている (Mickelsen, 63-78)。

『ユリシーズ』の場合、「空間化」は主に次の三つの形で行われている。第一に、この作品における時間の流れは、様々な形で乱されている。まずは、物語の進行に伴う時間について見てみても、十八章がよどみなくつながっていくとはとてもいえない。どの章の間にも語られない時間があり、いわば、時間の流れは寸断されている。たとえば、第一章「テーレマコス」の終わりで、マリガンたちをマーテロ塔の下にある入り江に残して、ドーキーに向かったスティーヴンが、すでにそこにあるディージー氏の学校で子どもたちに歴史を教えているところから第二章「ネストール」は始まる。また、第三章「プロテウス」が終わって、すでに時間は昼近くになっているはずなのに、第四章「カリュプソー」では、第一章が始まったのとほぼ同じ時間へとわれわれは引き戻され、第六章「ハーデース」が終わった時点で、ようやく第三章が終わった時間よりも少したった時間へと戻ることができる。さらに、第十章「さまよえる岩」を構成する十九のセクションは、ほぼ同じ時間にダブリン市内で起こった出来事を描いたものを、ただ並列しただけである。また、第七章「アイオロス」および第十二章「キュクロープス」には、それぞれ六三の新聞の見出しのような語句と二五のパロディーが挿入され、物語の進行に伴う時間は、そのたびに一時停止を余儀なくさせられている。ブルームやモリーの個人的時間の連続性も破壊されている。いつどこで過去の回想が始まるかわからず、また同じ回想内でも時間の配列は乱されている。その前後関係を知るには、読みながら年表を作るか、ローリーの労作、『ブルームとモリーの年代記』を手許に置いておくしかない。このような時間的流れの乱れは、当然のことながら、因果律といった論理に支配されていないこと、また「現在」(“presentness”) が強調されていることを示す (Mickelsen, 73; Karl, 16-17)。

次に、イメージの使用について見てみよう。イメージがなぜ「空間的形態」の一つであるかは、エズラ・パウンドの「イメージは、知的・感情的複合体を一瞬のうちに提示する」(“An image is that which presents an intellectual and emotional complex in an instant of time") という定義に基づいている (Eliot, 4; Frank, 226)。すなわち、イメージによって、知性および感情によって喚起されたものが本体に並列され　その二つが同時に提示されるからである。ジョイスはイメージを多用することにより、万華鏡のような世界を現出させるのに成功している。『オデュッセイア』との対応関係も、イメージの一つの例として挙げることができる。このイメージの使用と関連して、マリリン・フレンチの言葉を借りれば、「時を圧縮し、ある時と他の時を同一化し、したがってあらゆる時の類似性と結合を提示する」(French, 29) ことをその機能の一つとして持つ引喩 (allusion) もまたイメージの使用と同じように、「空間的形態」の一つとして考えられるであろう。

最後に、再帰的関連 ("reflexive relation")、または、再帰的指示 ("reflexive reference") による「空間化」について考えてみよう。これは、テクスト内のある部分が、テクスト内の他の部分に言及されることにより結ばれ、一時的に保留されていた意味決定がなされるというものである。これによって、異なった場所に位置する二つのテクストが、読者の頭の中で瞬間的に並列され、理解される。たとえば、第十章「さまよえる岩」の中のセクションは次のように結ばれる。第四セクションで、スティーヴンの妹たちが話をしているところに、意味のなさそうな一節が突然割り込んでくる。

　ブーディが怒っていった。
――なんてこと。何にも食べるものはないの?
　ケイティは汚れたスカートを鍋つかみにして釜の蓋を開けながら聞いた。
――ここには何が入っているの?
　答えの代わりに湯気がどっと出てきた。
――エンドウ豆のスープ、とマギーがいった。

——どこで手に入れたの？とケイティが聞いた。

——シスタ・メアリ・パトリックのところ。

小使いが鐘を鳴らした。

——バラン！

ブーディがテーブルについて、ひもじそうにいった。

——ちょっとちょうだい（U 10: 273-84）。


小使が鳴らす鐘の音が近くで鳴ったものであれば問題はないが、これは実ははるか遠くで鳴った鐘の音である。その後、すぐに会話は再開され、この場面の時間的進行を一時的に止めた「小使いが鐘を鳴らした」で始まる二行は、文脈から浮いてしまう。しかし、第十セクションに読み進み、次のような文章を見つけるとき、この小脱線の二行の意味が初めてわかる。


歩道の縁石のあたりをうろついていたディリー・ディーダラスは鐘の鳴る音や、なかの競売人が叫ぶ声を聞いた。四シリング九ペンス。これは上等のカーテンだ。五シリング。気持ちの落ち着くカーテンだよ。新品なら二ギニーはする。さあ、五シリングより上はいないか？五シリングで決まり。

小使は鐘を振り上げて振った。

——バラン！（U 10: 645-50）

単に、妹たちが食べ物の話をしていたときが、第十セクションに描かれている出来事が起こっている時間であることがわかるだけでなく、この二つの出来事が、頭の中に描き出されたダブリンの街の中で、時間的・空間的に位置づけられ、同時に理解される（Peake, 213; French, 118; Maddox Jr., 146 Gilbert, 227; Budgen, 124-28.）。このような連結法によって第十章の十九のセクションは結びつけられ、すべての出来事が読者の頭の中に重層的に描き出され、絵のように同時に提示される。

われわれは、ここに「空間的形態」の一つとして余剰を加えることができる。余剰は、断片化・並列といった「空間性」を高める要素と関係が深いばかりでなく、それ自体が因果律や時間による結びつきを抑制・廃止し、その結果、物語の時間的進行を妨げる役割を果たす。かつて『ユリシーズ』は混沌としていると批難したリチャード・オールディトン以来、余剰性は多くの批評家によって指摘されてきたこの小説の大きな問題点の一つであった（Deming, 198-200; French, 26-27; Lawrence, 6; Iser, 198-99）。ジョイスは驚くばかりの数の人物名や、ダブリンの街を再構築できるのではないかと思われるほど豊富な道や建物の名前を小説中に挙げ、われわれは、一九〇四年六月十六日の出来事を細部に至るまで文字通り知らされる（Adams; cf. Ellmann, 1982, 363-68; Budgen, 67-68）。この余剰性は、まさにマッキントッシュの男の謎に二面性を与える支えになっていた二つのパラダイムのうちの一つ、語り手・テクストによって提示されるパラダイムによって生み出される。

もう一方の、ブルームが謎を喚起することによって提示されるパラダイムは、「時間的・因果律的連関」という文学的傾向を生み出す形態の一つである。「時間的・因果律的連関」とは、「空間性」とは逆に、まさに本来文学が持っている性質で、時間や因果律を軸にして事物が結びつけられるときに得られる。最も代表的な形態は、いうまでもなくプロットであるが、そのほかに、謎や命名行為を挙げることができる(3)。謎であるために必要なことは、事象がある連関の中に組み込まれ、しかも、その中のある要素が欠けているということである。その連関は、たとえば、原因と結果であったり、時間的発展であったり、または、ブルームが発した謎の場合のように、物と名前、もしくは言葉と指示対象であったりする。物と名前という関係にしても、言語と指示対象という関係にしても、その一方があるゆえにも一方も存在するはずであると考えられるとき、そこには因果律の論理が働いているからである。

『ユリシーズ』の場合、「空間化」は行われていても、「時間的・因果律的連関」も残されている。それは、たとえば、時間の流れが様々な形で乱れていても、先に挙げた「空間的形態」の一つである時間的表示の欠如は見られないところや、プロットが維持される点、等にうかがえる。ジョイスは、この小説を書くにあたって作製した計画表に「時間」という項目を含めていることにも示唆されているように、各章での出来事が何時頃に起こったかを読者にわかるようにさりげなく描いている。たとえば、第四章「カリュプソー」や第十七章「イタケー」の時間は、ブルームが住む家の近くにある聖ジョージ教会の鐘の音によりわかる。また、第一章の時間は、スティーヴンがマリガンとともに朝食を取っているときの会話の中の、「どうなってるんだ、この宿は。八時になったら来るようといったのに」(U I: 339) という台詞から、午前八時頃と推定できる。このように、時間の流れは乱されていても、全体として「時間的・因果律的連関」は保たれている。

この二つの文学的特質は、どの文学作品にも、程度の差はあるにしても、見られる。純粋に「空間的」な作品は存在し得ないし、また純粋に「時間的・因果律的連関」による作品もない。しかし、「空間性」が大きな特質として歴史的に連続して見られ始めるのを、フランクはフローベール以降と考え、現代小説はこの両極の間を揺れ動いているとする(4)。

以上見てきたように、マッキントッシュの男の謎は、謎であると同時に謎でないという二面性を持つ特殊な謎である。この謎の二面性は、『ユリシーズ』の文体を媒介として提示される謎を謎とするパラダイムと、語り手・テクストが持つ謎を余剰としてとらえるパラダイムとの対立および前者から後者への移行によって生み出されている。ブルームもまたテクストの一構築物であることを理解するとき、マッキントッシュの男の謎が持つ修辞性が明らかになる。すなわち、この謎は、「時間的・因果律的連関」へと向かう力と、「空間性」へと向かう二つの力によって形成されている『ユリシーズ』の詩学の指標として機能する。

第4章 「ロータス・イーターズ」においてヘンリー・フラワーが花開かせるもの

よく知られているように、ジョイスの『ユリシーズ』は、ホメロスの『オデュッセイア』を下敷きにして書かれている。つまりは、レオポルド・ブルームという新聞社の広告取りをしている男が一九〇四年六月十六日という特定の日にダブリンで取る行動が、『オデュッセイア』に描かれる英雄オデュッセウスの冒険になぞらえられているのである。これに従えば、『ユリシーズ』第四章においてエクルズ通り七番地の自宅で、妻の朝食をかいがいしく用意するブルームは、「カリュプソー」に囚われたオデュッセウスに対応する。続く第五章において、ダブリンの街中に姿を見せたブルームが、ディグナムの葬式までの時間に、秘密の文通相手からの手紙を受け取り、読み、風呂に寄る間に、目にしたり考えたりすることは、「ロータス・イーターズ」という表題のもとで描かれる。

その表題にふさわしく、午前十時のダブリンでブルームの目に映るのは、蓮を食べたごとく、けだるく、無気力で、自らの行動や状況に対する自覚を失い、現状に満足している人や動物の姿である。まるでなにものかに自分というものを乗っ取られ、この時間とこの場所に生きていることさえも忘れているようなその様は、ジョイスが『ダブリナーズ』で描いた麻痺を思い起こさせる。その中で、麻痺を醒めた目で見て、その麻痺を意識しているブルームには、ダブリンに住む他の人たちやものとは違って、麻痺にとらわれることなく、危機的状況を打開する「英雄」の役割が期待される。一見するとその役割は果たされているかのように見えるが、残念ながらブルームもまたその麻痺に取り込まれている。しかし、その一方で、その麻痺に抵抗する可能性もまた垣間見える。

この章では、主人公ブルームがこの章のテーマとなっている麻痺にどのように対し、麻痺に取り込まれながらも、抵抗する身振りを最終的にどのように示していくかを考察していく。

ブルームの行動

第五章は、主人公ブルームがサー・ジョン・ロジャーソン河岸を歩いているところから始まる。ウィンドミル・レーンを通り過ぎ、ライム通りに入ったところでタバコを吸っている少年を目にしたブルームは、タバコを吸っていたら大きくなれないと注意をしようかとも思うが、考え直して止める。十一時からのディグナムの葬式までに時間がまだ十分あることを確認した彼は、ウェストランド・ロー通りの郵便局に寄り、人気がないことを確認した上で、自分の名前ではなく、ヘンリー・フラワーという名の書かれたカードを局員に手渡し、局留めで彼に手紙が届いていないかを確認してもらう。ヘンリー・フラワーとは、文筆業の手伝いをしてくれる女性タイピスト募集という広告を出したときに彼が使った偽名で（U 8: 326-27）、彼は応募してきたマーサ・クリフォードという女性とその名を使って手紙のやりとりをしている(1)。前回の手紙で書きすぎたと感じ、彼女からの返事は来ていないかもしれないと思っていたブルームは、手紙が届いていることを知って喜ぶ。彼はその手紙をポケットに入れ、器用にその中で封を破る。手紙を早く読みたい、そのためにはひとりでいたいと思うブルームの前にマッコイが現れ、ブルームは仕方なく彼と話をするが、会話には身が入らない。向かい側のグロズブナー・ホテルの前に馬車に乗り込もうとしている女性客の姿に気がついたブルームは、そちらに注意を向ける。女性の服、とりわけ下着にフェティッシュな魅力を感じる彼は(2)、その女性客のシルクのストッキングから目が離せない。しかし彼女が馬車に乗り込もうとして、ブルームが一番見たいと思っていた姿勢を取ろうとしたとき、走ってきた路面電車がその光景を遮る。ブルームは、至福の時を奪われた苛立ちと落胆を感じる。旅行カバンを知り合いから借り出してはそのまま返さずに自分のものにするいつもの手を使おうとするマッコイを、なんとかやり過ごしたブルームは、ミードの材木置き場で、マーサ・クリフォードからの手紙を新聞で慎重に隠しながら読む。そこには、前回マーサに送った手紙にブルームが切手を同封したことを怒っていること、これまでこれほど男性に惹かれたことはなく、早くブルームに会いたいと思っていること、長い手紙を書いてほしいといったことが書かれている。ブルームは手紙に書いてあった内容について考えをめぐらしながら歩いていき、途中で封筒を破り捨ててから、オール・ハローズの教会に入る。手紙を受け取るときに使った、ヘンリー・フラワーと書かれたカードを、暗闇にまぎれてもとの隠し場所である帽子の中に戻し、さしたる宗教心もなくミサの様子を観察したブルームは、ミサが終わっても時間がまだあるのを見て、リンカーン・プレイスの薬屋スウィニーズに寄ることにする。妻の化粧水の調合を頼むつもりだったが、処方箋を朝着替えたもう一つのズボンの方に入れたままで持ち合わせていなかったので、処方原簿を調べてもらい、化粧水の調合を頼む。そのやりとりをする間もブルームは薬屋の内部を観察し、様々な薬に囲まれていることが及ぼす影響について考えをめぐらす。風呂に寄るつもりでレモン石鹸もついでに一つ買って薬屋を出たブルームは、今度はバンタム・ライオンズに出会う。彼はブルームが持っている『フリーマンズ・ジャーナル』に目を留め、この日アスコット競馬場で開かれるレースに出走する馬を調べたいからと、新聞を少しの間見せてくれと頼む。それを疎ましく思ったブルームは、もうその新聞はいらないから君にあげる、捨てるつもりだったからというと、バンタム・ライオンズは、なぜかお礼をいい、賭けてみるよ、と謎の言葉をいい残して去っていく。バンタム・ライオンズをやり過ごしたブルームはレンスター通りにあるトルコ式風呂に向かいながら、浴槽に浸かった自分の体を水の中を漂う植物のようにイメージする。

麻痺

『ユリシーズ』第五章が通常「ロータス・イーターズ」と呼ばれるのは、この章がホメロスの『オデュッセイア』に出てくる「ロータス・イーターズ」のくだりを「踏襲している」からである。「ロータス・イーターズ」とは、トロイアから故国イタケーへと向かうオデュッセウス一行が漂流してたどり着いた地に住むロトパゴイ人のことで、彼らは、オデュッセウスが様子をさぐらせようと送った部下たちを歓待するが、蓮を食べさせてしまったために、部下たちは帰国の望みもなにもかも忘れ、この地にとどまりたいという気になる。オデュッセウスは部下たちを力ずくで船に乗せ、航行を続けたということが『オデュッセイア』第九巻に記されている。

この話に合わせるように、『ユリシーズ』第五章はけだるい無気力に満ちている。ブルームはこの章が始まったときからこの時間帯が「だるい時間」（U 5: 9）と意識している。「かなり暑い」「いやに暑い」（U 5: 19, 27）と感じていることも手伝ってか、ブルームはベルファスト・アンド・オリエンタル紅茶商会の前を通ったことを機に、前章でも考えていたオリエントにこの章でも思いをはせる。この章では、以下のようなイメージが頭に浮かぶ。

極東。いいところにちがいない。この世の庭、大きな物憂げな葉に乗って水の上を漂う。サボテン、花咲き乱れる草原、蛇のリアナとかいうやつ。本当にそうなのかな。セイロンの住民たちは日のあたるところでのんびりと「甘美《ドルチェ》な無為《ファールニエンテ》の暮らし」をし、一日中手もひっくり返すことさえしない。一年のうち六ヶ月は眠っている。暑すぎて喧嘩もしない。

気候の影響。無気力。怠惰の花。……蓮の花。花びらも疲れ切って。眠くなる病が空中に漂って。バラの花びらの上を歩く（U 5: 29-36）。

頻出する植物はこの章のもう一つのテーマである花・植物へと読者の注意を向ける。

マーサからの手紙を受け取るために立ち寄った郵便局に貼られている志願兵募集のポスターを見ても、そこに映っている兵たちは、制服を身にまとってかっこよいが、催眠術にかかっている（"hypnotized"〔U 5: 73〕）ようにブルームには見える。御者溜まりを通り過ぎるときに馬たちに目をやれば、馬たちは「なにひとつ知りもせず、気にもかけず、ただただ長い鼻面を飼い葉袋につっこんで。去勢までされて。……そんなふうでもそれなりに幸福」（U 5: 215-19）に、草をはんでいる。その様子を見てブルームは、馬たちの黄金郷（"Their Eldorado."〔U 5: 215〕）という言葉を頭に思い浮かべる。

教会に入ってミサが行われているのを見ているときも、牧師が「ラテン語でまずは信者たちを煙に巻く」（U 5: 350-51）その手口に感心し、聖餅を与えられて「盲目的信仰」（U 5: 367）のうちに宗教に陶酔する様を、まるで宗教というものを初めて目にする者のように冷静に眺めている。

妻に頼まれていた化粧水を買おうと立ち寄った薬屋でも、ブルームはそこに置かれている薬品にめざとく目をやり、「用心しないと。ここに並んでいる分量だけで十分麻酔がかかるから」（U 5: 480-81）と、麻痺の危険性を見抜く。

このようにして、行く先々でブルームが麻痺した状況を目にするために、第五章は全体として麻痺に満ちた章となる。蓮を食べて現世のことを忘れてしまう「ロータス・イーターズ」のけだるい無気力な世界が、こうして現代のダブリンに姿を現す。

もう一つ「ロータス・イーターズ」の世界を現出させるのに一役買っているのは、花や植物のイメージである。この章の中で数多く言及される花や植物は、植物のテーマを強調し、表題に含まれている蓮とのつながりを間接的に補強する。

最も目立つ例は、花言葉を使って手紙を読み直す場面であろう。マーサからの手紙を読んだブルームは、そこに花が添えられていたことから、花言葉について考える。そして、マーサの手紙を読み直す際には、ところどころに植物を思い浮かべながら読む。そのくだりは、以下のように描かれる。

彼はピンで留めてあるところから花をまじめくさった顔をして引き離し、もうほとんど残っていない匂いを嗅いでから胸ポケットに入れた。花言葉。女たちが花言葉を好きなのは、それなら誰にも聞こえないから。毒入りのブーケを使って、あいつをやっつけるっていう手も。ゆっくりと前方に歩きながら彼は手紙をもう一度読んだ。ところどころで単語をつぶやき口にしながら。あなたのことでカンカンよチューリップ。愛しの男花。そうして下さらないとあなたのサボテンをお仕置きするわよ。どうか私のことを忘れな草。どれほどスミレ愛しの薔薇ひかれていることかしら。もうすぐアネモネ会うとき、おばかさんの夜の茎、奥さん、マーサの香水。全部読み終わると彼は新聞のなかに隠していたその手紙を彼のジャケットの脇のポケットへと戻した（傍点は著者による、U 5: 260-67）(3)。

傍点を付したところに唐突に入る花や植物は、その連関がはっきりとしなかったり、耳慣れないものもあり奇異に感じられることがあるが、ブルームの意識に上ったものである。一つのパラグラフにまとまって現れる花言葉は、花や植物がこの章の重要なテーマであることを読者にはっきりと伝える。

触れられるのは、ブルームの頭に浮かんだ花や植物だけではない。むしろ本来花や植物とは関係のない事象についても花や植物のイメージが使われるために、実際ブルームが目にしたり考えたりした以上の数の花や植物のイメージがこの章には現れることとなる。これは、第五章に限らず、『ユリシーズ』の他の章、そして『フィネガンズ・ウェイク』においても使われる重要な手法であるが(4)、これにより各章で語られる内容にかかわらず、スタイルを通して各章のテーマに関連した表現が書き込まれることとなる。

具体的な例を示すならば、この章の冒頭でブルームがタバコを吸っている子どもに注意しようとして、「彼の人生は安楽なものではない」(U 5: 8)ことを理由にやめるくだりは、"His life isn't such a bed of rose." という表現が使われる。本来バラとは関係のない状況であるが、バラを使った表現を用いることで、章の冒頭から花や植物を書き入れることが可能になっている。続いて、文通相手の女性が手紙の中で「今日はひどく頭が痛い」と書いていた原因を、ブルームが女性に月に一度訪れるものに求めるくだりにおいても、月のものは "roses" (U 5: 285)という言葉で表されている。また、女性はピンを持っているものだということをいったあとに、「トゲのないバラはない」(U 5: 277)と付け加えているのも、花や植物に関連した表現をこの章の中に増やす役割を果たしている。このようにして、花や植物と関係ない事柄を表す箇所に、花や植物を使った比喩表現を用いることにより、花や植物が章全体に散りばめられていく。そしてその結果として、章全体に花や植物のイメージが浮かび上がることとなる(5)。

第五章最終部のブルームの夢想は、花や植物のイメージの使い方という観点からすると興味深い。前述の直接的な花や植物の言及に、象徴的といってもよい機能を果たす花や植物が、重なるようにして出てきているのである。

彼は、自分の色の白い体が、裸で、風呂の中にのびのびと横たわり、ぬくもりの子宮の中で、溶けていく石けんのかぐわしいぬめりに包み込まれ、緩やかに洗われるところを思い描いた。胴体と手足が、黄色いレモンのような色合いで、ひたひたとさざ波をかぶりながら静止し、軽やかに上へと浮かべられる姿が頭に浮かんだ。彼のヘソは肉のつぼみのよう。そして黒くもつれ合った縮れた茂みが水面に漂い、幾千もの子らの萎えた父親、物憂げに漂う一つの花のまわりに、流れるように漂う毛が見えた（U 5: 567-72）。

浴槽に入った自分の体の陰毛を茂み、陰茎を物憂げに漂う一つの花とイメージするブルームは、まるで前述の花の言語を用いて思考するパターンをこの章の最終部まで引きずっているかのようである。陰茎が表すところの物憂げに漂う一つの花は、この章の表題に含まれる蓮をイメージさせ、その意味では象徴的である。

ここでの花や植物のイメージは、これに加えて二つの重要な意味を持っている。まず第一に、このくだりは、冒頭から見られた花や植物のイメージを、表題にも含まれている蓮で締めくくることで、この章全体の花や植物のイメージを「ロータス・イーターズ」と関連づけ、そこへと収斂させる役割をしている。第二点は、第一点とも関わるが、ブルーム自体が花、しかも蓮となる点である。ブルームは、この章で描かれているように、「ヘンリー・フラワー」という名前で文通をしていた。この最終部でブルームが浴槽につかる想像の中で、陰部が花となるとき、ブルームはフラワーであることからさらに一歩進んで、フラワーが通常意味するところの「花」ともなるのである。このことの重要性については後ほど論ずる。

麻痺させるものへの意識

ブルームは、オール・ハローズの教会で聖体拝領の儀式を見ながら、そこにも麻痺があることを察知する。

彼らを見てみるといい。そのおかげで彼女らは幸福な気分になっている。棒付きキャンデーみたい。てきめんだよ。そう、天使たちのパンとか呼ばれている。とにかくすばらしい思いつきだ、神の国が自分の内部にあるって感じるのは。初めて聖体拝領する子供たち。一かたまり1ペニーのまやかしもの。それだけでみんなが一家族みたいな気分になる。劇場と同じで、みんなが同じ気持ちになる。そういうことなんだよ。間違いない。もうそんなに孤独を感じない。私たちの教団にいれば。そしてちょっと酔ったような気分で出てこられる。憂さを晴らして。必要なのは完全に信じきってしまうこと。……盲目的信仰。み国の来たらん腕に抱かれて。あらゆる苦しみを癒す(U 5: 359-68)。

聖餅を口に入れることで、信者は自らの内部に神の国がある気になり、そこを訪れている他の信者たちと同胞意識を持つことになる。その結果として「あらゆる苦しみを癒す」(U 5: 367-68)、「盲目的信仰」(U 5: 367)は、それを食べればこの世のことをすべて忘れさせる蓮とあまりに似た姿を示す。

ここで注目すべきは、ブルームが教会においても麻痺があることに気がついているだけでなく、そのからくりにも気がついている点であろう。それはブルームがユダヤ系で、アイルランド人であるにしても完全なアイルランド人とはいえない、外れた、リミナルな位置にいるからこそ可能であるといってよいかもしれない。

このあとのところでも「たしかにすごい組織だ、まるで時計仕掛け」(U 5: 424-25)と感心し、「もっと仕組みがわかればもっとおもしろいのだが」(U 5: 423-24)と感じるブルームは、スティーヴンが『若き日の芸術家の肖像』(以下『肖像』と略す)で自分を取り込もうとするものに対して感じていたものと、程度と質には違いがあるものの、基本的性質においては近いものを持っているということができる。スティーヴンは『肖像』最終部で、自分をとらえ、束縛しようとするがゆえにそこから逃げなければならないもの、自分が戦わなければならないものとして三つを挙げていた。それはすなわち、言語と国家と宗教であった。

ブルームは、自分たちを取り込もうとするものを意識しているというという点ではスティーヴンと似ているが、その意識を持ちながらも、結局は取り込まれているという点で、先鋭化した意識を持ち、あくまでも戦う姿勢を見せるスティーヴンとは決定的に異なっている。ブルームが取り込まれている様子は（1）花の言語、（2）コインシデンス、（3）ホメリック・パラレルによく表れている。

（1）花の言語

これについてはすでに本章の「麻痺」のところで見たので手短な説明にとどめる。ブルームは、マーサからの手紙を読み直すとき、その手紙につけられていた花に触発され、花の言語を交えながら手紙を読み直す。ブルームはこのとき麻痺を意識し警戒している者であれば手にしてはならないものを、手にしてしまう。第五章の最終部がそのことを最もよく示している。ブルームは、浴槽に横たわる自らの体を蓮のような植物や花とイメージし、この世に生まれ出る前の胎児のように「ぬくもりの子宮」に戻り、自らの苦悩を忘れるとともに、現世とは違う世を漂っている。花の言語にとらわれ、現実の世界にいるはずなのに、心地よい想像の世界を浮遊するブルームは、ナルシシズムという名の蓮を口にしていて、現実の世界にいながらも、現実の世界にいない。実際に風呂に入っている姿が描かれるのではなく、想像上の風呂に入っている姿でこの章が終わっているのは、そのことを示している。

（2）コインシデンス

コインシデンスとは偶然の一致のことを指す。持っている新聞を貸してほしいとバンタム・ライオンズに頼まれたブルームは、早く厄介払いをしたいと思って、その新聞をバンタム・ライオンズにあげようとする。そのとき、バンタム・ライオンズは意外な反応を示す。


――それ、あげるよ。とブルーム氏はいった。

――アスコット。ゴールド・カップはっと。ちょっと待って。とバンタム・ライオンズはブツブツいった。ちょっとだけ。マクシマム二世。

――ちょうどそれを捨てようと思っていたから、とブルーム氏はいった。

バンタム・ライオンズは突然目を上げて、弱々しくにらんだ。

――どういうことなんだ？と彼は鋭い声を出して聞いた。

――だから、あげるっていったんだ。とブルーム氏は答えた。ちょうどあのとき、捨てようと思っていたから。

バンタム・ライオンズはにらむようにして一瞬疑いの目を向け、それから広げた新聞をブルーム氏の腕に返した。

――一か八かやってみるよ、と彼は答えた。はい、これ。どうもありがとう（U 5: 531-41）。


よく引用されるこの一節の意味は、『ユリシーズ』を終わりまで注意深く読んだ読者のみが知ることができる。実は、この日開かれる予定の競馬にスローアウェイという名前の馬が出走することになっていて、ブルームがライオンズにいった「捨てようと思っていた」"I was just going to throw it away"（U 5: 534）という言葉の中に含まれていた「スロー・

アウェイ」(“throw away”) という言葉にライオンズは反応しているのだ。そしてそれを彼だけに特別に教えてくれた勝ち馬情報であると、ライオンズは考えるのである。最後の一か八かやってみるというセリフは、その情報に基づいて賭けをしてみるつもりであることを伝えている。

ブルームがいった言葉は、実は二人が共有しているはずの、きわめて普通のコードに基づいて解釈すべきであったにもかかわらず、それを、競馬のことしか頭の中になく、またユダヤ系でフリーメイソンでもあるらしいブルームに対し、ある種の不信感と他者意識を持っていたバンタム・ライオンズは、通常とは違うコードに基づいて解釈をしてしまう。

これにより、ブルームの言葉はブルームがまったく関知しない、ブルームを超えたところで起こっていることへと無理矢理関連づけられる。ブルームの言葉は、彼を超えた次元にある言語の意味作用の中に否応なく取り込まれ、ブルームの関知しないコンテクストに接ぎ木されている。これは基本的にどのような言葉にも、そしてどのようなことにも起こり得る性質の事柄で、このコインシデンスとは、言語が本来的に持っている作用をクローズ・アップしているにすぎない。

(3) ホメリック・パラレル

コインシデンスを、二つの異なったレベルにある事柄が、共通の言葉や行動等を通して結びつけられることと定義するのであれば、『ユリシーズ』が持つ、ホメロスの『オデュッセイア』との照応関係を指すホメリック・パラレルもまたコインシデンスの一種ととらえることができる。ブルームはもちろんのこととして、すべての登場人物や出来事、言葉が、その状況とはまったくかけ離れたところから恣意的に持ってこられたコンテクストの中に置かれ、そこに取り込まれ、新たな意味の創造に使われている。コインシデンスとの違いは、コインシデンスがテキスト内を範囲として起こるのに対し、ホメリック・パラレルはテキスト外の広い範囲で起こる点である。範囲がテキスト外にまで広げられるとき、その結びつきは恣意的である度合いを強め、基本的にはどのテキストにも及び得ることとなる。『オデュッセイア』の場合には、『ユリシーズ』が本の形で出版されるまで付けられていた各章のタイトルと、『ユリシーズ』というタイトルによって、ヘソの緒のような直接的結びつきが辛うじて保持されるが、そのほかの、『ユリシーズ』と『ハムレット』や『聖書』といった作品との照応関係が指摘されることが示すように、基本的にはどのテキストにもその照応関係は開かれるのである。この性質を認識することは『フィネガンズ・ウェイク』の世界の性質を理解することの重要な一歩となる。

再び抵抗の身振り

これまで見てきたことを簡単にまとめるとすれば、『ユリシーズ』第五章の麻痺した世界の中で、ブルームはその麻痺を生み出すものへの懐疑を、わずかといえども、持つ者として存在しているが、そのような意識を持ちながらも、なおブルームは麻痺を生み出すものに取り込まれていた、ということになるだろう。『肖像』最終部で自らをとらえようとするものとの抗戦を高らかに表明して旅立っていったはずのスティーヴンが、まるでイカロスが失墜したごとく、『ユリシーズ』において再びダブリンに戻ってきていたことは、そのような戦いが失敗したことを暗示しているのだろうか。『ユリシーズ』は『ダブリナーズ』同様麻痺にとらわれるダブリンを示しているのであろうか。麻痺を描く『ユリシーズ』第五章は、そのことを示す一つの寓話なのであろうか。

答えは否である、と考える。『ユリシーズ』第五章には、麻痺させるものに取り込まれつつも、なお抵抗する身振りが隠されている。スティーヴンが挙げた抵抗すべき三つのもの、すなわち、国、宗教、言語に即していうならば、ブルームは、完全なアイルランド人ではなく、国を持たない流浪の民の血を持つ悲しい事実によって、国家というものにとらわれるのを阻む手だてを手に入れている。それは宗教についても同じで、その様子は教会内部で起こることを見るときの冷やかなアウトサイダーの目からうかがえる。言語については、当然のことながら、人が言語から解き放たれる地平というのは、人が人である限り見出すのは不可能といってよいのだが、それでも『ユリシーズ』第五章は抵抗の可能性を示している。それはブルームがヘンリー・フラワーであることによって切り開かれ、ブルームを取り込む役割をしていたコインシデンスとホメリック・パラレルとによって、逆説的ながら増幅される。

ブルームがヘンリー・フラワーと詐称することは、現実逃避的な浮気願望から生じた、他愛もない遊びにすぎないが、ブルームがブルームではない、ヘンリー・フラワーという別の人間でもあること、より正確にいうならば、ブルームが、ブルームでありながら、ヘンリー・フラワーでもあることが持つ意味は、それを超えてはるかに大きい。というのも、これによって一人の人間がその人でありながら別の人間でもある可能性が切り開かれ、その可能性が、『ユリシーズ』のスタイルに後押しされて、より大きなものに変えられていくとき、人間をとらえようとする言語の束縛から逃れることができる可能性が見えてくるからである。

ブルームが自らの体を水の中を漂う植物とイメージする『ユリシーズ』第五章最終部が、ブルームを花に変えていたことはすでに見た。この部分のおもしろみは、ブルームがヘンリー・フラワーであることをその間に置いているから生じているといってよい。ブルームが人としてのヘンリー・フラワーから、普通名詞の「花」へと変化していくことを目にするとき、そこには、ブルームがいった「もう捨てるから」という言葉がバンタム・ライオンズの頭の中にある馬の名前と結びついたコインシデンスと同じことが起こっている。この連関が、ブルーム（Bloom）という名前がそもそも花と関連した語であることから容易に受け入れやすいものとなっていることはいうまでもないが、これには実はさらなる伏線が用意されている。このブルームという名は、もともとはハンガリア語で「花」を意味するヴィラグ（Virag）から彼の父親が変えたものなのである。この章自体が"flower"という語で終わることも、ブルームとヘンリー・フラワーと花とが妖しく入り交じることを示している最終部の持つ重みを強調しているように見える。

人が、他の人でもあり、他のものでもあり得る可能性は、『ユリシーズ』を注意深く見ていると、周到に準備されたものであることがわかる。第三章において読者は「神は人となり、人は魚となり、魚はカオジロコクガンとなり、カオジロコクガンはフェザーベッド山となる」"God becomes man becomes fish becomes barnacle goose becomes featherbed mountains"（U 3: 477-79）という言葉を目にしていた。第四章には「輪廻転生」"Metempsychosis"（U 4: 339）という言葉への言及がさりげなくされていた。『ユリシーズ』第五章でブルームがヘンリー・フラワーでもあり、花でもあるという存在の多様性の可能性はこの文脈の中で理解しなくてはならない。

『ユリシーズ』の構成原理といってもよいホメリック・パラレルも、この人が他の人・ものであり得る可能性に基づいている。これに基づいてブルームは、ブルームでありながら、古代に生きたオデュッセウスでもあることになるのだが、ブルームという存在の多様性はそれにとどまらず、シェイクスピアやエリヤへと広がっていることは、『ユリシーズ』を読むものであれば誰しもが知っていることである。一度広がりを見せた存在の多様性の可能性は、その広がりの限度を定められることはない。そのことを示したのが次作『フィネガンズ・ウェイク』である。そこでは、個と他の区別はなく、一人の人間は他のすべての人間と等価になっている。

これこそがジョイスが最終的にたどり着いた、人を取り込み、束縛する言語への抵抗する術であった。ジョイスは、あるものが同時に他／多である世界を生み出すことによって、言語を内側から解体し、言語が人を取り込もうと振るう力に対抗しようとしたのである。ブルームがヘンリー・フラワーであることは、ジョイスの言語への抵抗プログラムの一つの契機なのである。

第五章の意味

『ユリシーズ』第五章とはどのような章なのだろうか。ブルームはこの章でなにをしようとしているのか。この章では彼のなにをしているところが描かれているのだろうか。ブルームは、ダブリンの街中をただ所在なく歩き、ダブリンの街で起こっていることを見ているだけのように見える。していることといえば、秘密の文通相手からの手紙を受け取ることくらいで、それ以外に目立った行動はない。風呂も、そこに入っている自分の姿を夢想するところは描かれても、そこに実際に入っているところは描かれない。彼は、ディグナムの葬式までの時間を、さしたる目的もなく彷徨っているように見える。

おそらくこれこそがこの章が語ろうとしたことなのであろう。ブルームの目に映るように、相変わらずダブリンの街は麻痺している。その中でなにも行動を取るのではない、あるいはより正確には取ろうとしても取ることのできないブルーム自身も、また麻痺の中にあるのであろう。一人息子は生まれてすぐに亡くし、娘は住み込みで働き始めて家にいず、妻はといえば、ブルーム自身が知っているように、この日ほかの男（ボイラン）と姦通を犯すことになるのであり、二人の関係は最大の危機に瀕している。マーサ・クリフォードが手紙の中に書いていた、家庭においてブルームは幸せではないのね、という言葉は、ブルームにとって鋭すぎる現実である。失われた幸せに代わるものをどこか別の場所に求められないかと思ったとしても不思議はないブルームが、どこの誰なのかもわからない秘密の文通相手とのやりとりの中で、冷たく味気ない現実の中におぼろげに現れる暖かく優しい空間は、ヴァーチャルなものであるが、あるいはまたヴァーチャルなものであるからこそ余計に、ブルームを慰撫してやまない。彼女との関係が現実的なものになるかはわからない。テキストにも書かれることはない。それは第五章最終部の風呂に入っている自分の姿を想像しているのとまったく同じで、重要なのは現実の行為なのではなく、想像の世界に現れる、想像の世界のことであるからこそ心地よい、慰めである。

そのようなブルームだからこそ、麻痺している他の人々やものの姿がブルームに見えるのかもしれない。ダブリンに麻痺があるのではなく、自らが打開策となるような行動を取ることができず、想像の世界で辛うじて自らの傷を癒すブルームという鏡があったからこそ、麻痺が見えるのかもしれない。

『ユリシーズ』第五章が描くのは、きわめて微細なレベルで起こる動きである。あまりに微細すぎて、劇的な要素はなにもないように見える。しかし、自分自身を麻痺させる個人的・家庭的状況を重く意識するブルームが、他人に気取られないように慎重にマーサからの手紙を読み、その間に他の人々やものに注意を払う中で彼の意識に現れることは十分劇的である。『ユリシーズ』第五章とはそのような章である。

彼が自分ではなにも意識することなく、他人や他のものの麻痺を観察し、麻痺を引き起こすもの、人やものを取り込もうとするものに警戒感を示し、それでもなおかつそれらに取り込まれていく様には、微細なレベルで起こる、大きなドラマがある。そのドラマはさらに、ブルームがヘンリー・フラワーでもあることを契機として、彼がまったく知らないところで、コインシデンスやホメリック・パラレルによって増幅されることで、さらに大きなドラマとなる。ブルームを超えた、作品の言語を扱う作者が振るうイデオロギー的な言語の力によって、それこそ「英雄的」といってよいドラマへと仕立て上げられる。

第5章　両義的な街

「さまよえる岩」とも呼ばれる第十章には、ほぼ午後三時から午後四時に至るまでの時間帯にダブリンの街の中で繰り広げられる様々な市民の行動が描かれている。これまでの章においては、スティーヴンとブルームが中心的に描かれてきたが、ここでは視界が急に広がって、多くの市民の生活が描かれる。ボイラン、サイモン・ディーダラス、マーティン・カニンガムといった、これまで登場はしていても脇役にすぎなかった人物のみならず、コンミー神父、トム・カーナン、ミス・ダン、トム・ロチフォードといったこれまでには出てきていない人物や、さらには名前すら明かされるとのない片足の水兵とか目の不自由な青年までもが登場する。これに伴って、描き方にも変化が見られる。この章は、十九のセクションに分けられ、その各セクションで様々な市民の生活が描かれていく。最初と最後のセクションは、コンミー神父とアイルランド総督に割り当てられ、他の市民たちはその狭間で行動することとなる。この形態は、宗教とイギリスによる統治によって取り囲まれた中で生活を送る市民の麻痺した様を象徴的に示しているものとされる。

語りにおける民主化

『ユリシーズ』第十章には一見したところこれまでと変わらない、あるいはむしろこれまでより伝統的とも思われるような写実的な文体が使われている。そのために、多くの批評家がこの章を「幕あい」(“entr’act” または “interlude”)としてきた (French, 126; Maddox, Jr., 155; Hayman, 97; Riquelme, 198; Gordon, John, 62)。しかし、このようなとらえ方では十分とはいえない。というのも、ここには描き方の点で、これまでの章との比較においてもこれからの章との関係においても重要な意味を持つ変化が見られるからである。

この章に特徴的な変化として第一に挙げられるのは、これまでスティーヴンとブルームにのみ使われてきた意識の流れの手法が、この章においてはマイナー・キャラクターにまで使われるようになることである。このことは、大して意味のないことのように思えるが、実は大きな意味を持つ。というのは、意識の流れの手法は、それが適用された人物を語りの中心に置く作用を持っているからである。したがって、これまでスティーヴンとブルームにしか意識の流れの手法が使われなかったということは、彼ら二人が語りの中心にいたということを意味している。それに対して、彼ら以外の登場人物にまで意識の流れの手法が使われるようになったということは、語りに関与するその程度において、その他の登場人物がスティーヴンとブルームの二人と同じレベルに置かれたということをいうことを意味している。これまで語りの中心に位置していたスティーヴンとブルームの二人は、革命によって玉座から引き下ろされる王様のように、高みから引き下ろされる。語りにおいて民主化が起こったといってもよい。この平等化ともいうべき動きは、手法の点のみならず量的にも表される。これまで語り手の注意を独占していた二人は、この章ではわずかに十九のセクションのうちの三つにしか姿を現さない。これに伴って、街の声が聞こえてくる。これまではもっぱらスティーヴンとブルームの内なる声しか聞こえてこなかったのに対して、この章ではいろいろな人の声が聞こえる。

空間の乱れ

第十章に特徴的な変化の第二点目は、これまでにはなかった空間的な乱れに認められる。それは、各セクションにはそれぞれ中心的に描かれる人物が割り当てられているのであるが、関係のないと思われる短い文章がその中に挿入されるところに表されている。たとえば、第九セクションでマッコイとレネハンがメタル・ブリッジに向かって通りを横切り、ウェリントン河岸を堤防沿いに歩いていくところには、「パトリック・アロウシャス・ディグナム君が、故フェーレンバッハの店、現マンガン肉店から、豚肉の厚切一ポンド半を持って出てきた」(U 10.534-35) というまったく異なった空間で起こっていることを表す文章が挿入される。このような挿入がされる意味は、二つの出来事がほぼ同じ時間に起こっていることを示すところにある。

一般的にいって、読みは三つの要素の上に成り立っているといえる。すなわち、時間と空間と描かれる対象の同一性あるいは連続性である。われわれは、テクストのある部分とある部分の間には、同じ時間がある、あるいは連続している時間があるものとして、物語を読んでいく。同様に、空間が同一的であること、あるいは連続的であることも、読みの必要条件になる。描かれる対象にしても、まったく別種のものの羅列で終わっては、読みは成立しない。だからこそ三一致の法則なるものが劇において考えられるのである。読みは、時間、空間、描かれる対象の換喩的な展開の上に成り立つ。あるいは、差異を内包した反復の上に成り立つといってもよい。

これまでの九章と第十章の描かれ方を比較した場合に、読みを保証する三つの要素の点で違いが見られる。前半の九章では、意識の流れの手法による時間の不連続性が見られる。意識の流れが始まると時間は現在から不特定の過去へと引き戻されてしまう。第三章から第四章へと移る際には、描かれる対象がスティーヴンからブルームへと大きく変化する。それに対して第十章では、先ほど見たように、一つの場所で起こっていることを描いているところにまったく別の場所で起こっている事柄の描写が挿入され、空間的な同一性・連続性は保証されていない。時間的な同一性・連続性は、それに対して、空間的な同一性・連続性の破壊によって逆に保証されている。つまり、空間的に異なった二つの事柄を合わせることで、時間的な関係が示されている。先ほどの例でいえば、マッコイとレネハンがウェリントン河岸を歩いていたのとディグナム君が買い物をし終えて店を出てきたのが同じ時間であることが示されている。こうしてみると、前半の九章では、時間的な乱れがあったのに対し、第十章では、空間的乱れによって保証された時間的同一性があることがわかる。時間と空間という要素に関して見た場合に、関係が反転してるのがわかる。

描き方の点での重要な変化によってもたらされる性質は、両義的なそれである。意識の流れの手法がマイナー・キャラクターにも使われるようになったことおよびセクション分けがもたらした変化は、単に登場人物の位置の変化だけではない。読者の側にも変化をもたらす。意識の流れの手法は、登場人物と読者の関係に変化をもたらす。伝統的な小説において語り手を媒介として読者に間接的に伝えられた登場人物の内的部分は、「……と思った」とか「……と考えた」といった語り手の説明句がなくなることで、語り手を通さずに直接的に読者の耳に入ってくる（ように感じられる）。実際にはあり得ないことなのであるが、まるで語り手がいなくなったような、登場人物が直接語っているような錯覚を覚えさせる。外的世界も内的世界に取り込まれる。さらには、語り手がいなくなったような感じがするために、読者は登場人物の立場に立って物語世界を見ていくことがより容易になる。読者は、感情の点のみならず、視点の点でも、登場人物と同一化していく。読者はこうして、意識の流れの手法を適用される登場人物を中心に物語を読んでいくのみならず、彼らの視点で物語世界を見ていくことになる。このような効果は、語り手が姿を消そうとするために、余計に強められる。

前半の九章における意識の流れを中心に構成される文体は、読者の読み方も規定していく。登場人物の立場に身を置いて、彼らの視点で、彼らを中心に読んでいくようにと読者は教え込まれる。この、テクストの中に書き込まれた、テクストの読み方の指示は、テクスト自身によって壊されていき、読者は居心地の悪い思いをしていく。それが第十章で意識の流れがマイナー・キャラクターにまで拡張して使われるようになると、読者は物語世界の中で方向を失う。それは中心であったものが中心でなくなったことによる。中心であるとは、重要であること、意味があることを意味する。それに対し、中心から外れるということは、重要ではないことを意味する。これまで中心にいたスティーヴンとブルームが、他のマイナー・キャラクターたちの中に紛れ、中心から外れたということは、重要であるものから、重要でないものへと変化したことを意味する。しかし話は単純ではない。これまでの九章において主たる登場人物のスティーヴンとブルームを中心にすえて見てきた読者は、そのような見方を急に変えることができず、描き方の変わってしまった第十章においても引き続き行おうとする。そうすると、スティーヴンとブルームは、テクスト内で意味の薄くなった存在として提示される一方で、読者の中では引き続き重要な存在であり続けることになる。これにより彼らは、重要であると同時に重要でない両義的な存在となる。

巧妙な罠

第十章は、一見したところ写実的な文体によって描かれ、その内容も明確な章のように見える。読者はこの章なら安心して読める、この章に書かれていることは十分信頼できるという印象を抱く。しかし、クライヴ・ハートが明らかにしたように（Hart, 181-216）、この章には読者を容易に欺く巧妙な罠が数多く仕掛けられている。たとえば、第一セクションで司祭館を出たコンミー神父は、片足の水兵に出会う。

> 一本足の水兵が一人、ものうげに松葉杖をあやつって体を揺すりながら前へ進み出ると、うなるような声で数小節かを歌った。慈善尼僧院の前で急に立ち止まり、ひさしのついた帽子をイエズス会のジョン・コンミー師の方へ差し出して施しを求めたが、コンミー神父は日のもとで祝福を与えただけであった。なぜなら、財布にはクラウン銀貨一枚があるだけということが彼には分かっていたから（U 10: 7-11）。

第三セクションまで読み進んでいくと、松葉杖で体を支えた一本足の水兵が物ごいをしている姿を再び目にすることとなる。この水兵は第一セクションで現れたのと同じ人物であるが、第三セクションで現れたときにも冠詞は定冠詞ではなく、不定冠詞のままになっている（U 10: 228）。一度登場した人物やすでに語られた出来事は、通常読者との間で共通の了解事項、前提とされるのであるが、第十章においては、語り手が、登場人物に関しても、場所についても、どのような関係にあるのかに関して基本的な情報を与えてくれない。そのために読者は間違った判断をする危険に晒される。この水兵の場合にも読者は別の登場人物であるかのように読んでしまう可能性がある。

　語り手が同じものを別の言葉で表すのも、読者にとっては同様に迷惑な話である。「カーライル橋」（“Carlisle bridge” U 10: 747）は、別のところで“O'Connell bridge”（U 10: 599）と表記される橋と同じ橋である。「ダン・ローリーのミュージックホール」“Dan Lawry's musichall”（U 10: 495）と「エムパイヤ・ミュージック・ホール」“Empire musichall”（U 10: 497）も表現は異なっているが同じ場所を指す。「聖マリア修道院の会議室」“council chamber of saint Mary's abbey”（U 10: 408）は、「聖マリア修道院の歴史ある会議室」“the old chapterhouse of saint Mary's abbey”（U 10: 928-29）と表記されても同じである。極めつけは、最後のセクションで、総督が様々な名前で呼ばれるところである。このように名前を変えられて表されると、違うものであるかのような感じがする。

その逆の場合もある。違うものなのに、似通った言葉で表されるために、同じものと考えてしまいそうになることがある。たとえば、「北ウィリアム・ストリート聖アガサ教会のニコラス・ダドリー師」“the reverend Nicholas Dudley C.C. of saint Agatha's church, north William street”（U 10: 110-11）は、似ていても「ダドリー伯爵」“the Earl of Dudley”（U 10: 1176）であるアイルランド総督と同一人物ではない。「歯科医ブルーム氏のウィンドウ」“Mr Bloom's dental window”（U 10: 1115）という言葉が出てきても、われわれが知っているブルームとはなんの関係もない。「ディグナムズ・コート」“Dignam's court”（U 10: 60）は、この日に葬式のあったディグナムとは関係ない。ランバートとオモロイが出てきた「聖マリア修道院」“Mary's abbey”（U 10: 408）は、表記は同じでもその後で二人が歩いていった「メアリズ・アビー」“Mary's abbey”（U 10:433-34）とは違う。前者は修道院だが、後者は通りの名前である。第一セクションの初めでコンミー神父が考えていることにも、紛らわしいところがある。「そうそうあの男の子の名前は何だったかな。ディグナム。ウェーレ・ディグヌム・エト・ユストゥム・エスト（いと気高く正しきものなり）」“What was that boy's name again? Dignam. Yes. *Vere Dignum et iustum est*”（U 10: 3-4）には似た言葉が二つ（ディグナムとディグヌム）出てくるが、似ているだけで関係はない。

この章には、一見したところ間違いではないかと思われるものの、よく調べてみると間違っているのではない箇所がいくつかある。このような箇所も、当然のことながら読者を惑わす。たとえば、「コンミー神父は日課の祈りを唱えながら、ラスコフィーの上空で羊のようにふわふわとした一群の雲を見つめた。薄手のソックスを履いた彼のくるぶしは、クロンゴーズの野の切株にくすぐられた」（U 10: 84-86）とあるが、彼がダブリンから西におよそ十八マイル離れた場所クロンゴーズにいるわけではない。かといってこの文章が間違っているかというとそういうわけでもない。

彼は、クロンゴーズ・ウッド・カレッジで校長をしていた頃のことを思い出しているのである。第八セクションでは、聖メアリ修道院の会議室でネッド・ランバートとヒュウ・C・ラヴ師が話をしているところに、「面長な顔からあごひげと視線とが、チェスボードにじっと向けられていた」(U 10:425) という文章が入っている。この文章を読むと、中にほかの人がいてチェスをやっているような印象を受ける。しかし、第十六セクションまで読み進むと、この人物はジョン・ハワード・パーネルで、チェスをやっている場所は、ダブリン製菓会社の喫茶室であることがわかる (U 10: 1043-49)。

このような見かけだけの間違いとは違って、完全に間違っているところもある。第三セクションの初めのところには、「一歩足の水兵が一人、松葉杖で体を支え、ラパイオティ水菓店のアイスクリーム運搬車をよけ、マコンネルの店の角を曲がり、エクルズ・ストリートをひょこひょこと歩いていった」(U 10: 228-29) とあるが、マコンネル薬剤店は角にはなかつた。また、第六セクションで語り手は「止まれの命令を下しているようなグラッタンの像のいかつい石の手のそばで、一台のインチコアからの列車から、ハイランド連隊の楽隊兵たちがごたごた降りてきた」(U 10: 352-53) と書いているが、カレッジ・グリーンにあるグラッタンの像はブロンズ製である。「止まれと命令している」というのも受け手の印象からくるもので、この像の腕が挙げられているのは、実際は熱弁をふるつている姿を模しているからである (Hart, 197-198; Don Gifford, 265, 266)。以上見てきたように、一見したところ確かな感じを与える第十章ではあるが、そこにはさりげなく間違いや間違いと思えるような箇所が滑り込まされている。それらの箇所は、ほかにもまだ間違いがあるのではないかという疑心暗鬼の気持ちを読者の心に植え付けることとなる。絶対的な事実と間違いが入り交じり、どこまでが事実でどこからが間違いかの境目が曖昧になり、メビウスの輪のように、表と思っていたところがいつの間にか裏になっているといったことが起こる。少なくとも読者にはそのような印象が与えられる。

相対化される時間と空間

この章は、その文体が示すように写実的で、事実に基づいた描写に富む一方で、事実が持つ堅固な絶対性は、内部から危ういものにされている。信じられると思えるところにも思わぬ落し穴が用意されている。その絶対性は、この章に特徴的な挿入法によってさらに足下から崩されていく。各セクション間にはりめぐらされている挿入部のおかげでわれわれは、各セクションに描かれている事柄の時間的な関係を明らかにすることができる。しかしそれぞれの出来事は、絶対的な時間である時計の時間によって規定されるのではない。時計の時間はほとんど出てこない。というよりは、時計の時間が出てこないように意図的に抑え込まれているかのようである。時計に言及されても、その時計が何時を指しているか示されないのである。第五セクションでボイランは時計を出してみるが、何時であるかは明らかにされない（U 10: 321）。第九セクションでは、時間を聞かれたマッコイは、「茶商マーカス・ターシャス・モーゼズの薄暗い事務所をのぞき込み、次にオニール茶商店の掛け時計を眺めた」あとで、正確な時間を教えてくれるかと思いきや、「三時すぎたよ」と漠然とした答しかしない（U 10. 508-10）。第十九セクションでは、ジョン・ヘンリー・メントンが、アイルランド総督の騎馬行列を見ていて、「両蓋付きのずんぐりとした金の懐中時計をずんぐりとした左手に持ってはいたが、それには目もくれずに、それの感覚もない様子で」（U 10.1230-31）いる（Hart, 200）。仮に時計の時間に言及されていても、たとえば酒場の時計は進められていて、正確かどうか怪しい。こうして出来事は、こちらよりは早いけれども、あちらの出来事よりも遅いという不等号の関係のネットワークの中で決められていく。この場合、どちらが時間的に早く起こったかという関係だけが示されるのであり、絶対的に堅固な位置づけがなされるわけではない。出来事はこうして、一つの位置づけの上にさらに積み重ねられるという形で順序づけられる。この順序は、仮にその中に間違ったものが含まれていれば、全体が揺らいでしまう危ういものとなる(1)。

　相対化されるのは時間だけではない。各セクションにはりめぐらされた挿入部は、空間をも相対化する。挿入部が持ち込む異空間は、持ち込まれた箇所の空間に同質化されるが、その空間の同一性を内部から破壊する。たとえば、第五セクションでボイランがモリーへの贈り物を注文しているところを例にとって考えてみよう。


　彼［ボイラン］はいちごのかごから唐突に向き直ると、ポケットから金の時計を取り出し、鎖の長さいっぱいに引き伸ばして見た。

―電車で配達してもらえるかな？　今すぐに？

　黒っぽいなりをした一人の男が、マーチャンツ・アーチの下で、行商人の車に並んでいる本をあさっていた。

―かしこまりました。市内でいらっしゃいますか？

―そうだ、とブレイゼズ・ボイランはいった。十分ほどのところだ（U 10. 312-18）。


　ボイランが店員と話をしているところに、直接的には関係のないと思われる文章が、割り込んできている。しかし読者には、この挿入された文章を無関係なものとして切り捨てて読むという読み方はできない。これまでのテクストの中で、そのような読み方を教えられてきていないからである。このような場合読者は、この二つの出来事をなんらかの方法で関係づけることによって、理解しようと試みる。つまりは同質なものとして理解を試みる。まず読者が考えることは、話がボイランから「黒っぽいなりをした男」の方へと移るのであろうということであろう。しかし読者の期待を裏切るように、物語は何事もなかったかのようにこの挿入が始まる前の文章に続いていく。当惑した読者が次にするのは、ボイランがいる近くにマーチャンツ・アーチという場所があって、そこに「黒っぽいなりをした男」が見えるのであろうと推測することであろう。この読みは、『ユリシーズ』の中に描かれた地理に無関心なままでいようとする読者には可能でも、『ユリシーズ』におけるダブリンの街の地理の重要性を知っている読者には、許されない（**Budgen, 69**）。地図を調べてみると、ボイランがいるところからマーチャンツ・アーチまではかなり離れていることがわかる。このことを知ってしまった読者は、不幸である。その不幸は、「黒っぽいなりをした男」というのが誰なのかはっきりしないことによってさらに増幅される。この男がブルームであることと、この挿入によって語られることが異空間で起こっていることであることが明らかになるのは、ようやく第九セクションに至ってからとなる。このように、挿入部は、異質のテクストであるにもかかわらず、併置されることにより、読者の読みの中で同質化される。その可能性は、『ユリシーズ』という作品が、通常小説を読む際に要求されるのとはけたはずれの量の地理的知識を要求していることを考えるならば、より大きいといわねばならない。

テクスト自体がその同質化に手を貸している場合もある。今見た例の場合には、挿入は改行後に行われ、その意味では異質のテクストであることが印刷形態の上でもある程度は示されているといえる。しかし、改行という差異化の指標すらない場合もある。第二セクションでコーニー・ケラーが店先で警官と話をする場面は、次のように描かれる。

巡回中C５７の号の警官が、足を止めて挨拶の言葉をかけた。
——いい天気だね、ミスター・ケラー。
——そうですね、とコーニー・ケラーは言った。
——だいぶ蒸すね、と警官が言った。

コーニー・ケラーが音を立てずに干草の汁を吐き出すと、それは彼の口から弧をえがいて飛んだ。同時にエクルズ・ストリートのある窓からふっくらした白い腕が現れ、硬貨を一枚投げた。

——何かいい話でもないですか、と彼が尋ねた（U 10: 218-26）。

ここでは、挿入部のはずの、モリーがお金を一本足の水兵に投げてやっていることを示す部分が、あたかもその場面に関係のある事柄のようにそのまま続けて書かれている。このような挿入は、空間のアイデンティティの混乱をもたらし、読者のフラストレーションを高める。読者は自分が読んでいる箇所の空間的同一性に対して自信が持てなくなる。第十章の空間はこの挿入法によって、異質でありながら同質的であるという両義的な色彩を帯びることになる。

挿入部と挿入される部分との関係もまた両義的である。両者の関係をつぶさに調べてみると恣意的であることがわかる。つまり、挿入がその位置に行われなければならない必然性は見あたらないのである。中には単に時間的関係以上の、なんらかの類似性あるいは対照性を示すものもある。たとえば、第四セクションでスティーヴンの妹たちが話をしているところには、「小使が鐘を鳴らした。——バラン！」（10. 281-82）という一節が入っている。これは近くで鐘を鳴らす者がいるためではない。第十一セクションまで読み進むとわかるように、ディロン競売場の戸口にいる小使が鳴らしている鐘の音が挿入されているのである。スティーヴンの妹たちと競売所の小使の鳴らす鐘の間には、ディーダラス家のカーテンが競売に出されているという結び付きがある。前にも引用した第五セクションで、ボイランがモリーのための贈物を花屋で注文しているところに、本を探しているブルームの姿が挿入されていたところでは、二人ともがモリーのためにものを選んでいるという共通性があった。第三セクションには、物ごいをしている片足の水平が中心的に描かれているが、その中にはJ・J・オモロイの行動に関する挿入部がある（U 10. 236-37）。この場合には、物ごいに成功した片足の水兵に対し、なかなか金を借りられないオモロイが対置されている。このような挿入は、一種のイメージとして機能し、読みを豊かにしてくれる。

しかし、このようにどのような関係で結び付けられたかが比較的はっきりしているものもある一方で、多くについては曖昧なままにされる。中にはその関係がまったく理解できないものがある。たとえば、第十四セクションには、

——で、例のすごい低音の調子はどうだい？　ベンジャミン、とカウリー神父が尋ねた。

キヤシェル・ボイル・オコナー・フィッツモリス・ティズダル・ファーレルはぶつぶつ独り言を言いながら、眼鏡を光らせて大股にキルデア・ストリートのクラブの側を通り過ぎた。

ベン・ドラードは眉をひそめると、突然聖歌隊員の目つきをして、一声、低音を発した。

——おおお！　と彼は言った（U 10. 918-23）。


とあるが、カウリー神父たちの会話とファーレルの行動との間には、なんら説明のつくような関係が見あたらない。そうすると、第十章に見られる挿入は、二つの指向性を持っていることがわかる。一方では、類似性や対照性を持った挿入を行うことでテクストを豊かにし、他方では、時間的関係を除けば特に関係のない部分を挿入することでテクストの空間的同一性を破壊するものとである。

以上見てきたように、読みやすく、確実な章であると思われている第十章には、その読みを内部から危うくする要素がある。スティーヴンとブルームは読者の中では依然として中心的ではあるが、描かれ方によって中心性を奪われ、

描写は事実に基づく一方で、織り混ぜられた誤りによってその確かさを疑わしいものにされている。時間と空間は一見確かなようで実は不安定なものと化し、挿入部はテクストに深みを与えるかのようでいて、意味などないことをも示している。この両義的な世界の中で読者が体験するのは、描かれる対象につなぎ止められた写実的な言語の中に、その対象から切り離された自己言及的な言語が混入されることで生み出される、居心地のよくないどこか――物語世界の中のようでそうでないどこか――へと運ばれることである。ジョイスは『ユリシーズ』制作にあたり作っていた計画表の中で、この章の技法を「迷宮」としていたが、その迷宮は第十章のこのような性質の中にある。

第Ⅲ部　カーニヴァルの詩学

第6章　『ユリシーズ』におけるカーニヴァル的救済

不　毛

『ユリシーズ』に描かれるダブリンの生活は、不毛である(1)。たとえば、主人公ブルームの生活を見てみるならば、彼はルーディーという名前の子どもを亡くして以来、妻のモリーとの性的交渉を、第十七章の記述によれば、「十年五カ月十八日」の期間にわたって持っていない(U 17: 2282-84)。しかし、これは、彼が子どもはもういらないと考えているからではない。逆に、彼はいつも男の子がほしいと思い、そうするためにはもう遅いのだろうかと考えている。さらには、彼は偽名を使って、マーサ・クリフォードという女性と交際目的で文通をし、第十三章「ナウシカア」においては、少女ガーティー・マクダウエルのスカートからのぞく下着を見ながら自慰にふける。このような性的不毛の中にあって、ブルームは、モリーとうまくいっていた頃のことを懐かしむ。

一方、スティーヴンは、母の死からもう一年が過ぎようとしているのに、それを引きずっている(2)。悲しみや愛情からではない。良心の呵責からである。いまわの際の母親の頼みを、母親を踏み越えていった聖コロンバヌスよろしく、芸術上の信念をもって拒絶したはずが、自分が取った行動が正しかったのかどうかと心を揺らす。未だに喪服に身を包んでいるのは良心の呵責を少しでも抑えようとしてのことである。『若き日の芸術家の肖像』（以下『肖像』と略す）においてて高らかにうたった自分の信念に自信が持てないのであれば、彼が文学的不毛に悩んでいたとしてもなんの不思議もない。第三章で紙の切れ端に書き綴る詩は、他人の詩の盗作めいたものにすぎず、ある友人に「十年もすれば……あいつも何か書くようになるさ」（U 10: 1089-90）と評されるほどである。そんなスティーヴンは、まさに「全身性麻痺」（U 1: 128-29）にかかっているいってよい。

二人の不毛は鍵に象徴的に示される。鍵は、住む家の主権を示すとともに、第十七章でも書かれているように、女性性を示す鍵穴に対するものとして、男性性を表象するものとなる。その鍵を二人は持たずにこの日を過ごす。ブルームは、他のズボンに入れてあったのを移しかえるのを忘れたまま家を出てしまう一方で、スティーヴンは、友人マリガンに住みかとしているマーテロ塔の鍵を奪われてしまっている。

このような不毛性は、二人だけにとどまるものではない。それは、たとえば、この物語が設定されている六月十六日まで続いた長い日照りに象徴的に示されている。また、文学的には、第九章でジョン・エグリントンがこぼしているように、アイルランドの若い詩人たちの中に傑出した才能は見出せない（U 9: 43-44）(3)。『ユリシーズ』が、ダブリンに住む人々の「麻痺」を描き出した短篇集『ダブリナーズ』の一篇としてそもそも構想されていたことをここで思い出してもよい（書簡集Ⅰ 55; Ⅱ 134, 168; 抄選書簡集 112, 270）。

下方へ

『ユリシーズ』には、不毛に悩む二人をそこにとどめ、さらにその下方へと引き下ろそうとする力が働いている。それは二人の意識に上る言葉の中に現れる。

スティーヴンの場合には、それは「溺死」となる。第一章でマリガンに対して「君は溺れかけた人たちを助けたけど、僕は英雄じゃない」（U 1: 62）といったことを、第三章で思い出し、「やつ［マリガン］はおぼれる人を助けたっていうのに、おまえときたら犬の鳴くのに震える始末」と、スティーヴンは、自分の情けなさを嘆く。朝そろそろ上がりそうだと聞いた溺死体のことを思い出し、「溺れている男。死の恐怖におびえる人間の目で僕に救いを求めて金切り声をあげる」と、その溺れた男が海水の中で苦しみ、自分に助けを求めているところを思い描くが、「僕は……彼と一緒に沈む……母のことも救えなかった。水、苦い死に方、消えてしまった」（U 3: 328-30）と、自分にはやはり救えないばかりか自分も一緒に死んでしまうであろうことを考える。溺死した男が海の中を漂う様子をさらに想像しながら、その姿に自分を重ねるスティーヴンは、「僕は生きながらにして死人の息を吐き、死して塵に戻った者を踏みつけ、死んだ者たちから小便の臭いのする内蔵を食らう」（U 3: 479-80）と考える。

溺死との関連でいうならば、そもそも『肖像』で芸術家となるべく飛び立ったはずのスティーヴンが『ユリシーズ』において再びアイルランドに戻っていることが、スティーヴンが海中に落ちた存在であること、つまりは、父ダイダロスが発明した翼を身につけ、空に飛び立ったものの調子に乗って太陽の近くに近づきすぎたために海に落ちて死んでしまったイカロスであることを示唆していることを思い出してよい。そのことを頭に置きながら溺死について考えるスティーヴンを考えるならば、溺死への恐怖は、自分に重ね合わされている者がたどった運命への懐古的な恐怖であり、これから上がろうとする溺死体がその運命によって死んだ自分と重なるのは自然といえる。「海での死。人間に知られた死でもっとも穏やか」（U 3: 482-82）と海での死を受け入れるそぶりを見せることは(4)、自分に重ね合わされている者がたどった運命を受け入れることであるのと同時に、芸術家として麻痺している姿を示すことになろう。

もう一方のブルームに気になる言葉は「重力」となる。第五章において、「重さというときそれは何のことを指すか。

毎秒毎秒三二フィート。落ちていく物体の法則。毎秒毎秒。すべてのものが地面に落ちる。地球。つまり地球の引力が重さというもの」（U 5: 44-46）と重力を意識したブルームは、この後もずっと重力に引っかかりを感じることとなる。第八章では、オコンネル橋の上からリフィー河を見ながら「もし身を投げたら？」と不吉なことをちらりと考えつつ、もらったチラシを丸めて投げると、チラシは毎秒三二フィートの重力を受けて落ちていき、そのチラシで降臨を予言されていたエリアは「毎秒三二フィートで来たら〔ん〕」（U 8: 57-58）とブルームの心の中で描かれることになる。第十五章でも何度か「毎秒三二フィート」という言葉を口にするブルームは（U 15: 1605 2781-82 3374）、下へと自分を向かわせる力を感じている。

文体の変化がもたらす下降

下へと向かう動きは、この作品の文体とも連動している。すでに本書第2章で見たように、『ユリシーズ』には、登場人物が語りに関与する度合いが次第に小さくなっていき、それに合わせて語りの上で持つ力を少しずつ奪われていく動きが示されていた。その下へ向かう動きは、さらに二つの結果をもたらす。

一つには、この文体の変化により、読者に提示される世界にも変化が生じる。登場人物が語りの行為に関与する度合いが大きいときには、登場人物の外で起こる事柄というよりは内部が描かれるために、読者に示される世界は、概して精神的なものとなる。逆に、その度合いが小さくなれば、視点が登場人物の外側に置かれることに伴い、登場人物の外側が描かれることが多くなるため、読者に示される世界は、概して物質的・肉体的となる。そのことは、たとえば、次の二つの引用を比較してみるとわかる。

（一）　目に見えるものの避けようのない様態。ほかはともかく、それだけはこの目を通して考えたもの。僕はここであらゆるものの様々な署名を読み取らねばならない。魚の卵、浜辺の回想、満ちてくる潮、あの赤さび色のブーツ。青っぱな緑、青みがかった銀、赤さび。色付けされた記号。透明なものの限界だ（U 3: 1-4）。

（二）　おれがD・M・Pのトロイじじいとついそこのアーバー・ヒルの角で立ち話をしていると、ちくしょうめ、煙突掃除屋の野郎がやってきて、もうちょっとのところでおれの目玉へくそったれな掃除用具を突っ込みそうになった。おれの舌の恐ろしさをしらせてやろうと思って振り向くと、ジョー・ハインズがストーニー・バターをひょこひょこやってくるのが見えるじゃねえか。

――おい、ジョー、とおれはいう。景気はどうだい？　あのくそったれの煙突掃除屋がブラシでおれの目をほじりだしかけたのを見たかね？

――ススは幸運をもたらすっていうぜ、とジョーはいう。おめえが話をしていたおやじは誰だ？（U 12: 1-8）

（一）の引用は、第三章冒頭部からのものである。ここでは、意識の流れ、または内的独白が使われているために、もっぱらスティーヴンの考えていることだけが記されている。魚の卵や海草、潮、古靴といったスティーヴンの外部にある物体でさえ、ここでは彼の思考内の記号であるにすぎない。ところが、第十二章冒頭部からの引用（二）においてわれわれが目にするのは、くだけた、無遠慮で時に下劣で粗野な市民の声・生活である。この風景は、（一）の引用のように精神化されてはいない。また、そこには対話がある。このように、章が進むにつれて、モノロジックな精神的世界からダイアロジックな物質的・肉体的世界へ、上層世界から下層世界へと移行が見られる。

第二には、『ユリシーズ』の文体が変化するにつれて、文体のジャンルや性質にも変化が現れる。描かれる内容が、精神的なものから肉体的・物質的なものへと変化するのに伴い、文体も、大きな傾向として、真面目な文体から滑稽な文体へと変化していく。そのことは、第十章から第十五章までの間においてパロディーが多用されていることによく示されている。たとえば、第十二章では、バーニー・キアナンの酒場に入ったブルームが、「市民」と呼ばれる狂信的愛国主義者から受ける受難が描かれているが、そこには二五のパロディーが挿入されている。また、第十四章においては、英文学史における代表的散文が時代に沿ってパロディーされていく。

バフチーンのカーニヴァル論

『ユリシーズ』における不毛は続くのであろうか、それとも解消されるのであろうか。主たる登場人物が下方へと向かう力を受け下へと向かうだけでなく、それに合わせてまわりの世界も卑俗的・肉体的となり、笑いに満ちたものへと変化することにはどのような意味があるのだろうか。この二つの問いを考える上で手がかりを与えてくれるのが、バフチーンのカーニヴァル論である。

バフチーンにとってカーニヴァルとは単なる祭りの一つではない。それは民衆的・祝祭的文化の最も純粋で完全な表現と位置づけられている。それが重要な意味を持つのは、この祝祭的文化、または広場の文化が、スカトロジカルな描写や、生殖器等への言及、罵言、呪詛、グロテスクなイメージといったいわゆる「下品な」面を持つ、グロテスク・リアリズムを支える背景としてあるからである(5)。

この祝祭的気分、あるいは広場の文化という考え方の中で重要なのは、次の四点である。すなわち、(一)全民衆性、(二)祝祭気分、(三)ユートピア的意義、(四)世界観的深さである。第一点目の全民衆性とは、この文化が、公式な文化ではなく、非公式の反体制的な文化であり、フットライトをあてられることのない生活の喜劇であることを示す。第二点目の祝祭気分とは、この文化が、陽気で自由気ままな雰囲気に支配され、そこでは、無遠慮で粗野な広場の言葉が使われ、公的世界のパロディーがなされることを示す。しかし、これらの粗野な言葉やパロディーは、否定的ではない。否定的であると同時に肯定的、すなわち両面価値的である。というのは、あるものを葬り去るのと同時に再生する機能を持っているからである。その構造は、戴冠（"crowning"）→奪冠（"decrowning"）→改新（"renewal"）と図式化される。戴冠とは、カーニヴァルにおいては、その祝祭的気分の中で、まず王が選ばれることを示す。その役には特に道化が適役とされる。奪冠とは、その選出された王が、いずれ打たれ、王冠を奪われること、格下げされることを示す。改新とは、この奪冠によって逆説的に新たに生命が吹き込まれることを示す。この同時に行われる奪冠と改新をもたらすものとしては、死、格下げ、罵言、パロディー、饗宴、打擲、肉体的下層への言及などが挙げられている。戴冠されたり、奪冠されたりしたものが、そのままの状態にあるということはあり得ない。戴冠は、必ず奪冠と結びつき、奪冠は改新を約束している。このような動きの中では、留まることを許されるものはなく、すべてが姿を変えていく。あらゆるものが動的相のもとに置かれるために、そこには終わるということ、完成するということはあり得ない。この常に変容を求める動きは、時と本質的関連を持ち、危機的時機、変革の時機と結びつけられる。秩序は混乱へと変えられ、疎外は一時的に解消される。その中で「あべこべ」または「裏返し」の世界（*monde à l'envers*）が現出することもあるが(6)、それは古代の黄金時代への回帰を志向している。第三点目としてユートピア的意義を挙げているのは、この意味においてである。第四点目の世界観的深さというのは、個々の出来事が普遍的意味を持つことを示している。

『ユリシーズ』との関連において重要となるのは、このうちの第二点となろう。まず、主たる登場人物が下方へと引き下ろされていく大きな動きの中で向かう、卑俗的・肉体的で、笑いに満ちた世界は、バフチーンがいう祝祭気分が充満した世界と重なる。次に、二人が下へと引き下ろされていく大きな動きは、バフチーンのいう、否定的であると同時に肯定的、すなわち両面価値的な格下げと重なる。『ユリシーズ』における下へと向かう動きの中で最も下に到達する第十四章、第十五章には、バフチーンのいうカーニヴァル的な世界が現出することになる。下方に引き下げる動きが単に格下げだけを意味するのではなく、同時に改新あるいは再生をもたらすこのカーニヴァル的な世界の中で、スティーヴンやブルームをめぐる不毛の解消と二人が抱える問題の解決が見込まれる。

カーニヴァル的な第十四章

第十四章にはカーニヴァル的雰囲気が色濃く現れる。それは、次の四つに現れる。

まずは、久しぶりに雨が降る。この後の第十八章の回想の中で、モリーが「この世の終りかと思った」ほどの雷が鳴ったあとで強い雨が降り、長い期間にわたって続いた大地の乾きを癒す (U 18: 133-34)。この雨は、大地を叩く打擲の雨であると同時に、それにより大地から万物を生み出す、あるいは生き返らせる、再生の雨である(7)。このことは、雨が、ピュアフォイ夫人の破水・出産と同時に降ることに象徴的に示されている。

二つ目は、今触れたピュアフォイ夫人の出産である。日照りが長く続いたように、三日三晩難産に苦しんだ彼女も、ようやく子どもを生み出すことができる。出産は、自分の体を打つ一種の打擲の儀式である。

三つ目は、ブルームがピュアフォイ夫人を見舞いに訪れた産科病院で繰り広げられる饗宴である。バフチーンによれば、「産室に人が集まるというのは伝統的テーマで、その伝統は大変古く、こうして集まる人々は、たっぷりの食事とあけっぴろげな会話に没頭する」という (Bakhtin, *RW*, 105)。この指摘通りに、ブルームが仲間に加わった学生たちは、飲み騒ぎ、最終的にはあまりに騒がしいということで追い出されてしまう。このものを食べるという行為は、再びバフチーンによれば、きわめてグロテスクな行為とされる。というのも、貪り食う人間の肉体と貪り食われる動物の肉体との間の区別が、食べるということを通して取り払われてしまうからである (Bakhtin, *RW*, 281)。食べるということのカーニヴァル的意味を、バフチーンは次のようにまとめている。

食べるという行為においては、前述したごとく、肉体と世界の境界は肉体にとって有利な意味合いで克服される。肉体は世界に対して、敵に対して凱歌をあげ、世界に対する勝利を祝し、世界の犠牲において成長する。この勝利の凱歌の要素が、必ずすべての饗宴のイメージに固有なものとして存する。陰鬱な食事はあり得ない。陰鬱さと食事は両立しない (しかし、死と食事は見事に共存する)。饗宴は常に勝利を祝う――これは饗宴の本性そのものに属する事柄である。饗宴の勝利の祝いは普遍的である。それは死に対する生の勝利である。この点において、それは懐胎と出産と同値である。勝利せる肉体は、打ち負かされた世界を自らのうちに取り入れ、そして改新される (Bakhtin, *RW*, 282-83)。

最後に、忘れてはならないのは、英文学史における代表的散文の文体のパロディーである。ジョイスは、母親の胎内で胎児が大きくなっていく様を表そうとして (Peake, 249-52; 書簡集I、138-39; Lyons, J.B., 75)、ラテン語の散文から始めて、中世の散文、マロリー、デフォー、ディケンズを経て、カーライルに至るまでの散文の文体を時代順に模倣しながら、この章を描いていく (Peake, 252-53; Don Gifford, 336-68)。そして最後の部分では、方言や街の中で聞かれる様々な俗語を使っている。パロディーは、バフチーンによると、単に否定的なだけではなく、肯定的意味を持つ、カーニヴァル的な格下げの一形態である（Bakhtin, *RW*, 11, 21, 84; *PDP*, 127）。異なった文脈の中に置かれることによって、新たな意味の可能性が与えられ、生まれ変わるのである。また、厳粛なものは、すべて滑稽なものへと変えられてしまう。そこで生み出される笑いは祝祭的で、「時」および「時」の交替に対して本質的関係を持つ。この笑いは未来を見つめ、過去と現在の埋葬に立ち会う。そして、保守的な不動性、「超時間性」、確立された体制・世界観の不変性なるものを自らと対立させ、まさに交替と改新の要素を強調する（Bakhtin, *RW*, 81）。スティーヴンの「歴史とは僕が目覚めようとしている悪夢だ」（U 2: 377）という言葉は、時の改新と本質的関連を持つパロディーを使って、過去を「埋葬」することによってまさに歴史という悪夢から目覚めようとしている、と解釈することができよう。バフチーンにならって、過去の文体を、パロディーによって文字通り「陽気な怪物」に変えている、といってもよい（Bakhtin, *RW*, 39, 91, 151n）。その後に残されるのは、この章の最後のところに見られる、民衆の言葉である方言・俗語である。意味を取ることさえ難しいこの部分は、価値の固定された過去の文体に代わるものとして現れたという意味で階層秩序的関係を破壊する混沌である点と、それによってそこから新しい文体が生まれる用意をする混沌となっている点で重要な意味を持つ。

第十五章――もう一つの地獄――

下へ下へと向かう動きによって導かれ最下層へと至るのは、第十五章においてとなる。ここでは、精神の最下層である無意識の世界まで下降することにより、ものごとの論理的関係、階層秩序的関係が廃棄され、すべてのものが同居しせめぎあう「あべこべの世界」が現出する（Bakhtin, *RW*, 6, 10）。この最下層は、地理的な最下層たる地獄に重ねられる。ホメロスの『オデュッセイア』との対応関係においては、冥府めぐりは、墓地を舞台とした、その名も「ハーデース」と呼ばれる第六章で繰り広げられることになるが、第十五章にもまたもう一つの地獄がある（Riquelme, 142, 145; Henke

182, 195)。

そこはまず亡霊に満ちた場所となる。自殺したブルームの父親ヴィラグ、母親のエレン、今日埋葬されたばかりのディグナムなどが現れるほか、実際には舞台となっている花街にいないはずの人間や、はては扇や石けんといった無生物までもが、登場人物として現れ、台詞をしゃべる。地獄を直接的に示す言葉も見られる。たとえば、ブルームが地獄の門へと足を運んだという記述がト書きの中にある(U 15: 577-78; Gifford, 388)。また、この章の中で行われるブルームを弾劾する裁判の中で、弁護士のオモロイが誓うのは、神にではなくえんま大王に対してとなる(U 15: 967)。A・J・ダウィーは、やはりその裁判の中で、ブルームが地獄から現れた男だと批難している(U 15: 1753-54)(8)。

ここはまた逆しまの世界となる。スティーヴンたちが乗ってきた汽車は、機関車をうしろにつけている(U 15: 637-38)。裁判においては、法廷書記は、これより被告人がインチキの供述をするから静かにしてくれという(U 15: 896-97)。売春宿の女主人ベラは男になり、名前もベロと男性形になる。それに伴って、ブルームもベロにいじめられる女となる(U 15: 1151-1183)。国王エドワード七世に至っては、エプロンをかけ、左手には「小便無用」と書かれた左官屋のバケツを持って登場する(U 15: 4449-57)(9)。また、すでに指摘したように、帽子や時計や鍵といった、しゃべるはずのないものまでが、盛んに口をきく。「両極が一致」(U 15: 2098)し、「ユダヤ系ギリシア人はギリシア系ユダヤ人」([U 15: 2077-98)となり、「死は生の最高の形式」(U 15: 2098)となる(10)。

ここにはこれまでのどの章にも見られなかったほどのグロテスクなイメージが充満している。醜怪な小人や巨人、白痴が登場し(U 15: 28, 1511, 23-24)、いたずら小鬼がとんぼ返りを打ちながらころがり出てくる(U 15: 2150-53)。ブルームの後をつけてきた犬が、レトリーヴァーからマスチフ、スパニエル、ブルドッグ、グレイハウンドへと目まぐるしく姿を変えていく様も(U 15: 659, 663, 667, 672, 690, 693, 708)、目の前で見たとしたらグロテスクであろう。また、犬が人間に姿を変えるときには、その緑の眼は血走り、片耳の半分と鼻と親指は悪鬼に食われてなくなっている（U 15: 1204-08）。これに加えて、鳥のような頭とか、狐のようなひげとか、象のような鼻とか、七面鳥のような喉のたれ肉といった（U 15: 1000, 2433-34）、動物のイメージが多用される。これらのグロテスクな表現により、無気味さや恐怖が喚起される一方で、真面目な世界から引き離され、滑稽なものへと姿を変えられたものは笑いを生じさせる。

第十五章におけるブルームとスティーブンの格下げ

このような祝祭気分が充満したカーニヴァル的な世界で、ブルームとスティーヴンは格下げをされる。まず、ブルームについて見ていくことにするならば、彼はこの章に至るまでにすでに大きな格下げを一つ受けている。つまり、妻のモリーをボイランに寝取られているのである。姦通について、バフチーンは、次のようにいう。

　これは年老いた夫の奪冠であり、若い男との懐胎の新しき行為なのである――角を生やした夫は、このイメージ体系の中で、奪冠された王、古き年、去りゆく冬の役割を果たすのである。彼の衣装は剥ぎ取られ、彼は打たれ、嘲笑される（Bakhtin, *RW*, 241）。

第十五章は、このような「打擲」を受けた彼の(11)、無意識のレベルに至るまでの心の動きを描き出す。この章の中でブルームが見せる地位は、象徴的に上下に変化していく。まず彼は、上流貴婦人に変な手紙を送ったという理由で、皆に批難され、言葉による格下げを受ける。続いて、彼は、次第に地位を上昇させ、市民から王へと昇進する。これはカーニヴァルに特徴的に見られる戴冠と見ることができる。しかし、彼はその地位に留まることはできない。常に動的な動きを示すカーニヴァル的世界においては、戴冠は次なる奪冠を約束しているからである。この後彼は、今度は放浪者ということで批難を受け、火あぶりにかけられ、死んでしまう(12)。しかし、彼は復活し、赤ん坊の姿で再登場する。彼の受難はまだ続く。ブルームは、次には女へと姿を変えられ、それに合わせて逆に女から男へと姿を変えた売春宿の女主人にいじめられる。その後も、彼は、自分のアパートの寝室の壁にかけてある絵の中のニンフから批難を受ける。このような格下げ・打擲を連続的に受けたブルームは、この章の最後のところで、殴られて倒れているスティーヴンの中に、幼くして死んだ我が子ルーディーの姿を見出す。

一方のスティーヴンも、ここに至るまでにすでに打擲を一回受けている。明示はされていないが、第十四章が終わって第十五章が始まるまでの間に、ウェストランド・ロウ駅で、友人のマリガンとの間で一騒動あったことが、ブルームの台詞からうかがえる（U 15: 636）。しかし、彼が改新されるために解決しなくてはならない問題は、別のところにある。

スティーヴンは、母親が死の床で頼んだことを拒んだことに対して良心の呵責を感じ、この日も、朝からずっと母親の亡霊に悩まされている。この母親の亡霊に対する恐怖は、死に対する恐怖といい換えてよい。それは、『肖像』において彼を苦しめた、死後の救いなき世界に対する恐怖と同じ源を有しているといってよい。彼は、第十五章の終わりに近いところで、母親の霊と次のように対決する。

母親

（感情のうっ積した目をして）悔い改めなさい！　おー、地獄の火が！

スティーヴン

（あえいで）やつの非腐食性昇華物か！　死肉をしゃぶり食らう者！　生首と血まみれの骨。

母親

（顔をますます近くに寄せて灰の息を吹きかけながら）気をおつけ！（黒ずんでしなびた右腕をゆっくりとあげて、指をのばしてスティーヴンの胸に向け）神様の御手に気をおつけ！

（緑色のカニが悪意に満ちた赤い目をして、にやっと笑うように開いたはさみをスティーヴンの心臓にズブリと突き立てる。）

スティーヴン

（怒りで息がつけなくなる。引きつった顔が灰色になり、年寄りじみる）くそ！（U 15: 4211-23）

しかし、彼の母親が体現する、公的なキリスト教世界観によって裏打ちされた厳粛で恐ろしい死に対して、スティーヴンは対抗しきれずに逃げ出す。

スティーヴン

ノートゥング！

（彼は両手でトネリコのステッキを高く上げ、シャンデリアを打ち砕く。土色の時の最後の炎がはねあがり、あとの暗闇には、全空間の廃墟、砕けた鏡、崩れ落ちていく石の建築）（U 15: 4241-45）。

ここに描かれるのは、神の顕示という一つの大いなるゴールへと歴史は向かうとする宗教が示すこの世の終わりである(13)。これは、終わること、完成することを知らぬカーニヴァル的世界とは相反するものである。スティーヴンには、死を「おかしな怪物」へと変えることはまだできない。死に対する、生の「陽気な」勝利を高らかに歌うことはできない。しかし、この後に、兵隊二人にからまれて殴られて気を失い、象徴的な「死」を迎える彼は（Beja, 33-41）、彼の中にすでにこの世にはいない我が子ルーディーの姿を見たブルームによって介抱され、「生き返る」。

混じり合う二人

下へと向かう力によって、あるいは文体がもたらすまわりの世界の下層化によって二人が導かれてきた場所は、もののごとの論理的関係、階層秩序的関係が廃棄され、すべてのものが同居しせめぎあうカーニヴァル的な空間である。その中でスティーヴンとブルームの二人に関しても肉体的な境界やアイデンティティの壁が取り払われ、混じり合う機会が与えられる。その結果が、第十五章の最後に描かれる、ブルームがスティーヴンの中に自分の子どもの姿を見出すエピファニーということになる。これは、幻想劇の中においてではなく、兵隊に殴られて倒れたスティーヴンを助ける場面において起こったという意味で、ブルーム自身にとっても自覚できるレベルでの精神的交感であったと考えられる。これはブルームの抱える不毛の問題に対する一つの答えとなる。

一方のスティーヴンについては、次の場面に救済が示唆される。

（スティーヴンとブルームは鏡を見つめる。ひげのないシェイクスピアの顔が鏡に現れる。顔面は麻痺してこわばり、頭にはホールにあるトナカイの角の帽子掛けの映像が被さっている）（U 15: 3821-24）。

二人が鏡をのぞきこむと、そこにシェイクスピアの顔が現れるが、単なるシェイクスピアではない。「トナカイの枝角の帽子掛けの影を頭にいだいている」のは、ブルームが間男され角を生えさせられたことを指している。「顔面の神経が麻痺して」いるのは、「全身性麻痺」（U 1: 128-29）にかかっているといわれていたスティーヴンの属性を指している。したがって、ここに示唆されているのは、二人が融合したときにシェイクスピアの顔となることである。スティーヴンとブルームとシェイクスピアから成る「三位一体」的関係は、次のような記述にも示唆されている。

人体におよぼす天体の仮定的影響。ウィリアム・シェイクスピアの生誕の前後に、横長になってはいるが決して沈まないカシオペア座のデルタ星の上に現れて昼夜の別なく際だつ光度で四辺を圧した（一等星の明るさの）星（無光性の死滅した太陽二つが衝突して白熱状に融合した一つの新しい発光性の太陽）、レオポルド・ブルーム（息子）の生誕の前に七つ星の花輪に現れて消えた同種の起源とよりおとる光度を持つ（二等星の明るさの）星、スティーヴン・ディーダラスの生誕の前後にアンドロメダ座に現れては消え、ルドルフ・ブルーム（息子）の生誕と死亡の数年後に御者座に現れて消え、ほかの多くの人たちの生誕や死亡の前後にほかの多くの星座に現れては消えた（仮定において）同種の起源を持つ（実在あるいは仮定の）星（U 17: 1118-32）。

超新星がこの三人の生誕の前後に現れたとされるのは、決して偶然ではなく、三人を結びつけようとする意図によるものである。

「人間の意識、哲学、そして文学の直接的カーニヴァル化」であるルネッサンスを代表する芸術家の一人であり(Bakhtin, *RW*, 273)、「神の次に多くを創造した」芸術家(U 457: 1028-29)、シェイクスピアを三角形の頂点として作られる、カーニヴァル的な「三位一体」的関係は、スティーヴンが抱える文学的不毛に対する答えとなる。

第7章　「ブリーヴン」と「ストゥーム」に向けての物語（一）
――第十一章「セイレーン」の分析から――

『ユリシーズ』の第十一章「セイレーン」は、その名前にも示唆されているように音楽的な章であるという評価はすでに固まっているように思われる。ジョイスが『ユリシーズ』の製作計画表の中で、この章の技巧を「カノン風フーガ」(“fuga per canonem”) と規定して以来、この章の音楽的側面が多くの注目を集めてきた。この章の全体の構造と音楽的形式との比較、ライトモチーフやその他音楽的な要素として類韻や対位法等などの使い方の研究、作中にちりばめられた音楽に関連した言葉への注目等など多くの試みがなされてきた (Peake, 225; Gilbert, 252-57; Litz, 53-71; Hall, Jr., 78-84; Cole, 221-26; Levin, Lawrence L., 12-24)。しかし、この章の中に見られるもう一つの注目すべき動きにはほとんど目が向けられてはいない。その動きは、ブルームやスティーヴンがなにをし、なにを考えたかという意味での物語とは別のものである。また、この章の音楽的装飾に関わるものでもないが、やはり表現に関するものである。本章においては、第十一章におけるその動き、あるいはもう一つの物語を明らかにするのが目的である。

多くの登場人物のうちの一人となるスティーヴンとブルーム

　第十一章には特徴的な点が三点見られる。まず第一点として挙げられるのは、登場人物が多いということである。これは、なんでもないことのように感じられるが、たとえば第三章のようにもっぱらスティーヴンの意識の流ればかりが描かれる章と比較してみるなら、歴然とした違いに気がつく。多くの登場人物が現れる章としては、他にも第九章や第十章があるが、第九章の人の多さと第十一章の人の多さとでは質が異なる。第九章に登場してくる人の数は第十一章同様多くても、明らかにスティーヴンがその中心にいる。ところが第十一章では、ブルームが中心となっているとは、第九章におけるスティーヴンに関していうほど素直にはいえない。この第十一章に至るまでに、スティーヴンとブルームを中心に見るようにとテクストによって教育されてきている読者が、この章においても同様にしたいと考えても、それはもはやテクストによって許されなくなってきている。このことは、主に書かれ方に起因している。第九章ではスティーヴンに視点が置かれ、いわばスティーヴンの目や耳を通した形で描かれているといってもよい。それに対して第十一章では、語りの起点はブルームの内側にあるというよりは外側にある。語り手はこれまで、主たる登場人物であるスティーヴンやブルームの背後に身を隠すようにして、暖かい言葉を彼らにかけるということはしなくとも、彼らに対して客観的あるいは冷たい見方をすることはあまりなかった。それがここでは、ブルームから離れた語り手はシニカルな視線をブルームに注いでいる。スティーヴンとブルームの各章での中心性という点ならびに語り手の態度の変化という点では、段階的な変化が『ユリシーズ』には見られる。最近起きた大きな変化は、第十章に見られる。その大きな変化とは、それまではもっぱらスティーヴンとブルームの二人にしか使われることのなかった意識の流れが、他の登場人物にも適用されるようになってしまったことである。意識の流れの手法は、その適用を受けた人物を語りの中心に置く作用を持っている。したがって、他のマイナーな登場人物にまで意識の流れの手法が使われるようになったということは、これまで語りの中心に位置していたスティーヴンとブルームが他の登場人物と同じレベルにまで引き下げられたことを意味している。語りにおいて平等化、民主化が起こったといってもよい。スティーヴンとブルームがこの小説の中心人物だと教え込まれ、そのような読みをこの後もしていこうとする読者の期待とは裏腹に、このような文体上の変化によりスティーヴンとブルームは大勢の登場人物のうちの一人となってしまう。この点に先ほど指摘した第九章と第十一章の登場人物の多さが持つ意味の違いがある。

この意味の違いは、具体的には混乱という形で現れてくる。これまでの文体において重要な位置を占めてきた意識の流れは、登場人物の内的世界を描くのには適していても、外的世界を表現するのには適しているとはいえない。第六章までのように、語り手が主たる登場人物に協力的であったときには、外的世界も、その登場人物に見える、あるいは聞こえた形で表現するという方策で処理することが可能であった。しかし、その際描き得る世界は必然的に限定されていた。今や語り手が登場人物からは身を離し、描かれる世界も広くなってくると無理が生じてくる。外的世界を内的世界に吸収することはもはや不可能となってくる。その結果、ブルームの考えていることと他の人が話していることやしていることが併置されたとき、これまでと同じ読み方では通用しなくなる。それに加えて第十一章の中では、空間的な関係はまったくといってよいほど説明されない。様々な空間で起こっていることが、まるで一つの空間で起こっているかのように描かれている。この空間的混合ということが、文章のレベルでも、登場人物のアイデンティティというレベルでも起こってくる。それが第二点目、第三点目の特徴となる。

混じり合う文章

第十一章に見られる特徴の第二点目としては、文章の混じり合いを挙げることができる。独立した文章として現れてしかるべき文章が、他の文章と融合したり、分解されその一部が他の文章あるいは他の文章の一部と結合された形で現れてくる。その最もよい例は、この章の中で描かれている事柄を「要約」した、オーバーチュアあるいはプレリュードと一般的に呼ばれている第十一章冒頭部に見られる（Peake, 225,227; Levin, H., 98-99; Strong, L.A.G., 37; Goldberg, 281-82）。この章の最終部で、ブルームは自分が知っている売春婦を骨董品屋のショーウィンドウを見ているふりをしてやり過ごす。そこで目にしたロバート・エメットの絵から彼の最後の言葉を思い出しつつ、腹に溜ったガスを路面電車の通る音に紛らせて放出する場面（一）は、（二）のように「要約」されている。

（一）　世界の国々のあいだに。後ろには誰もいない。あの女は通り過ぎた。そのとき、まさにそのときこそ。電車。クラン。絶好の機。来た。クランードルクランクラン。きっとバーガンディーのせい。一、二の。わが墓碑銘を。クラアアアア。書いてくれ。我。
ププルルプフフルルププフフフフ
おわれり（U 11: 1289-94）。

（二）　そのとき、まさにそのときこそ。わが墓プル碑プフフ銘。プフ書かれ。
終われり（U 11: 61-62）。

（二）の引用文中の「そのとき、まさにそのときこそ」という言葉は、エメットの言葉で、（二）の部分がもとにしている（一）の部分にも見出せる。（二）の残りの「わが墓プル碑プフフ銘。プフ書かれ」という部分は、（一）の中にある同じくエメットの言葉の「わが墓碑銘を」と「書いてくれ」およびブルームのおならの音「ププルルプフフルルププフフフフ」とを受けていることは容易に察することができるが、両者の間には形の上で随分と違いがある。（一）で「わが墓碑銘を」という部分では含まれていた"Let"が、（二）においては省かれ、最後についていたはずの"be"も次の文へと移し変えられている。また（二）においては、「墓碑銘」という語の中にブルームのおならの音が分解されて挿入されている。（一）では「書いてくれ」（"Written"）ときちんとした形で出てくる言葉も、（二）になると、おならの音が付け加えられるのと同時に「書かれ」（"writt"）と短縮されている。これと同様な例は、この章の中にいくつか見られる。たとえば、「かんだかい笑い声がミス・ケネディののどから飛び出した。ミス・ドゥースがフーッと鼻孔を吹き鳴らすと、それは餌を探す犬の鼻のようにインパースンスンと震えた」（U 11:143-45）という文章の中の「インパースンスン」という言葉は、もともとはお茶を運んできたボーイが、生意気な態度（"impertinent insolence"）を取るなとミス・ドゥースにいわれたときにその言葉を茶化していったものである（U 11: 98-102）。それがここではミス・ドゥースの鼻の震えを形容する言葉になっている。

　この例のように文章中に組み込まれるという形ではなく、分脈上誤解を生じてしまうような結び付けられ方がなされる場合もある。

——まったく腹が立つわね、あの小僧ときたら。今度またあんな態度を取るようなら、耳をギューと引っ張ってやる。
レディーのよう、すてきなコントラストを示して（U 11: 104-06）。

　もともとは、アイルランド総督とその夫人を見てミス・ケネディがいった「すてきなコントラストね」（"Exquisite contrast"〔U 11: 68〕）という言葉が、このように使われると彼女自身を皮肉る言葉に変わってしまう(1)。

極端な場合には、組み込まれている文章あるいは文章の一部が多すぎて、その構成要素を特定できなくなりそうな場合もある。たとえば、「ドラードが残していったのは夏の名残りのバラでブルームは体の中で風がぐるぐる回るのを感じた」（U 11: 1178-79）という文の中には、少なくとも三つの文が構成要素として認められるが、この文章自体の意味の可能性としては、さらに多くが考えられる。

このような現象も些細なことのように見えるかもしれない。しかし、このような現象を当たり前だと読者に思わせるほど、この技法がこれまでに何度も使われてきたかは疑問である。人によっては単なる言葉遊びにすぎないというかもしれない。また人によっては、ジョゼフ・フランクが「空間性」（"spatiality"）という概念で示した状態を、第十章においてのようにセクション間で達成するのではなく、短い文章の中で現出せしめているのだと説明し、そこに音楽性を見出すかもしれない（Frank, 221-40, 435-56, 643-53; Litz, 53-71）。しかしここに見られるのは、それ以上に意味のある事件である。というのは、第一点として指摘したこととも関連してくるのだが、これを仮に「言葉遊び」と呼ぶことにするならば、このような「言葉遊び」は、語り手が登場人物から距離を取ることで初めて可能になることであるからである。第十章において語りの「平等化」が起こったことはすでに指摘したことであるが、その動きと連動して語り手は登場人物から離れつつある。この点においても注目すべき変化は第十章において起こっている。第十章は、それぞれのセクションを見る限りでは、これまでと変わらない、もしくは、むしろさらに前の章の文体に戻ったような文体が使われているような印象を与える。しかしそこには、セクション間の時間的関係を示す挿入部があった。このことは、街中の出来事を見渡せるような広い視野を語り手が持ち始めたことを示している。第十一章の「言葉遊び」は、このような文体の流れを背景にして起こっているのである。

メタ言語

文章の融合・融解という現象を考える上でもう一つ注目すべきことは、このような融合・融解を許容する言語は、これまでの言語とは性質が異なってきているということである。これまで使われてきた言語は、登場人物の感情、場面、出来事など具体的なものを指示対象としてきた。それに対して、融合・融解された言語が指し示すのは、もはやそのような具体的なものではなく、そういったものを表していた言葉そのものなのである (Riquelme, 154, 212; Lawrence, 93, 94-98)。つまりは、メタ言語になっているのである。ミメティックで指示機能的な言語から非指示機能的な言語へと変わってきているといってもよい。

このメタ言語あるいは非指示機能的な言語を用い、これまで見てきた文章の混じり合いと似た形を取っているのが、比較的近い距離での言葉の呼応である。つまりは、ある言葉を契機としてそれを茶化すような使い方で別の言葉が呼応的に出てくる現象をいう。たとえば、「禿頭の耳の遠いパットはまったく平べったいパッド《吸い取り紙》インキを持ってきた。パットはインキペンと一緒にまったく平べったいパッド《吸い取り紙》を置いた。パットは浅皿深皿ナイフフォークを持った。パットは去った」(U 11: 847-48) という文章においては、パット (Pat) という人の名前が、パッド《吸い取り紙》(pad) や「平べったい」(flat) という似た形の言葉と併置されることによりおかしみが生じている。次に挙げる例では、もっと大々的に行われる。

やることのある禿頭のパットは、ナプキンを何枚も司教冠の形にたたんだ。パットは耳の聞こえの悪いウェイターである。パットは人が待って《ウェイト》いるあいだ給仕《ウェイト》するウェイターである。ひー、ひー、ひー、ひー。彼は人が待って《ウェイト》いるあいだ給仕《ウェイト》する。ひー、ひー。ウェイターである彼《ヒー》は。ひー、ひー、ひー、ひー。彼は人が待って《ウェイト》いるあいだ給仕《ウェイト》する。人が待って《ウェイト》いるあいだ人が待って《ウェイト》いるなら待って《ウェイト》いるあいだ彼は給仕《ウェイト》するだろう。ひー、ひー、ひー、ひー。

ほー。人が待《ウェイト》っているあいだ給仕《ウェイト》する（11: 915-19）。

「ウェイト」（"wait"）という語が、「待つ」という意味と「給仕をする」という二つの意味を表すことはわざわざ説明するまでもないが、ここでは「ウェイト」という語を、ウェイターのパットが行うことについて、意味を変えながら同じ文中で何度も使っている。一つの語を違う意味で同じ文中に使う言葉遊び――つまりは、地口――をしている。笑い声として口から漏れる「ひー」という擬音語と、代名詞の「ヒー」の言葉遊びも見られる。また同じことを内容とする文章を、形を変えながら何度も繰り返す遊びも行っている。このような遊びを含む表現によって、読者に伝えるべき情報は驚くほど少なくなり、限りなくナンセンスに近くなっている(2)。

メタフィクション化

この文章の融解・融合に伴い、文章の自律性が犯されていることに注目したい。これによって言語の持つある性質が浮き彫りになる。すなわち、言葉というのは、共時的あるいは通時的空間に位置する第三者との対話から成り立っているということである。この性質は言語が本来持っている性質であり、第十一章において急に持ち始めたという類のものではない。ただわれわれの目には触れないような形になっていたにすぎない。たとえば、『ユリシーズ』に多く含まれている様々な文献からの引用という点にも、われわれはこの性質の発露を見出すであろう。また、前半部の章におけるスティーヴンやブルームの思考、視覚、聴覚を通した形で行われていた語りにもこの性質を読み取れる。というのは、そのときわれわれが読んでいたのは、スティーヴンやブルームの外部のものの場合、彼らを通して言語化されたものであった。その言語は当然のことながら、他の人がいったこと、彼らが以前見たり聞いたりしたものを自分たちで言語化したもの、他人が言語化したものを聞いたもの、彼らが読んだ他人の言語等などが寄せ集められたものであった。複数の言語の自律性を破り、分解・融合するという技法は、このような言語が元来持っている性質を改めて露呈する。

言語が本来持っている、種々雑多な出所を持ち、均質ではない、つぎはぎ的な性質の顕在化は、『ユリシーズ』後半においては、一つのテーマともいえるものになってくる。それはまず後半部の作られ方に関していえる。つまり、後半部は前半部の一種のパロディーとして機能していると考える批評家がいるほど、後半部は前半部を材料として使う面があるのである (Lawrence, 93,94-98; Riquelme, 212)。どのような形であれ、前半部でいわれたことに対する言及で構成されるとき、後半部の言語は対話的、あるいは間テクスト的な性質を帯びることになる。作品を構成する言語を構成する諸要素の出所が作品内に多く見出されるようになればなるほど、その作品は自己言及的な、つまりはメタフィクション的な色彩を帯びることになる。

混じり合う人やもののアイデンティティ

第十一章に特徴的な点の第二点として、独立して存在し得る／すべき文章の境界が曖昧になったり、取り払われて他の文章と混じるということを見てきた。それと同じような現象が個別の人間に関しても起こっている。それを第三点として見ていくことにする。たとえば、それはミス・ドゥースとミス・ケネディが日焼けした肌につける薬について話しているところに見られる。

――あんなのは、吹き出物ができるだけ、と答えて腰をおろした。ボイドの店のあのおいぼれ爺さんに、あたしの肌につけるなにかいい薬ないかしらって聞いたの。
ミス・ケネディは、今度はよく出たお茶をつぎ、顔をしかめて頼んだ。
——お願いだからあの男の思い出させないでちょうだい！
——いいから、聞いてよ、とミス・ドゥースは頼んだ。
ミス・ケネディはおいしいお茶とミルクを入れてから、二つの耳に小指で栓をした。
——いやよ、やめて、と彼女は大声でいった。
——ききたくないの、と彼女は大声でいった。
しかしブルームは？
ミス・ドゥースは爺さんの鼻にかかったような声で唸るようにいった。
——あんたの何につけるんだって？　っていうのよ（U 11: 123-35）。

ここでは、オーモンドホテル内で二人が話をしているところに、この時点ではまだホテルの外を歩いているブルームへの言及があまりに突然にはさまれるために、ミス・ケネディが思い出したくない人物が、実際はボイドの店の老人であるはずなのに、まるでブルームであるかのように読めてしまうということが起こっている。語り手が、異なった二つの空間を作為的に結びつけたために、話の対象となっている人物、あるいは人のアイデンティティに混乱が起こる。

これがさらに進むと、ブルームは普通名詞に変えられて、歌の歌詞の一部にされてしまう。「ブルーム。なつかしのブルーム。青い花《ブルーム》がライ麦畑」**"Bloom. Old Bloom. Blue bloom is on the rye."**（U 11: 230-31）(3)。次に挙げる例では、指示名詞が誰を指しているのかをテクスト自身が問うている。

彼(誰だ?)は蓋をあげて、棺(棺だって?)のなかの斜めに張った三重の(ピアノだったのか!)鋼線をみつめた。彼(彼女の手を優しく握りしめたのと同じ人)は押した、弱音ペダルを踏みながら三つのキーを。そしてフェルトの厚さの効き具合を調べ、ハンマーのくぐもった衝撃音が響くのを聞いた(U 11: 291-94)。

ここでは、ピアノの内部を見ている人物が誰なのかテクスト自身にもわからないとでもいいたげな、とぼけた書き方がされている。誰であるのかわかりづらくなっているということは、読者が他の人と間違える可能性を含んでいるということである。そうかと思えば、その逆の場合もある。

彼、リチー・グールディングが、彼、ミスタ・ブルームに向かって、彼、ネッド・ランバートの家で、彼、サイ・ディーダラスが、「なれを誘いしは地位と名誉」を歌うのを、彼、リチー・グールディングが聞いた晩のことを話すのを、彼、ミスタ・ブルームは耳を傾けて聞いていた(U 11: 786-89)。

ここでは、出てきた代名詞それぞれについて、誰のことを指しているのかが示され、説明過剰となっている。ここまでしなくては誰が誰なのかわかってもらえずに、誤解が生じる状況にあるとするなら、それはひとえにテクストの側に責任がある。それは、たとえば「サイポルド」"Siopold!"(U 11: 752)、「ライオネル・サイモン」"Lionel Simon"(U 11: 774)、「ライオネルレオポルド」"Lionelleopold"(U 11: 1187)、「サイモンライオネル」"Simonlionel"(U 11:1210)といった具合に、二人の登場人物の名前が一つになって出てきたり、「ライオネル・マーク骨董店のウィンドウの中に、傲慢なヘンリー・ライオネル・レオポルド親愛なるヘンリーフラワー熱心にミスタ・レオポルド・ブルームは、あちこちへこんだ燭台やウジのわきそうな吹奏袋がはみ出ているアコーディオンを眺めた」（U 11: 1261-63）といった具合に、一人の人物を指す呼び方でもそれではもはや誰のことを指しているものが疑わしくなる例を目にしていれば当然ともいえる。

このように、この章には人間あるいは物のアイデンティティが不安定になるという現象が見られる。このことは、人間や物さえも単なる言葉、しかも他の文章と簡単に混じり合うことのできるメタ言語になっているといい換えることができる。もちろんここには言葉遊びという側面があることを否定することはできない。しかし、第二点として見た言葉の混じり合い同様に、それだけでは説明のしきれない部分が残る。すなわち、なぜこのような現象が、前半部よりも後半部に顕著なのかという問題には答えが与えられていないのである。

これまで第十一章に特徴的な点について見てきた。すなわち、空間的混合、文章の混じり合い、人や物のアイデンティティの混じり合いの三点についてである。このような特徴は、第十一章になって初めて現れてきたという類のものではない。その始まりは早く、第一章にまで遡ることができる。またその広がりは第十八章にまで及ぶ。つまり、『ユリシーズ』の全域にわたって見られるということである。しかしその中にもある傾向が見られる。それはつまり、前半部において見られるとはいっても顕著にというほどではなく、目立つようになるのは後半部においてであるということである。このことは、すでに示唆したように、このような特徴は、文体の変化の動きと連動した一つの動きの中でとらえられるべき性質のものであることを示している。

その動きが向かう点は、一言でいうならば、カーニヴァル的な状態であるといってよい。前半部では主にスティーヴンやブルームの内側からの描写によって、彼らがどういう人間なのかが提示される。彼らのイメージが読者の頭の中で確立されたところで後半部に移り、彼らは多くの登場人物の中の一人として、街という器の中で揉まれていく。これまで見てきたような、空間・文章・人の混じり合いの中で、つまりはそれらの点において境界が取り払われ、その結果いろいろな変化が期待できる、一種の混沌とした状態の中で、彼らは揉まれていく。この過程は、二つの物質を試験管に入れ、熱を加えて化学変化を起こさせるのにも似ている。第十五章においてこの状態は頂点に達し、いわば臨界状態を迎える。その中で彼らは互いにカーニヴァル的代補の関係にあることを認めるのみならず、カーニヴァル的な融合を達成する。その結び付けられた状態が、第十七章で使われている言葉を使うならば、「ブリーヴン」(“Blephen”)と「ストゥーム」(“Stoom”)なのである(U 17: 551, 549)。第十一章は、この状態へと向かう動き、あるいはもう一つの物語の中で、重要な位置を占めている。

第8章 「ブリーヴン」と「ストゥーム」に向けての物語(二)

前章においては、ジョイスの『ユリシーズ』第十一章に特徴的な三点について考察した。その三点とはすなわち、空間的混乱、文章の混じり合い、そして人や物のアイデンティティの混じり合いであった。空間的混乱とは、様々な空間で起こっていることが、まるで一つの空間で起こっているかのように描かれている状態を指していた。文章の混じり合いとは、独立した文章として現れてしかるべき文章が、他の文章と融合したり、分解されてその一部が他の文章あるいは他の文章の一部と結び付いた形で現れてくることを指していた。そして最後の人や物のアイデンティティの混じり合いとは、人や物が他の人や物と結び付いた形で現れてきたり、他の人や物と間違えられるような記述のされ方がされることを指していた。

このような特徴は第十一章に限られたものではなく、『ユリシーズ』全体にわたって見られるものである。そしてこれらは、『ユリシーズ』の中にもう一つの物語を作り出している。その物語とは、表題にも挙げた「ブリーヴン」(“Blephen”)と「ストゥーム」(“Stoom”)に向けての物語である。「ブリーヴン」と「ストゥーム」とは、第十七章に出てくる言葉で(U 17: 551,549)、『ユリシーズ』に登場するスティーヴンとブルームという人物の名前を掛け合わせたものである。この状態へと向かう物語とはすなわち、『ユリシーズ』の前半部でどのような人間であるのかが、主に内部から描かれることによって示された後に、スティーヴンとブルームという二人の登場人物が、空間的混乱、文章の混じり合い、人や物のアイデンティティの混じり合いを通して、言語表現のレベルで次第に境界が曖昧になり、個としての枠を外され、融合へと向かう物語である。この動きは、当然のことながら肉体のレベルで起こるのではなく、精神の、しかもややもすると二人が意識していないレベルで起こる。リアリステイックな形で表現することは難しいこの動きを、ジョイスは暗示的、徴候的に言語表現上の動きとして描いている。この章では、『ユリシーズ』第十一章に見られた諸特徴が、それ以前と以後の章においてどのように現れ、全体の中でどのような動きを見せるかを見ていくことが目的となる。

前半部における空間的混乱

すでに指摘したように、このような特徴が出てくる背景には文体上の変化がある。その変化とは、特に語り手と登場人物との間の距離に関するものである。つまり、空間的混合にしても、文章の混じり合いにしても、人や物のアイデンティティにしても、このような現象が起こるためには、語り手が登場人物から心理的にも空間的にも離れたところにいなくてはならない。語り手が登場人物に対して同情的あるいは協調的であったり、語り手が登場人物の背後に身を置いているような状態にあっては、このような現象はほとんど起こり得ない。『ユリシーズ』の前半部は、語り手と登場人物との間にはほとんど距離がないに等しいか、あるいはやっと距離が現れ始めたといった段階にある。このことは、第十一章に見られた諸特徴が、同様に前半部にも多く見出されるとは予想しにくいということを示唆している。

しかし、そのような現象が前半部にまったく見られないわけではない。まずは空間的混乱という点から見ていくことにする。前半部の章で使われている文体において、中心的な位置を占めている意識の流れ、あるいは内的独白と呼ばれる手法は、潜在的に空間的混乱を生み出す要素を持っている。それはまず第一には、この手法が様々な時間の混合を可能にすること、第二には、人間の内部を描くのには適していても、外部の動きを描くのには適していないことによる。時空間が変化したり、意識の流れと外部で起こっていることが併記された場合、しばしばその区別が難しく感じられることがある。それは主に、伝統的な語りの文学においてのように、変化があったことを語り手が親切に教えてくれることがないことに起因する。しかし、原則として登場人物に知覚された形で表象する書き方がされ、また扱われる空間も狭いために、空間的混合は起こっても混乱に至るほどではない。

前半部における文章の混じり合い

文章の混じり合いという点においては、いくつかの類例が見られる。特に後半部に近い第九章には、第十一章に見られたような、ある言葉に呼応してそれを茶化すような言葉が出てくる現象が見出せる。ダブリンの国立図書館でシェイクスピアについて議論しているときに、「シェイクスピアは過ちを犯したが、できるだけ早く、できるだけうまいやり方でそこから脱出したと世間の人は信じている」（U 9: 226-27）という意見に対して、スティーヴンは、「馬鹿ばかしい！……天才は過ちなんか犯さないものです。彼の過ちは自分の意志によるものであり、発見の入口なのです」と反論する。するとそのすぐ後に、「発見の入口が開いて、クエイカー教徒の図書館長が入って」くる（U 9: 228-32）。ここでいう「発見の入口」とは、ドアのことであるのはいうまでもない。また「僕はハムレットがとても若いように感じますね」と発言するときのベスト氏のいい方は、「若々しく」（youngly）と形容される（U 9: 387）（French,

111; Peake, 207-08)。類例はほかにも見つかる（U 9: 228-33, 522-23, 714-15）。これと似た形は、早くも第一章に見られる。「でも、お見事な道化役者だな、と彼〔マリガン〕は独り言を言った。キンチよ、こんな見事な道化役者もないもんだぜ。」一見ここには何も注目すべきところはないように見える。しかし、原文では、"But a lovely mummer! he〔Mulligan〕murmured to himself. Kinch, the loveliest mummer of them all!"（U 1: 99-98）となっており、"mummer" と "murmur" という綴りのよく似た単語が使われていて、地口に似たおかしさを感じさせているのがわかる。

第七章にも同じ様な例が見られる。この章は、六三に区切られ、そこには「広告取りの働きをここにみる」（U 7: 120）、「勝ち馬を当てろ」（U 7: 386）、「君ならやれる!」（U 7: 614）といった新聞の見出しのような言葉が付けられている。これらの言葉は、それに続く部分の内容を要約したものであり、結果的に呼応的な言葉となっている。特に「?·?·?」（U 7: 512）とか「K・M・A」（U 7: 980）といった言葉には、内容を予示するという見出しとしての機能よりも、以下に続く内容を茶化す働きの方が強く見られる。

文章の混じり合いという点では、もう一つ興味深い現象が見られる。それは文章のアイデンティティの混乱とでも呼ぶべきものである。つまり、本来は別の登場人物がいったり考えたりしたはずのことが、まるでテレパシーで伝達されたかのように、他の人のものとして出てくるというものである。第六章において、友人の葬儀のために墓地へとやってきたブルームは、死体の処理の仕方について考えていて、「溺死が一番いい気持ちだそうだな」（U 6: 988）と考える。奇妙な偶然の一致を見せ、スティーヴンもまた第三章で同じように、「溺死、人間の死の中で最も楽なもの」（U 3: 482-83）と考えている。同じことを考えているとはいっても、言葉が完全に一致しているわけではないから、スティーヴンが考えたことをブルームが心に浮かべたのとは違う。単に二人ともが、当時あった社会的言説を、たまたま一緒に想起しているだけであると考えることも、もちろん可能ではある。しかし、それだけでは不十分といえる理由がある。

まず第一に、発話や思想のテレパシー的移動は、この後でも見ていくことになるが、後半部においてよく見られる形である。第二に、二人が溺死のことを考えているのは、興味深いことに、ほぼ同じ時間においてである。『ユリシーズ』は二度始まる小説である。第一章から第三章までは、一九〇四年六月十六日という特定の日の午前中にスティーヴンがしていたことを描き、続く第四章から第六章までは、再び第一章が始まったのと同じ時間にまで戻って、今度はブルームがなにをしていたかを描く。第一章と第四章は午前八時、第二章と第五章は午前十時、第三章と第六章は午前十一時にそれぞれ設定されている。スティーヴンとブルームの二人が溺死のことを考えているのは、その第三章と第六章の終わり近くであり、したがってきわめて似通った時間においてであることがわかる。この時間の近似性は、二人の思考に見かけ以上の類似性を与える。この二点を考え合わすと、二人の間の思考の類似は、後半部において前景化された形で用いられるものの萌芽的形態であると考えられる。ここでもう一つ見逃してはならないことがある。それは、二人を結び付けようとする意志がどこからか働いているということである。

『ユリシーズ』は、スティーヴンとブルームの出会いの物語である。二人は実際、第七章と第九章で二回の「ニアミス」をした後、第十四章において出会うことになる。この二人が出会う前に、読者には二人の間にある共通点が示される。たとえば、二人ともが喪服を着ており、二人ともが鍵を持っていない。ほかにも、二人ともが魔除けを持ち（スティッキとじゃが芋の皮）、二人ともが簒奪者に苦しめられている（マリガンとボイラン）といった共通点がある（French. 27-28, 88-89）。この共通点は、読者にはわかっても、当人たちには当然のことながらわからない。その機能について考えてみよう。最初の三章がスティーヴンを、そして次の三章がブルームを描いていることにはすでに触れた。なぜこのように二度にわたって物語が始まるのかは、『ユリシーズ』構成上の大きな問題のうちの一つである。たとえば、一つの章の中でスティーヴンとブルームを混ぜて描くこともできたであろうし、あるいは第一章、第四章、第二章、第五章、第三章、第六章という順番に配列を変え、二人を交互に書くこともできたはずである。もちろんホメロスの『オデュッセイア』との対応関係という点で、テーレマコスに対応するスティーヴンの章を先に持ってくる必要があったことはあるだろう。しかし、それだけでは十分ではない。スティーヴンの章とブルームの章の分離は、二人がこの段階においてはいかに離れた状態にあるかをテクストの上で示したものと解釈することができる。二人の間に設けられた共通点は、二人が実際に出会う前に、読者の頭の中で二人を結び付け、この離れた状態にある二人が出会う運命にあることを予徴する試みである。先ほど見た、二人が同じことをほぼ同じ時間に考えるという現象も、このような読者にだけわかるような形で示される共通点とは次元は異なるが、同じ働きをする。

同様にして、ブルームが第八章でカルマのことを想起するかと思えば（U 8: 1148-49）、次の第九章ではスティーヴンが「普通の人はまず悪いカルマを払い清めなきゃ」と考える（U 9: 70）。また、ブルームが「あの頃の俺が本当の俺なのか？それとも今の俺が俺なのか？」と考えれば（U 8: 608）、スティーヴンも「今の僕は昔の僕じゃない」と似たことを考える（U 9: 205）。このように、外見のみならず思考においても共通点を持つことを示された二人は、読者の頭の中で結び付きやすい存在となる。

前半部における人や物のアイデンティティの混乱

人や物のアイデンティティの混乱という点に関しては、前半部には目立った動きはほとんどない。しかし、後半部に見られるものの萌芽ともいうべき興味深い形が見られる。それはブルームに関するものである。ブルームは「求む、文学にいそしむ紳士の助手」（U 8: 326-27）という新聞広告を出し、それに応募してきたマーサ・クリフォードという名前の女性と現在文通をしている。この日も彼女から来た手紙を第五章で受け取っている。その際彼は、ヘンリー・

フラワーという偽名を使っている。当然のことながら、マーサの方も偽名である可能性は高い。実際のところこの女性の正体は、ボイランのところで秘書をしているミス・ダンではないかとも考えられている。この偽名の使用によって、ブルームはブルームであると同時に、他の存在でもあり得ることになる。このことはまた、ブルームがブルームという名前でなければならない必然性はまったくないことを示し、名前の持つアイデンティティを示す——あるいは名前でもって人のアイデンティティを固定する——能力に疑問を投げかける（Thomas, 109）。この偽名と関連して興味深いことは、ブルーム家はもともとブルームを名乗っていたのではないということである。ブルームの父親が、ヴィラグという姓であったのを、ブルームと変えたのであった。母方にも同じような改名がうかがえる（U 17: 532-37, 1869-72; Raleigh, 11-19）(1)。改名は、偽名と同じく、人はいくらでも違った名前であることができることを示す。この人と名前の関係は、名前というのは、音の響きと同様人を欺くもので、意味はないというスティーヴンの言葉（U 16: 362-64）に収束していく。

名前の音の響きにだまされて、ブルームは人違いをする。第八章でミセス・ブリーンと話をしているときに彼は、マイナ・ピュアフォイのことを聞こうとして、朝読んだ懸賞小説の作者、ミセス・ビューフォイの名前を挙げてしまう（U 8: 276-77）。この人違いは、後半部では一つのモティーフともいうべきものへと発展していく。音の響きに騙されて間違いをする例としておもしろいものは、「スローアウェイ」という音を軸にして、それによって示されるものが横滑りを起こすところである。第五章でブルームは、出会ったバンタム・ライオンズに、新聞を見せてくれといわれる。彼は、その日に行われるゴールド・カップの競馬の記事を読みたいのだという。ブルームが、捨てよう（thow away）と思っていたところだからその新聞をあげるよというと、彼は不思議な顔をしてブルームを見て、お礼をいって去っていく（U 5:523-42）。偶然は続き、第八章でブルームは、陰気な青年にビラ（throwaway）を渡され、それを投げ捨てる(throw away)。このいろいろなスローアウェイは結局、ゴールド・カップで二十倍の大穴となる馬の名前となる。ここでは、一つの音が動詞となり、名詞となり、馬の名前に変化していくのをわれわれは目にする。

後半部における空間的混乱

後半部に使われている実験的な文体には、第十一章に見られた諸特徴がより前景化された形で現れるであろうことが予想される。

前半部では最小限に抑えられていた空間的混乱は、後半部に入るとすぐに現れてくる。第十章には、ほぼ同じ時間にダブリンの街の様々な場所で繰り広げられる出来事が、十九のセクションに分けられて描かれる。第七セクションで、ミス・ダンが読んでいた本のことを考えながら仕事に向かう場面には、意味不明の文章が入っている。

この本、怪奇趣味が多すぎるんじゃないかしら？　彼はあの人に、メアリアンに恋をしているのかしら？　これはやめにして、メアリ・セシル・ヘイの本と取りかえよう。

円盤は溝を滑り落ち、しばらくぐらつき、静止し、みんなに流し目を送った―六番だ。

ミス・ダンはかちかちとタイプを叩いた（U 10: 371-75）。

ここに出てくる「円盤」で始まる文章は、前後とうまくかみ合っていない。円盤を仕事場にあるものと解釈することはできても、それが「みんなに流し目を送る」のはどういうことなのか理解が難しい。この謎は、第九セクションまで読み進むと明らかになる。この文章は、まったく別のところで、トム・ロチフォードという人物が、自分が作った音楽会の進行状況を示す機械のしかけをみんなに説明している場面のものである。ここでは、二つの空間で起こっていることを描く文章が併置・挿入されることによって、二つの空間が結び付けられ、解釈の上でも混乱を引き起こしている。第十章には、このような混乱を引き起こす挿入部分が、全体にわたって見られる（French, 118; Peake, 213-14）。

第十五章において空間的混乱は頂点に達する。花街を舞台としているこの章は、ブルームやスティーヴンの意識、あるいは無意識の世界にあるものを材料とした、幻想的な劇に仕立てられている。その結果、ブルームの妻のモリーやブリーン夫人やビューフォイといった、その場にはいないはずの人間が現れる。スティーヴンの母親やブルームの父母といった、この世にはすでに存在しないはずの人物までもが姿を見せる。さらには、ブルームが偽名として使っているヘンリー・フラワーといった架空の人物まで現れる。こうして現れる空間は、人の内側にある空間であるとともにそれを外側に投写した空間でもあり、内側と外側という「両極が一致し」（U 6: 760）た空間となる。

後半部における文章の混じり合い

文章の混じり合いという点でも、随所にその例が見られるようになる。たとえば、バーニー・キアナンの店で熱狂的な愛国主義者からブルームが受ける受難が描かれる第十二章には二四のパロディーが挿入されているが、そのパロディーは、物語の進行に寄与するというよりは、ある言葉を契機として誘発されたさほど意味のない展開という性格を有す。この部分は、第十一章に見られた、ある言葉に呼応して茶化すような言葉が引き出される現象が、言葉単位ではなく、パロディーというもっと大きな規模で繰り広げられたものといえる。正体不明の語り手が、親切な行いをするブルームのねらいは雌鶏の下の卵だろうと考えていると、次のような一節が突然入ってくる。

ガー・ガー・ガラ。クルック・クルック・クルック。ブラック・リズはうちの雌鶏です。彼女はみんなに卵を生んでくれます。彼女は卵を生むとたいそううれしそうにします。ガラ。クルック・クルック・クルック。するとレオおじさんがやって来ます。おじさんはブラック・リズの下に手を入れて、生みたて卵を取ります。ガー・ガー・ガー・ガー・ガラ。クルック・クルック・クルック（U 12: 846-49）。

このパロディーの後は、再び普通に会話が続けられているのを見てもわかるように、この挿入部は、物語とはまったく無関係である。このような呼応的展開は、第十七章の最後に近い部分に見られる、無限に続くこともできそうな書き換えへと向かう。

誰と？
船乗りシンバッド、仕立屋ティンバッド、牢番ジンバッド、捕鯨者フィンバッド、釘製造人ニンバッド、失敗者フィンバッド、水汲み人ビンバッド、桶屋ピンバッド、郵便係ミンバッド、挨拶者ヒンバッド、皮肉屋リンバッド、菜食主義者ディンバッド、落胆者ヴィンバッド、競馬屋リンバッド、消耗患者ジンバッド（U 17: 2321-26）。

第十七章は、いわゆる質問と答えという形式で書かれている。ここで例に挙げたのは、ブルームが眠りにつこうとしているところで、「彼は休息している。彼は旅をした」という文が出てきたのを受けて、繰り広げられた問いと答えである。船乗りシンバッドという言葉を受けて、それと似た形の言葉がそのあとに十四続くが（...Tinbad the tailor and

Jinbad the Jailer and Whinbad the Whaler....）、その数はいくらでも増やすことが可能である。

前半部でも若干見られた、本来他の人がいった／考えたはずのことを、それとは別の人が口にする／思い浮かべるという現象が、後半部では多く見られる。たとえば、幻想的な劇に仕立て上げられている第十五章には、次のような例が見られる。

ブルーム
ジブラルタルの電車線路みたいな鉄道オペラは何でしょう？　カスティールの列だよ（笑い声）。

レネハン
瓢窃だ！　ブルームをやっつけろ！（U 15: 1730-34）

ブルームが出した謎々は、第七章で新聞社に集まっている人たちの前で、レネハンが出したものである（U 7: 514-15, 588-91）。しかも興味深いことに、この謎はブルームが知っているはずのないものである。というのも、この謎々が出されたときには、ブルームはその場にいなかったからである。それをブルームが口にしたために、レネハンが、瓢窃だといってブルームを非難しているのである。ちなみに、ブルームが示した答えは不完全で、本来ならば笑いを引き起こすようなものではない。正確な答えは、「『カスティールの薔薇』だよ。その心は？　鋳造鋼鉄の行列さ」"The Rose of Castile. See the wheeze? Rows of cast steel" (U 7: 591) とならなくてはならない。同じく第十五章の初めの方で、モリーは「ネブカラダ！フェミニヌム」と呪文を唱える（U 15: 319）が、これは第十章でスティーヴンが本屋で立ち読みした本の中に出てきた、女性の愛を得るためのまじないの文句、「セ・エル・イロ・ネブラカダ・フェミニヌム！アモール・メ・ソロ！　サンクトゥス！　アーメン」の一部である（U 10: 849）。この言葉も、スティーヴン以外に知っているはずのないものである。酔いどれフィリップと素面のフィリップの間の会話も、同じようにして作られている。「酔いどれフィリップ（重々しく）フィリップ、何だってこんな妙なことになっちまったんだい？　素面のフィリップ（陽気に）聖なる鳩のせいなんだよ、フィリップ。」この会話は、第三章でスティーヴンが想像していた、ヨセフとキリストを身ごもったマリアとの間で交わされる会話をもとにしている（U 3: 161-62）。また、これとよく似た形としては、第六章においてサイモン・デイーダラスがマリガンのことを指して使った「忠実な友」"fidus Achates"（U 6: 49）という言葉が、第十六章では、スティーヴンにとってのブルームのことを指す言葉へと変化するのを挙げることができる（U 16: 54-55）。このように、後半部においては発話あるいは語句や文章のアイデンティティは曖昧になり、横滑り現象を起こして他の人の言葉になったり、他の人や物を指す言葉になったりする(2)。この現象は、単に文章の混じり合いを示すだけでなく、人や物のアイデンティティの混乱をも示唆する。

後半部における人や物のアイデンティティの変化

人や物のアイデンティティの変化という点でも、後半部には多くの例が見出せる。それらは、大きく三つのタイプに分けて考えることができる。まず第一のタイプは、文体の変化に伴って、人や物の性質が変化するというものである。たとえば、古い時代の文体が使われた場合、その文体の持つイデオロギーの要請に応じて、人や物はその時代にあったものに変わる。こうして、第十二章中の英雄物語のパロディーでは、「市民」と呼ばれる熱狂的愛国主義者は巨人へと姿を変え（U 12: 151-205）、アイルランドの伝説のパロディーでは、ブルームは暗黒の鎧をつけ、その名もアイルランド人風にオブルーム（O'Bloom）となる（U 12: 215-17）。英文学史における代表的散文を時代順にパロディーしていく第十四章では、文体が変化するのに伴い、ブルームは中世の「流浪人レオポルド」“traveller Leopold”（U 14: 126）から「サー・レオポルド」“Sir Leopold”（U 14: 169-70）、「ブルーム殿」“Master Bloom”（U 14: 424）へと変身する（Iser, 179-95）。心理的夢幻劇に仕立て上げられた第十五章では、グロテスクなまでの変容が繰り広げられる。ブルームのまわりをうろつく一匹の犬は、レトリーヴァー、セッター、マスチフ、スパニエル、ブルドッグ、グレイハウンド等々へと姿を変えていく（U 15: 659, 667, 673, 690, 693, 708）。ブルームもダブリン市長、国王、女、産婦、救世主、赤ん坊等々へと目まぐるしく変わっていく。単に職業や性格、年齢といった点で変わるだけでなく、性さえも変わってしまう。彼だけでなく、売春宿の女主人のベラやモリーさえも性を逆転させる。

第二のタイプは、人違いである。第十章の第五セクションには、「マーチャンツ・アーチの下では、黒っぽいなりをした一人の男が、こちらに背を見せて、行商人の車に並んでいる本をあさっていた」（U 10: 315-16）という一節が挿入されている。われわれは、スティーヴンとブルームの二人が喪服を着ているのを知っている。さらには、二人ともがそれぞれ本をあさっているのを、この後で目にする。ここで言及される男が結局のところブルームであることは後にわかるのではあるが、ここにはこの男をスティーヴンであると勘違いさせようとする意志が働いている(3)。

第十六章でスティーヴンを連れて「御者溜まり」と呼ばれるところに寄ったブルームは、新聞に自分が出席した友人ディグナムの葬式の記事が載っているのに気づく。皮肉なことに、葬式に出席して、しかも自分が知り合いの記者に自分の名前を告げたブルームの名前は「L・ブーム」（L. Boom）と誤って記載され、その場にはいなかったスティーヴンやマッコイの名前は綴りも正しく記載されている（U 16: 1260-61）。単に新聞に間違った名前が載ったということだけでなく、この後しばらくの間ブルームは語り手にブームと呼ばれ、ブルームは文字通りブームとなってしまう。またその欄には、名前がわからなかったはずの男が、着ていた雨外套（mackintosh）からマッキントッシュと名付けられて出ている。さらに、スティーヴンの父親のサイモンは、見るからにいかがわしいマーフィーという人物によって、「ヘングラーのロイヤル・サーカスと一緒に世界を股にかけて歩いて」いた射撃の名手にされてしまう（U 16: 389-413）。『オデュッセイア』との照応関係で、イタケーの島に戻ってきたオデュッセウスが、変装をして豚飼いのエウマイオスのところに姿を現す部分に対応する第十六章は、見かけと現実の間の食い違い、偽装に満ちあふれていても不思議はない。ここでは、偽物が多いことをテクスト自体も意識しているかのように、指示代名詞の後ろに（　）を付けて、それが指すもの・者の名を補足説明する。たとえば、「彼（すなわちスティーヴン）」（U 16: 4）、「彼の（パーネルの）」（U 16: 1513）、「これ（空気のこと）」（U 16: 1718）といった具合いである。そのような説明が加えられても、依然はっきりしないものもある。たとえば、「彼」（没落した指導者、つまりもう一方の男ではない方）（U 16: 1392-93）という描写は、パーネルのことを指しているのであるが、その説明は要を得ない。「彼の（つまりブルームの）」（U 16:1652）と訳され問題なしと思われるところでも、原文では単に“his (B's)”としか記されていない場合もある。ここでは、正確を期すために説明を加えるということが様式化され、それ自体がすでに茶化しの対象になっている。

　最後のタイプは、人のアイデンティティを示すというよりは、遊びの対象となった名前である。第十七章には、ブルームが少年時代に自分の名前から作った字謎（anagram）が紹介されている。「レオポルド・ブルーム　エルポドボムール　モルドペルーブ　ボロペドゥーム　下院議員オレボ老」“Leopold Bloom Ellpodbomool Molldopeloob Bollopedoom Old Ollebo, MP.”（U 17: 405-09）。そのすぐ後には、ブルームがモリーに送った、自分の名前の省略形をもとにして作った沓冠体詩（acrostic）が紹介されている。

ぽえーとらが遠き昔より歌いつぎし
おもしろき調べもて浄き君を讃えん。
るるとして歌えど尽きぬ麗しき君、
であう喜びは歌にも酒にもまして。
いまや君は我がもの、世界は我がもの。

(Poets oft have sung in rhyme
Of music sweet their praise divine.
Let them hymn it nine times nine.
Dearer far than song or wine.
You are mine. The world is mine.)（傍点は著者による、U 17: 412-16）

行頭の文字をつなげると、ポールデー（Poldy）という形になるこの詩においては、ブルームの名前は一文字ずつに分解されている。このような使い方は、アナグラム同様名前がいかに分解可能か、あるいは名前というものが人間のアイデンティティと緊密に結び付いたものというよりは、遊びに使うことのできる単なるメタ言語にすぎないことを示している。

これまで『ユリシーズ』第十一章に見られた諸特徴、すなわち空間的混乱、文章の混じり合い、人や物のアイデンティティの混じり合いが、この小説の全体にわたって、特に後半部に顕著に認められることを見てきた。これにより、それらの特徴が単に第十一章に限られたものではなく、文体の動きと連動した動きであることが確認できた。

この運動によって生み出されるものはなんであろうか。この三種類の混乱に共通している要素は、遊離と融合である。このような混乱が起こる前提として、空間にしても、文章にしても、人や物のアイデンティティにしても、それらを表す言語がまず、もとのもの／指示対象からは離れた、自由な存在になっていなくてはならなかった。すべてがメタ・レベルに移し換えられていたといってもよい。そして、空間にしても、文章にしても、人や物のアイデンティティにしても、混乱を引き起こすとき、他のものと結び付いていた。この遊離と融合によって、境界は曖昧となり、他のものとの交感し得る、あるいは一つのものが他のものでもあり得る環境が整えられ、生み出された。この状態は、試験管に入れられた化学物質が、熱を加えられて化学変化を起こしやすくなっている状態にたとえることができる。

このような環境の中で、スティーヴンとブルームの二人は「化学変化」を起こす。融合して、「ブリーヴン」と「ストゥーム」となる。

彼らの学歴は似通っていたか?

スティーヴンがもしブルームの立場にあればストゥームは小学校とハイスクールを順次終了したであろう。ブルームがもしスティーヴンの立場にあればブリーヴンは中等教育の予備科、初級、中級、上級過程をへてロイヤル・ユニヴァーシティの入学試験、文科一年、文学二年及び文学士過程を順次終了したであろう（U 17: 548-554)。

二人が入れ違ったときには、お互いがお互いの学歴を全うしたであろうということをただ単にいおうとするときには、このような持ってまわった表現にする必要はない。ここに認められるのは、二人を結び付けようとする意志であり、二人が結び付いた形を示そうとする欲望である。すでにわれわれは、二人を結び付けようとする意志については、その様々な形態をこれまでに見てきた。二人を読者の頭の中で結び付ける働きをする、二人の間に設けられた共通点、二人の間に交わされたテレパシー的な思考の交流、二人を間違えさせようとする技法等が思い出される。このほかにも、二人を結び付け、その結び付いた状態を示そうとする試みはいくつか見られた。第十五章では、鏡をのぞき込んだ二人の顔が、一つになってシェイクスピアの顔になる（U 15: 3821-24）。第十七章には、同様にシェイクスピアを交えて二人を結び付けようとするものとして、三人が生まれたときに同じような新星が誕生したという記述がある（U 17: 1118-32）。

このような融合は、リアリスティックなレベルではテクストには記されていない。そのような精神的な交流があったことを、二人が意識しているようには描かれていない。しかしそれは、融合が起こらなかったことを意味するのではない。融合が二人の意識を超えたところで起こっていること、直接的な表現はできないレベルで起こっていることを示しているのである。これまでこのような動きが認められなかったのは、そのような理由による。

空間的混乱、文章の混じり合い、人やもののアイデンティティの混乱には、早くから注意が向けられていたが、これまでは単に遊びという面からしか考えられなかった。しかし以上見てきたように、ここにはもう一つの物語、スティーヴンとブルームの二人が融合へと向かう物語が書き込まれている(4)。

第9章　カーニヴァル的なるものモリー

ホメロスの『オデュッセイア』との対応関係から「ペネロペイア」とも呼ばれる『ユリシーズ』第十八章は、特異な章であるといえる。この章には、これまで物語の中心を占めてきた、スティーヴンとブルームの姿はない。前章でスティーヴンはブルームの家から去り、ブルームはすでに眠りについている。ブルームとスティーヴンの行動は終わりを迎え、物語は終わったかのように見える。この上なにについて語られる必要があるのだろうか。ジョイス自身手紙の中で、第十八章には始めもなければまん中も終わりもないので、『ユリシーズ』は第十七章で終わっているといっているほどである(書簡集I、172)。それなのにこの後に、これまで、ほとんど姿を見せることのなかったブルームの妻のモリーの意識の流れから成る章が来るのである。この章は、与えられた位置のみならず、内容および文体の点においても、困惑の種であった(1)。この章では、第十八章を中心に分析し、モリーの持つカーニヴァル性を明らかにすることで、この章の存在、内容、文体の点での必然性について考察してみたい(2)。

区切られることのない文章

『ユリシーズ』においてはどの章においても特徴的な文体が使用されているが、この第十八章の文体もその例に漏れない。ここで使われているのは、主にモリーの意識の流れから成る文体ではあるが、スティーヴンの意識の流れを中心とした第三章の文体ともまた際立って異なっている。その特徴としてまず第一に挙げられるのは、混沌としているということである。具体的に例を見てみよう。次に挙げるのは、冒頭の部分である。

> そうよだってかれがそんなことをしたことはなかったあさのしょくじをたまごをふたつつけてベッドのなかでたべたいなんてかれがいったことはシティーアームズホテルにいたころからずっといっぺんだってなかったことなんだものあのころかれはいつもびょうにんみたいなこえをだしてびょうきでひきこもっているみたいなふりをしてあのしわくちゃのミセスリオーダンのおきにいりになろうとしてじぶんではずいぶんとりいっているつもりだったのに……

このように読もうとして読みづらい訳文となるのも、単なる誤植や間違いによるのではないことは、原文を見てみるとわかる。

> Yes because he never did a thing like that before as ask to get his breakfast in bed with a couple of eggs since the City Arms hotel when he used to be pretending to be laid up with a sick voice doing his highness to make himself interesting for that old faggot Mrs Riordan that he thought he had a great leg of.... (U 18: 1-5)

このように、そもそも句読点が打たれていないのである。省略されているのは、句読点だけではない。この例ではわからないが、省略記号であるアポストロフィも打たれていない。ジョイスがこのような文体を使ったのは、妻のノーラが句読点を打たない手紙を書いていたことから着想を得てのことだと考えられている（Maddox, Brenda, 199-204; 書簡集Ⅱ 173）。しかし、このような文体が使われるに至った経緯はそれでよいとしても、それだけではこのような文体が使われたことが持つ意味はなにも説明したことにはならない。

句読点が打たれていないことは、モリーの思考自体が分節されるものではないことを示している。彼女の意識の流れは、文字通り流れ、波のように揺れ動いていく。考えていることは、一つの事柄から他の事柄へと淀むことなく流れていく。

当然のことながら、このような文体は読者の読み方にも大きな影響を与える。というのは、読者としては、このような形のままでは理解できないがゆえに、必然的に区切って、ということは句読点を補って読んでいくことになる。しかしその句読点というのは、あくまでもテクストには記されていないものであり、したがって正当性を持っているとはいいきれない。われわれが「文」と見なしながら読んでいるものも、その実はテクストでは「文」とは認められていないのである。それならば、この第十八章においては、どういった読みをするよう読者は要請されているのであろうか。当たり前のことのようではあるが、テクストにないものはないままに、分節されていないのであれば分節されていないものとして読むようにということになろう。理想的な読みは、唯一ピリオドが打たれているこの章の最後までを、最初から終わりまでの一六〇九行を、一つの「文章」として読むということになろう。しかしそれは不可能であり、ある程度区切っていかざるを得ない。しかし、その区切り方には、正当性があるとはいえないがゆえに、当然のことながら問題が残る。まず第一に、句読点が打たれていないことは、「文章」がどこから始まりどこで終わっているのか決められていないことを示しており、「文」の長さは理論的には何通りも考えられることになる。第二には、意味のまとまりがテクストによって規定されていないために、ある意味要素のまわりに想定され得るコンテクストは、多数あるということになる。つまり、ある言葉を理解しようとしたとき、理論的には幾通りも考えられる「前」「後」の「文章」の中の言葉との結び付きを考えなくてはならなくなるのである。第三に、アポストロフィが付けられていないことは、アポストロフィのつけられた他の語である可能性をも示すから、読みの可能性をさらに増やすことになる。このような三つの要素によって増やされた読みの可能性の中、読者は区切って読んでいかなくてはならないのである。たとえば、“…well small blame to me if I am a harumscarum I know I am a bit I declare to God I dont feel a day older than then….”（U 18: 1469-71）とあれば、最初の“well”は“we'll”であって前でいっていることと続くのかもしれない。あるいは次の“small”までかかる副詞である可能性もあるし、かといって“blame to me”までは続かない可能性もある。同様に、“I know I am a bit I declare to God”のいずれもが独立した言葉となる可能性を秘めており、読みの可能性は多数ある。すべての読みの可能性を考慮に入れながらの読みとは、しかし、現実的には読みとはならない。ということはすなわち、われわれに要求される読みというのは、理論的には多数あるがゆえに破壊された読みということになる。しかしそれでもわれわれは読んでいく。というのも、理論上の読みの可能性の中で、現実化されるものはそう多くはないからである。理論的には何通りもの読みの可能性が提示されているのではあるが、ある程度の意味のまとまりがあることが見出された瞬間に、それ以外の意味の可能性の多くは、実際には実在しない可能性として消されてしまう(3)。その意味のまとまりをもとにして、そこにないはずの句読点を補うことで、われわれは読み進んでいくことになる。しかし、簡単に訳出されてしまう第十八章ではあるが、理解可能性と理解不可能性の接点にあることを、まずわれわれは認識しておかなくてはならない。そしてまた、この読みの不可能性の上に読みの可能性が成り立っていることは、この後論ずることとも関連して、重要な点となる。

曖昧な代名詞

混乱は単に文章の区切りがないことに起因するものだけではない。同じく文体上の混乱因子として、代名詞の使い方が挙げられる。モリーの意識の流れの中で使われる「かれ」は、多くの批評家が指摘しているように多義的である(Ellmann, 1972, 171; Van Caspel, 254-62)。これまでにモリーが知った複数の男性のうちの誰か一人を表すものとして、この代名詞が使われる場合にも、そのうちの誰を指しているかは、明示されない。ときには誰を指しているのかあまりに曖昧すぎて、批評家の間でも意見が分かれるほどである。例を見てみよう。モリーがボイランとブルームと一緒にトルカ河のほとりを歩いていたときのことを思い出したあとのところには、

……だってかれはうたがっているわたしとかれとのかんけいかれだってばかじゃないかれはそとでしょくじをするっていってたそれにゲイアティざにいくつもりだってだけどかれをいい気にさせるつもりはないけど……（U 18: 81-83)

という「文章」が来る。最初の四つの「かれ」(“he” あるいは “him”) には問題はないのだが、五番目の「かれ」は少し難しい。その前のところでブルームのことを考えているために、ここでもブルームのことを考えていると読みがちである。ブラマイアズは実際この部分を、「彼女はレオポルドになにが起ころうとしているか疑っていることを知っているが、あからさまな証拠を示して満足させるつもりはない」と読み替え、この「かれ」もブルームであるとする(Blamires,

226)。これに対して、ヴァン・カスペルは違う解釈を示す。ブルームが「ゲイアティ座に行く」といっているのは、モリーとボイランが情事を行っているであろう時間に家にいないことを示唆するためである。この半ば公認されているということを情事の相手のボイランに教えることが「いい気にさせる」の内容で、そのためにここに定冠詞が含まれるとする。このような解釈に基づき、五番目の「かれ」をボイランと取る (Van Caspel, 255)。

次に挙げる「文」の中の「かれ」も紛らわしい。「……そしてかれがムーアじんのじょうへきのしたでキスしたしかたそしてわたしはおもったかれはどのひとよりもすてき……」(U 18: 1603-05)。最後に出てくる「かれ」がブルームのことを指しているため、その前の「かれ」もブルームを指すものと考えてしまうのももっともである。しかし、そうするとブルームは、いたこともないジブラルタルにいたことがあることになってしまう。ここではモリーは昔の恋人マルヴィーにキスされたときのことを思い出しているのである。

次に挙げる「文章」の中の代名詞も、よく間違われるものである。

……かれはわたしをみてわかったかしらわたしにはかれのかおがわかったけれどかれにはわたしがわからなかったもちろんかれがかおをむけてみたりばらしたりすることはないでもおとうさんがなくなったときにはかれはめをあかくしてもちろんしんぷさまたちはおんなのことはあきらめていてたいへんにちがいないわおとこがなくときはほうっておいてあげましょうミサのときのさいふくをきているしんぷさまにだかれてみたい…… (U 18: 115-19)

ここでモリーは告解に行っていたときのことを思い出している。「わたしをみてわかったかしら」と疑問に思う対象の「かれ」はコリガン神父のことである。しかし、「父親が亡くなったときには目を赤くしていた」「かれ」とは、ブルームのことである、とわれわれは考える。というのも、自殺をした父親のことを思い出しては悲しんでいたブルームのことをわれわれはこれまでに何度か読んで知っているからである。しかしその後でまた神父一般についてモリーが考えていることを考えると、この部分だけ時間的に後に起こったブルームの父親の自殺のことへとなんの脈略もなく話が変わっているとは考えにくい。これまでには語られたことのないことではあるが、むしろこの神父の父親がなくなったときのことと考える方が自然であろう。このように、代名詞の「かれ」が指す対象は曖昧で、読者に容易に誤読させる。

曖昧なのは、男性を表す形の三人称単数の代名詞だけではない。ほかにも、モリーの独白においては、具体的な名前で明示的に示す代わりに、「あれ」とか「それら」といった代名詞ですましてしまうことが多い。モリーの意識の中では所与のものとされ、その結果明示されないそれらが、実際のところなにを指しているかは、コンテクストから判断するしかない場合が多い。「あれ」や「それら」といった代名詞の場合には、「……かれはきしゃのなかであれをしたがるかもしれない……」(U 18: 367) とか、「……あれがはじまったんだわ……」(U 18: 1105) といった例を見てもわかるように、性的なこと、肉体的なことを指すことが多い。

矛盾

混乱した感じを与える第三の要因として、矛盾を挙げることができる (Henke, 235; Card, 1984, 38-39; Card, 1973,17-26; French, 245-56; Hayman, 120-21)。**“ontradicting”**（この場合は口答えをするの意）ゆえに娘のミリーの耳をぶったモリーではあるが、**“contradicting”**（この場合は矛盾をするの意）なのはむしろ彼女の方である。彼女はある時点では肯定的にとらえたものを、次に考えるときには否定的に考えたりする。彼女の判断は、常に流動している。たとえば、ブルームがどうやら浮気をしているらしいと感づいているモリーではあるが、「……ちっともきになんないわ……」といったすぐ後で、「……でもしりたいものね……」(U 18: 53-54) と考え、後にも「……あいてはかのじょジョウジーかしら……」(U 18: 1522-23) と気にする彼女である。ブルームのことを、「……だけどかれのていねいなとこがすきあんなふうにとしをとったおんなのひとにもそれとかきゅうじとかこじきにまでぜんぜんいばったりしなくて……」(U 18: 16-17) と考えたかと思えば、「……かれってときどきとってもがんこになって……」(U 18: 363) とけなす。女性に関しても、「……よのなかおんながおさめたほうがずっといいわおんながころしあいをするところなんてそうぞうもつかない……だっておんなはなにをしているひとだってどこでとめておけばいいかわかっているから……」(U 18: 1434-36, 1438-39) と考えたかと思えば、「……うらみをもつのはおんなおんなのそういうところだいきらいむりないわおとこにそんなふうにあつかわれてもわたしたちってひどいあばずれ……」(U 18: 1457-59) と逆の評価を下す。ボイランに関しても最初はその精力ゆえに高く評価するものの、最終的には「まったくひどいったらかれにはれいぎもせんれんされたところもなんにもありゃしないかれのせいしつには……きゃべつとしのくべつもできないばかもの……かれとねるなんてライオンとねるほうがまし……」(U 18: 1368-70, 1370-71) として退けてしまう。

矛盾はモリーの下す判断のみならず、彼女自身の性格に関しても見られる。彼女は、道徳的のようでも反道徳的のようでもある。「……はとばのほうへいってみようかしらあそこでくらいよるだれひとりとしてあたしをしっているひとはいないしふなのりをひとりひろいあげてじょうりくしたばかりでねつっぽくそれをもとめていてあたしがだれかなんてちっともきにかけずただそれをするだけ……」(U 18: 1410-13) と考えていて、娼婦のような性格であると感じさせるかと思えば、第十七章で挙げられた間男のリスト (U 17: 2133-42) のうちの大部分は該当しないことを独白の中で明らかにし、ペネロペイアに匹敵するような思わぬ貞淑さを示す (Hayman 113-14. Herring, 1969, 49-61)。難しい言葉を使用したり理解することはできないことに示される無学さは、彼女の鋭さと対比される。ブルームが気付かれずにしていると思っているマーサ・クリフォードとの文通にもモリーは気付いているし（U 18:46-47）、ブルームが隠し持っている卑猥な写真のことも知っている（U 18: 21-22）。肉体的なことや性的な事柄については、言葉そのものを出さずに「上品に」代名詞ですますかと思えば、ときにはその言葉そのものを「下品に」出してしまう。夫のブルームに朝食の準備をしてもらう、だらしない主婦の印象を与えながらも、家の中の細々としたことや物の細かい値段を気にする彼女にはしっかりとしたところがある。このようなモリーの矛盾した性格については、ジョイスが意図していたことが草稿の研究から明らかになっている（Card, 1973, 18; Card, 1984, 39）。

空間と時間の混乱

これまでに見てきた混乱は、文章の混乱、人間のアイデンティティに関する混乱、評価あるいは内容に関する混乱であった。そのほかに空間および時間の点においても混乱が見られる。モリーの思考の中で、アイルランドのダブリンは彼女が少女時代を過ごしたジブラルタルと常に入り交じる。また時間は現在から過去へ、過去からまた別の過去へと絶えず変化する。それはそもそも彼女自身に時間の感覚があまりないことから来ているようである（Henke, 1978, 237）「……あのころわたしはいくつだったかしら……」（U 18: 641）と問い、「……わたしっていつもじかんがわからない……」（U 18:344-45）と認識している彼女が、「……なんせいきもまえのことのよう……」（U 18: 666）とか「……いちにちいちにちがまるでなんねんものようだった……」（U 18: 698）というとき、それは単なる言葉のあやだとは感じられない。モリーの無時間性は、ジョイス自身意図していたものだといえる。これまで何度か触れたように、ジョイスは『ユリシーズ』創作にあたり、タイトル、場面、時間、器官、科目、色、象徴、技巧、対応から成る精密な計画表を作成しているのだが、この表の時間の項目を見ると、第十八章だけが唯一時間を与えられていないのに気がつく。

このような時間的・空間的混乱は、そもそも意識の流れという手法自体に内在するものである。意識の流れにおいては、混乱と感じられることなく、種々の時空間の事柄が自由に想起されるのである。しかしその傾向は、この章ではモリーの性格と表現法によってさらに増幅されている。

われわれはこの文体上の試みを、『ユリシーズ』全体にわたって見られる動きの中で考えねばならない。その動きとは、本書第7章と第8章で論じたことの繰り返しになるが、空間的混乱、文章の混じり合い、そして人や物のアイデンティティの混じり合いという三種類の混合によって織り成されるものであった。空間的混乱とは、様々な空間で起こっていることが、まるで一つの空間で起こっているかのように描かれている状態を指していた。文章の混じり合いとは、独立した文章として現れてしかるべき文章が、他の文章と融合したり、分解されてその一部が他の文章あるいは他の文章の一部と結び付いた形で現れてくることを指していた。そして最後の人や物のアイデンティティの混じり合いとは、人や物が他の人や物と結び付いた形で現れてきたり、他の人や物と間違えられるような記述のされ方がなされることを指していた。

第十八章の文体は、まさにこの三種類の混乱を踏襲したものとなっている。句読点の打たれていないモリーの意識の流れは、このような混乱のうちの文章の混じり合いが全編にわたって繰り広げられたものと考えられる。またその中では、代名詞の使い方に見られる人や物のアイデンティティの混乱があった。空間も時間とあいまって入り交じっていた。このように、第十八章に見られた混乱は、『ユリシーズ』全体の動きの中の一部となっている。というよりはむしろ、『ユリシーズ』全体にわたる混乱はモリーという登場人物と遭遇したとき、自然なものとなったといった方がよいかもしれない。

世俗性・肉体性

第十八章の文体に特徴的な点の第二点は、スティーヴンの意識の流れとの比較によって明らかになる。スティーヴンの意識の流れから成る第三章の文体が、知的、形而上学的、精神的であったのに対して、モリーの意識の流れから成る第十八章は、無学、世俗性、肉体性、官能性に満ちていて、好対照を示す。

まず、モリーには難しい言葉は理解できない。彼女は朝夫のブルームに尋ねるまで、「輪廻」（"metempsychosis"）という単語を読むことすらできずに、失語症患者のように換喩的に「メット・ヒム・パイク・ホーシーズ」（"met him pike hoses"）と区切って読んでいた（U 8: 112-23）。教えてもらっても、結局「くだのついたなんだったかにあったのはいってることば」"word met something with hoses in it"（U 18: 565）としてしかモリーの頭には残らない。「……ごせいきょのよしおくやみわたしはいつもこのじをまちがえるそれからおいっこをおこっことかいて……」（U 18: 730-31）と考えているように、彼女は字をよく間違えるマラプロピズムの名手である。アリストテレスはアリストクラットじいさんになり（"Aristocrat"〔U 18: 1240〕）、魂の再生（"reincarnation"）は権化（"incarnation"〔U 18: 566〕）となる。そして、開き直るようにして、「……無知なままでいましょう……」（U 18: 241-42）と考える。その言葉を実行するかのように、彼女は難しい言葉は使わない。訳文を平仮名で表記しているのは、その点を伝えるためである。古典的な作家たちも、彼女にかかれば単なる俗なもの書きとなってしまう。ダニエル・デフォーは、「しょっちゅなんでもまんびきをする」「フランダースうまれのいんばいふのことを」書いた作家で、自分と同じ名前を使っているがゆえに気に入らない（U 18: 658-59）。彼女が信じるところでは、アリストテレスは「あたまがふたつあってあしがないこども」の「きしょくわるいえ」を描いた作家で、いなくてもよい存在である（U 18: 1240-41）(cf. Don Gifford, 271)。

このことが意味するのはしかし、彼女の頭が悪いということではない。すでに見たように、彼女には直感的な鋭さがあった。彼女には、「……けさかれはカードにあらわれていたこいうらないをしたとき……」（U 18: 1314-15）と、スティーヴンが自分の前に現れることを予知できていた。彼女の場合には、知的活動の中心が、公的文化の側にはなく、世俗的な、生活、民衆の文化の側にある。

スティーヴンの意識の流れが抽象的な傾向が強いのに対し、モリーの場合には具体的なものに満ちあふれている。また彼女の頭には、スティーヴンのとは違って、もっぱら日常的なことしか浮かばない。その多くは性との関連で語られる。「一にち二十かいもだいてもらいたい」（U 18: 1407-08）と思うモリーは、「とてもがまんができないわあたしなんかまだわかいんですもの」（U 18: 1398）と考え、「まいとしあたらしいおとこがあしおとをしのばせてちかづいてくるのをこころまちにしている」（U 18: 782-83）。そんなモリーは、男性との性的関係のことをよく考える。これまでのブルームとの生活や、これまで関係を持った男性、とりわけジブラルタルにいた頃つきあっていたマルヴィー中尉との関係や、この日に行われたボイランとの性交渉のことを思い出す。過去の男性だけでなく、ブルームが家に連れてきたスティーヴンの恋人になった自分の姿を想像する。このような性的関係は、しかしながらロマンティックな言葉で語られはしない。細かい点まで具体的、肉体的な言葉で語られる。こうして、モリーの意識の流れには、精神的であったスティーヴンのそれとは対照的に、これ以上ないであろうほどに肉体的、官能的な色彩が付与される。頭から生まれる言葉というより、肉体から生まれる言葉が語られる。お尻、胸、乳房、性器といった体の部分や、おなら、小便、生理といった生理的な現象に対して繰り返し行われる言及は、この章全体の肉体的な性格をさらに強める役割を果たす。ジョイス自身手紙の中で、「これまでのどの挿話よりもおそらく猥せつであろう」といっているほどである（書簡集I、170）。

モリーは、もしわれわれが肉欲にふけってはならないとすれば、神様は肉欲など授けなかったはずだと主張し（U

18: 1518-20)、「これがしぜん」(U 18: 1563) という。彼女はまた、「ふくなんてものをにんげんはきなければいい」(U 18: 627) とも考える。ここにわれわれは、肉欲性、官能性と自然との結び付きを見る。彼女は自然を好む。「しぜんほどすばらしいものはない」(U 18: 1558-59) と彼女は思う。自然ということが彼女の判断の基準でもある。彼女は、"nature"、"natural"、"naturally" という言葉をよく使う (Card, 1984, 64)。肉欲、性はまた、豊穣を経由して大地と結び付いていく。彼女がよく使う "full up" という言葉にも表される、満たされたいという思いは、まわりにあるものを引き込むグレート・マザー的な性質を示す。実際、彼女は象徴的なレベルにおいて自然、地球、大地あるいはその女神を表していると考えられている(4)。ジョイスが作成した計画表の中で、第十八章のペネロペイアは――ということはすなわちモリーは――地球と対応していると書かれている。ジョイスはバジェン宛の手紙の中で、次のように書いている。句読点は打たれていない第十八章にも、八つのまとまりがあり、通常八つの「文章」と呼ばれている。これらは、

女性的な言葉「イエス」で始まり「イエス」で終わる。'それは大きな地球のようにゆっくり確実になめらかに、ぐるぐると回転していく。その四つの主要な点は女性の胸と尻と子宮と〔性器〕であって、それらは「だって」、「底」(一番下のボタン、グラスの底、海の底、心の奥底といったあらゆる意味での)、「女」、「イエス」という言葉で表現されている(書簡集I、170)。

そういえば、第十七章の最後のところで、「なかば左向きに横臥し、左手を枕にして、右足は曲げた左足の上に直線的に伸ばし、ちょうど大地の女神("Gea-Tellus")のように、満たされ、もたれかかり、大いなる種子をはらんだ姿勢」

(U 17: 2312-14) で休んでいると描かれていたのは、モリーであった。

われわれはここで思い出さなくてはならない。本書第7章、第8章で見たように、スティーヴンにしてもブルームにしても、この日は一日中下へと向かう力を感じていた。スティーヴンの場合には、それは溺死であり、ブルームの場合には、それは重力という言葉で表されていた。二人が感じていた下へと向かう力の源が今明らかになる。彼らの足元にある大地であり、それをモリーは表す。

混沌から生を生む肯定

モリーの章の文体に特徴的な点の第三点は、肯定的であるということにある (Henke, 244; Ellmann, 1972, 164)。この章の文体の、あるいはモリーの特徴の第一点として見たように、この点に関しても混沌の要素がつきまとっている。つまり、単純な肯定へと向かう動きではないということである。イエスはこの章の中で最も多く使われる単語の一つであるが、ノーも多く使われている。肯定は否定と入り交じり、彼女の独白のまさに最後までせめぎあう。しかし、軍配はイエスの側に上がる。そのことはこの章の構造にも現れている。すでに引用したジョイスの手紙にも記されていたように、この章はイエスに始まりイエスに終わるのである。またこの章の最初に見たように、第十八章の読みの可能性は不可能性と境を接した混乱の中にあった。それでも読みの可能性が生まれてくるところには、二重の意味で肯定的な傾向が見られる。まず一つには、最終的には読みの可能性が根強く存在していたという点においてである。第二には、読みの不可能性は、可能性が多すぎることから逆説的に生じてきていた。つまり、読みの不可能性は、否定的に生み出されたのではなく、肯定的に生み出されていたのである。ジョイスはモリーのことを指して、「常に肯定する肉体である」("das Fleishe das schutetes beyato") といっていたが (書簡集I、170)、この言葉は、まさにモリーの、第十八章の基本的姿勢を示している。

彼女がこの章の途中で生理を迎えるのも、この姿勢の表れである。モリーの生理は、「三しゅうかんくらいしかたっていない」(U 18: 1151) のに、なぜ始まってしまうのであろうか。もちろん単に予定より少し早く来ただけと考えることもできようが、それだけでは理由にならない。やはり、始まる必要があったからである。しかしその必要性は、モリーが心配するような彼女の体の異常にあるのではなく、テクストにあるのである。生理の始まりは、ボイランとの情事によって妊娠してしまったのではないことを単に知らせるものではなく、彼女が現在妊娠可能な状態にあること、つまりは彼女の豊穣性を示すものである。

これまで『ユリシーズ』の中に描かれてきた世界は不毛であった。ブルーム家では、第十七章に記されているところによれば、「十年五カ月十八日」の長きにわたって、夫婦の関係が成り立っていなかった。それはブルームが子どもは要らないと思っていたからではない。この作品の中で何度も考えているように、彼は男子の出生を未だに期待している。一方のモリーにしても、この章の中で何度も考えているように、男性との関係によって満足感を得たいと切望していた。そのような二人にもかかわらず、二人は不毛の日々を過ごしていたのであった。さらにブルームは、第十三章においてガーティー・マクダウエルのスカートからのぞく下着を見ながら無駄な精を放っていた。もう一人の中心的人物であるスティーヴンにしても、友人から「あと十年もすればあいつも何か書くようになるさ」(U 10: 1089-90) と評され、別の友人には「狂人性全身性麻痺」(U 1: 128-29) にかかっているといわれるほどに文学的に不毛な状態にあった。ダブリンの街もまた、舞台となっている一九〇四年六月十六日までの長い日照りに苦しめられ、生きるものは息も絶え絶えの状態にあった。結局ダブリンには夜になって恵みの雨が降り、救済が与えられたのであるが、モリーの生理は肉体、大地、自然の象徴としてのモリーが不毛という否定の言葉に対抗して発したイエスという言葉なのである。

カーニヴァル的なるもの

これまで見てきたように、第十八章の文体の特徴、あるいはモリーの特徴は、混沌とし、世俗的、民衆的、肉体的、肯定的で、大地・自然を象徴する存在であるというところにある。これらの特徴をそなえたモリーという人物は、一体どのような存在であろうか。

彼女の持つそれぞれの特徴は、ミハイール・バフチーンがいうところのカーニヴァルという概念に合致する。バフチーンがいうところのカーニヴァルは、単に四旬節前の祝祭を指すものではない。カーニヴァルに代表されるような、民衆によって形成され保持されてきた祝祭的文化、あるいは広場の文化、またはその精神のことを指す。この文化は、公式の文化ではなく、これまで日の当てられることのなかった非公式の、反体制的な文化である。フットライトの当てられることのない生活の喜劇である。この文化は、陽気で自由気ままな雰囲気によって支配され、そこでは、階層秩序は破壊され、無遠慮で粗野な広場の言葉が使われ、公的な世界のパロディーがなされる。しかし、これらの粗野な言葉やパロディーは、否定的ではない。否定的であるのと同時に肯定的、すなわち両面価値的である。というのも、ここではあるものを葬り去るということと、再生するということが同時に行われるからである。図式化するならば、戴冠（"crowning"）→奪冠（"decrowning"）→改新（"renewal"）という構造で表される。その戴冠とは、祝祭気分の中で、まず王が選ばれることを示す。その王には、特に道化が適役とされる。選出された王は、しかしいずれ打たれ、王冠を奪われ、格下げされる。これが奪冠である。しかしこの奪冠は、逆説的に新たな生命が吹き込まれることをも意味する。これを改新という。このような奪冠と同時に行われる改新をもたらすものとしては、死、格下げ、罵言、パロディー、打擲、肉体的下層への言及が挙げられている。これら戴冠、奪冠、改新はダイナミックな動きの中で繰り広げられる。すべてが休止した状態を迎えるということはなく、戴冠は必ず奪冠と結び付き、奪冠の後には必ず改新があることが約束されている。ここではすべてのものが留まることなく、姿を変えていく。したがって、ここでは完成するということはあり得ない。

第十八章あるいはモリーの示す混乱は、あらゆる意味における境界の取り払われた状態、カーニヴァル的な階層秩序の否定を示し、両面価値性を指向する。句読点が打たれないことは、カーニヴァル的な流動性、変容性、未完性を示す。モリーの肉体性・官能性は、カーニヴァルの肉体的原理、下層性を示す。世俗性・民衆性は、そのままカーニヴァルの世俗性、民衆性である。肯定性は、カーニヴァルにおける両面価値性、単なる否定に終わらない性質を受け継いでいる。このように見てくると、第十八章あるいはモリーという存在そのものがカーニヴァル的であることがわかる。

以上見てきたように、第十八章あるいはモリーに特徴的なのは、混沌とし、世俗的、民衆的、肉体的、肯定的であることであった。これらの特徴は、ミハイール・バフチーンがいうところのカーニヴァルという概念に合致するものであった。

『ユリシーズ』に奥行きと力強い生命力を与えているのも、まさに同じ性質であった。『ユリシーズ』に、上品で真面目なのとは対極にある、卑猥で下品な面をときに付与し、秩序とは逆の方向にある混沌を生じさせ、だがしかし奇妙な親近感と力強さを感じさせ、なにか新しく生まれてくるものを予感させているのも、まさに同じ性質であった。カーニヴァル性の充満した『ユリシーズ』にとってモリーは、基盤であり、原理的な存在である。物語が終わったかに見える第十七章の後にモリーの章が必要であったのは、『ユリシーズ』全体を通奏低音のように鳴り響く、カーニヴァル的原理を指し示すためといってよい。そしてその原理を確認した『ユリシーズ』最終章は、さらにカーニヴァル的な色彩を強めることになる次の作品の『フィネガンズ・ウェイク』への架け橋となる。

第Ⅳ部　映画の詩学

第10章　『若き日の芸術家の肖像』と映画

モダーンな概念にはその表現を見つけなくてはならない。（SH 106）

よく知られているように、ジョイスの『若き日の芸術家の肖像』（以下『肖像』と略す）は、一九〇四年に書かれたエッセイ「芸術家の肖像」（"A Portrait of the Artist"）を大本とし、それを小説の形に書き換えた『スティーヴン・ヒアロー』をさらに書き換えることによって出来上がった作品である。ロバート・スコールズとリチャード・ケインが、驚嘆の声とともに示しているように、その長い改作の過程にもかかわらず、もともとの内容はおおむね保持され、そこで使われた表現も捨て去られず、多くが残されている（Scholes & Kain, 57-58）。「内容」が大筋において違わないとするのであれば、なにが違うのであろうか。それを問うことは、『肖像』が『肖像』でなければならなかった理由、『肖像』が書かれた意味を浮き彫りにすることにつながる。

実際、一九〇四年のエッセイ「芸術家の肖像」から順番に、『スティーヴン・ヒアロー』、『肖像』と読み、比較をするならば、通底する連続性とともに、表現形式が大きく様変わりをし、あたかもぼやけた映像の焦点が定まって、くっきりとしていく様を目にすることとなる。その表現の「位相」に現れる変化は、衝撃的といっても過言ではない程度に大きい。一九〇四年のエッセイ「芸術家の肖像」は、反逆する芸術家、英雄としての芸術家像というテーマを示す点で重要ではあるが、エッセイであるがゆえに当然のことながら小説の体をなしておらず、その高慢でもったいぶった表現は、小説のものとしては受け入れられない。『スティーヴン・ヒアロー』は、全部で六三章の構成となる予定で――あったが、結局のところ二五章で挫折をすることとなる――完成していれば壮大な小説となっていたであろうが、そこには、『肖像』から振り返ってみるならば、余分なものが多く含まれすぎている。またその語り口は伝統的で、『肖像』と比較をするならば、古臭さが際立つ。先行する二つの作品に比して、『肖像』はテーマが絞られ、構成もそれに伴ってシンプルとなり、語り口も大きく変化している。その変化は、通常考えられているよりも大きく、革新と呼んでもよいほどである。『肖像』最終部でスティーヴンが高らかにうたった、魂という鍛冶場でまだ作られていない新しい意識を作り上げようとする革新的芸術家の姿勢は、ジョイスの作品群においては、『ユリシーズ』以降の作品において実現されていると考えられる傾向が強いが、実は『肖像』が出来る過程と『肖像』が最終的に示すものには、十分すぎるといってもよい革新がある。本章はその革新の源の一つとして映画の影響について考察を加える。

『肖像』制作期間と映画

よく知られているように『肖像』は、最終的な形に至るまでに長い時間がかかっている。H・W・ガブラーによれば、この制作過程はおおよそ四つの段階に分けて考えることができる。一九〇四年に書かれたエッセイ「芸術家の肖像」を第一段階とすると、第二段階は、エッセイ「芸術家の肖像」を雑誌『ダーナ』(*DANA*)に掲載してもらおうとしたところ、掲載を断られたことから始められた、エッセイから『スティーヴン・ヒアロー』への書き直しを図った時期にあたる。『スティーヴン・ヒアロー』は、全体として六三章にまでなる構想であったが、結局二五章までで頓挫することとなる。

これが行われるのは、一九〇五年夏までにあたる。第三段階は、一九〇七年九月から始まった、『スティーヴン・ヒアロー』の『肖像』への書き直しの時期となり、第四段階は、一九一一年以降に行われた第二次書き直しの時期となる。この時点で『肖像』の草稿も大きく書き換えられる。そのことをふまえガブラーは、『肖像』は本質的に一九一二年から一九一三年の間に書かれたことになるという (Gabler, 25-60)。

『肖像』制作にかかったこの長い時間が重要な意味を持つのは、次の三点においてである。まず第一点は、雑誌掲載に至るまでのこの十年にわたる時間が、求めていた表現形式にジョイスがなかなかたどり着くことができず、それを見つけるまでに長い時間がかかったことを意味している点である。このことは、『肖像』の表現形式がいかに重要であったかを示し、書き換え、とりわけどのような変化が表現形式にもたらされたかに注意を向けさせる。第二点は、『スティーヴン・ヒアロー』から『肖像』への書き換えが、『ダブリナーズ』の「死者たち」執筆後に始まっている点である。ポール・ディーンは、「死者たち」が六つのシークエンスから構成され、それぞれのシークエンスは、さらにいくつかのシーンと、シーンを構成するいくつものショットからできていることと、それぞれのショットが、ロング・ショット、ミディアム・ショット、クローズ・アップのいずれかから成ることを述べ、「死者たち」がきわめて映画に近い作りを見せていることを示している (Deane, 231-36)。その「死者たち」執筆後に、ジョイスが『スティーヴン・ヒアロー』から『肖像』への書き換えを行っている事実は、映画的な描出法が『肖像』執筆の大きなヒント、あるいはきっかけになっていることを示唆している。

またよく知られている事実として、ジョイスは、この『肖像』制作期間中に、ダブリンに初の映画館ヴォルタ座をメアリ通り四五番地に開いている。一九〇九年十二月のことである。リチャード・エルマンによるジョイス伝を読む限りにおいては、ジョイスが映画館を開こうとしたのは、収入確保が目的で、映画に対する愛情や情熱によるものではないように見受けられる(Ellmann, 1982, ch.19)。しかし、この結局は失敗に終わる事業が示すのは、それとは逆のことのように見える。まずこの事業は、なによりも、ジョイスが映画を熟知していたことを示している。映画館がトリエステにはあるがダブリンにはないことを理由としてこの事業計画を立てたジョイスには、映画がどれほど新しい(モダーンな)ものであるか、そしてそれがまた人々の心を間違いなくとらえる娯楽であることが明らかであったはずである。新しい(モダーンな)映画、そしてその新しさゆえに人々の心を浮き立たせる新しいものとしての映画の性質をジョイスはよく理解していたはずである。映画の新しさと興味深さを知っていたからこそ、彼はダブリンに映画館を作る計画を思いつくことができたのであろうし、また同じ理由によって、映画館設立計画の妥当性を投資者に受け入れさせることができたと推察できる。したがって、エルマンが示すような、ジョイスの映画に対する冷静な関心は、彼が映画に興味を持っていなかったことを意味するのではなく、ジョイスの映画に対する関心が、新しいものが生まれたときにとかくありがちな、単純な興奮を示す段階を超えて、映画が彼の中ではすでに当たり前のものとなっていたことをむしろ示している、と読み替えなくてはならない。

エルマンがその後のジョイス批評に残した、ジョイスと映画との関係に関する空隙も、近年の研究によって埋められつつある。ヴォルタ座で上映されたことが確認されている一三九の映画の題目とジャンル、そのうち現存している二二の映画名、ジョイスがヴォルタ座において上映をしていた映画の数多くを自ら観ていた事実、アイルランドにおける当時の映画の状況が、とりわけリアム・オレアリー、キース・ウィリアムズ、ルーク・マッカーナン、フィリップ・シッカーらの研究で明らかになっている(O'Leary; Williams, 2000; Williams, 2001; McKernan; Sicker)。

もう一点注目すべき点は、ジョイスが『スティーヴン・ヒアロー』を書き換えて、『肖像』を執筆していた時期が、ちょうど映画が、娯楽・芸術として、その表現形式と地位を固めていく時期にあたっている点である。簡単に映画の歴史をたどるなら、投写式映画の始まりは、『肖像』が発表されるおよそ二十年前の一八九五年に遡る。当初は、動くものを写し・映すことができることに対する畏怖に近い驚きと（列車が観客席側に向かってくる映画を観て、観客が悲鳴をあげ驚いたのは有名な話である〔Trotter, 18; Harding and Popple, 5〕）単純かつ純粋な喜びを表していた（その意味ではまだ今日的な意味での映画になってはいなかった）映画は、現実を写す／映すことを原点としつつ、その対象をナラティヴの領野に少しずつ広げながら、ジャンルとしての映画の土台を固めていく。一九〇〇年代後半には、いわゆる「映画の文法」が作られていき、今日の映画の基礎が固められていく。上映時間についても、当初はほんの数十秒程度の長さしかなかったものが、『肖像』が本として発表される頃には、三時間を超す大作が作られるようになる(1)。このような映画の歩みを、デイヴィッド・ボードウェルとジャネット・ステイガーは、一八九五年から一九〇六―一九〇八年の期間を原始的映画期、一九〇六―一九〇八年から古典的ハリウッド映画様式に至る移行期に入り、おおむね一九〇九―一九一一年に始まった古典的ハリウッド映画様式の形成はおよそ一九一七年までに完結するとしている（Bordwell and Staiger, ch.14）。当初は独立した映画館で上映されるのではなく、ヴォードヴィルやフェアグラウンドの余興の一部として使われていた映画も、映画の発展とともに映画館で上映されることとなる。雨後の筍のように映画館がどの町にも作られていくのは、一九一〇年頃からのことである。また、このような映画の広まりに付随して、映画は小説の中にも取り込まれ、ピランデロは映画カメラ技術士を主人公にした優れた小説『シュート』を一九一五年に発表している。『フォトプレイ――心理的研究――』と題された本格的な映画論をミュンスターバーグが発表するのは、一九一六年のことである。この時点においてミュンスターバーグが、映画を「成熟した」という形容詞を用いて表していることに示されるように（Münsterberg, ch.8）、『肖像』が本として出版される一九一六年までに、映画は、芸術形式として、文化として、十分成熟している。このことから、同じ一九一六年に『肖像』が本として出版されたことには、文化的に見て、象徴的な意味合いが認められるといったとしても、いいすぎではないであろう。

映画的な『肖像』に向けて

ハリー・レヴィンが、一九六〇年の時点で、ジョイスの小説が示す形態は、映画におけるモンタージュ、絵画における印象主義、音楽におけるライトモチーフ、精神分析における自由連想、哲学におけるヴァイタリズムを統合した時代集成である、と指摘したのは卓見といわねばならない（Levin, 89）。しかし、映画との関係においては、『肖像』に触れながらも、もっぱら『ユリシーズ』を中心に論じているのは、エイゼンシュテインがジョイスの『ユリシーズ』をモンタージュの技法を使った優れた例と述べて以来の、ジョイスと映画との関係を論じる際には『ユリシーズ』を中心とするジョイス研究の大きな流れから、彼もまた逃れられなかったことを示す。映画が残した「モダーンの痕跡」は、その関係で取り上げられることの最も多い『ユリシーズ』よりも早く、『ダブリナーズ』、『肖像』にも現れているのであり、その認識は、ジョイス批評に欠けていた部分を認識するという意味においても、それぞれの作品をより正確に理解するという意味においても、重要である。

映画と『肖像』との関係を論じる際に注意しなくてはならないことは、単に『肖像』の一部を取り出し、そこがいかに映画に似ているかを技術的、還元論的に論じるのでは不十分であるということである。目を向けるべきは、映画がすでに「芸術」の一分野になろうとしているときに、小説家であり劇作家であり詩人でもある、アーティスト（artist）としてのジョイスが、自らをダイダロスに重ね合わせながらこれまでにない芸術を生み出すアーティフィサー（artificer）であろうとしたときに、意識せざるを得なかった映画という表現形式が、自分を取り巻く世界を認識し・映し出す最もモダーンな方式として彼の作品の中にどのような形で吸収されているかであり、映画の手法も取り入れつつ、映画とは違う「芸術」としての小説という形式を『肖像』においていかに主張したか、である。

以下の具体的な分析においては、映画がもたらしたと考えられる変化として、場面中心・現在中心の描写と直接性・臨場性の強化、映像化・シンボル化、劇の形式とクローズ・アップの三つの項目を立てて見ていく。

場面中心・現在中心の描写と直接性・臨場性の強化

『肖像』第五章の初めに描かれている、大学に入ったスティーヴンが学監と話をする場面は、『スティーヴン・ヒーロー』でも描かれる場面で、共通していることからその描き方を比較するのに都合がよい。本書第1章でも取り上げた部分であるが、もう一度簡単に確認をしておく。『スティーヴン・ヒアロー』においては、スティーヴンが英語のエッセイで名を挙げたこと、美学理論に尋常でない興味を示していたことが、まずはおよそ一ページにわたって、無時間的な語り口を用いた語り手により説明され、それに続いてようやくバット神父とスティーヴンとのやり取りの描写へと移っていく。ここに見られる、空間的・時間的にどのような地点に立つことも可能な語り手の視点をもとにするからこそ提供可能となる一般的説明は、『肖像』にはない。『肖像』では、フランス語の授業に出るにはもう遅すぎるからと階段教室に入ったスティーヴンが、炉の火をつけようとしていた学監――『スティーヴン・ヒアロー』とは異なり、名前は与えられない――を見つけ、話をしていく様が、時間軸に沿って、なおかつ、スティーヴンに見え、聞こえ、感じられた「ように」、描かれていく。『スティーヴン・ヒアロー』では、スティーヴンが使った「引き止める」（'detain'）という語の意味を、バット神父が十分くみ取れなかったことをめぐるやりとりのみが短く描かれるが、『肖像』ではこの場面が『スティーヴン・ヒアロー』とは比較にならぬほどに引き延ばされ、それと同時に「引き止める」（'detain'）という語をめぐってのやりとりは、一連の二人の動きと会話の流れの中に置かれる。こうして、全体として物語中の現在を中心にすえた再構成が行われる。

この比較によりすぐさま明らかになることは、『スティーヴン・ヒアロー』にあっては、取り上げようとする出来事の前置きとして、その出来事が起こるまでの経緯の説明が語り手によりなされ、そこに会話文が補足的に付け加えられていて、全体として、出来事の状況と意味を見渡せられるような語りが、語り手によって提供されているのに対して、『肖像』においては、スティーヴンの行動する時間に沿って、その時々の状況の説明と交わされた会話およびそれがもたらした心理的反応が、部分ごとに書き加えられる形になっていることと、『スティーヴン・ヒアロー』においては、語り手による一般的な説明が主となっているために、物語内の時間が、過去と現在とを行き来しており、全体性を志向する語りとして無時間的であるといってもよいのに対して、『肖像』においては、物語内の現在に時間が固定されていることである。

この変化における重要な点は、以下のようにまとめられる。『肖像』では、(一) 描写はその場面・その時点中心の描写となり、(二) 視点は、作者あるいは語り手の広い視点と設定されるのではなく、登場人物に沿ったものとなっている。このような空間的中心と時間軸が設定されるのに伴い、(三) 提示される場面は、それに合わせた形に再構築され、それと同時に、(四) その場に居合わせるものでなければわからないこと、その場面には関係ないこと、作者ならではの一般的・補足的説明は省略される。

『肖像』のこの場面中心・現在中心の描写により、「同じ」内容の出来事を扱う場面でも、『スティーヴン・ヒアロー』で読んだときと『肖像』で読んだときでは、まったく異なった印象を読者は得ることになる。『スティーヴン・ヒアロー』を読む読者は、語り手あるいは作者を通して間接的に話を「聞く」受動的立場に置かれるのに対して、『肖像』の読者は、視点が登場人物に沿ったものに設定されているために、登場人物と自らの目を重ね合わせて物語世界を読み進むこととなり、そのために目の前で繰り広げられることを、それを経験する登場人物の目を通して、ということは、それと重なった自らの目で、「見る」能動的立場に立つこととなる。『肖像』においても使用される三人称の語り口により、読者は、（三人称とは、一人称と二人称で話される空間の外にいる者を指すときに用いる人称であるとの）三人称の定義からして原理的に、その場面には不在の存在とされることとなるが、それでもなお、登場人物の目と自らの目を重ね合わせて行われる読む行為により、直接的にその場面に参加することとなる。それにより生まれるのは、読者の物語的現在への固定と、場面と読者との距離の消失であり、直接性・臨場性の劇的な高まりである。こうした直接性・臨場性の強められた描出法に全編が変えられたことが、『スティーヴン・ヒアロー』から『肖像』へと書き換えられたときに生じた変化の中で一番大きく、なおかつ重要な変化となる。

映像化、シンボル化

「細心の注意を払いつつエピファニーを記録することが文人の務め」（SH 216）との美学原理をその中で記している割には、『スティーヴン・ヒアロー』はエピファニーを中心とした物語構成になっているとはいい難い。それにとどまらず、全部で六三章ともなる長い小説を構想していたためだけでなく、そもそもの描き方からして、焦点がぼけてしまっている。その点『肖像』は、五章のコンパクトな構成の中で、エピファニーを前景化する構成になっている。

本書第1章でも確認したことだが、「言葉や身振りの通俗性にであれ、心の記憶の相にであれ、突然姿を現す精神的意味」と定義されるエピファニーは、その定義からして、具体的な言葉や身振り、もの、出来事の中に立ち現れる。言葉で描き出すのが難しい精神的意味を、具体的なもの・出来事・状況を用いて表すことができるという意味において、エピファニーはそもそも映像的な描出法であるといえる点にまずは注意をしなくてはならない。

それよりも重要なのは、物語の中でエピファニーを読み取る主人公は、そもそも映画を観る観客のように、映像を「読んで」いる点であろう。エピファニーは、登場人物が、主体的・能動的に探し・見出すというよりは、具体的なもの・出来事の中に現れたものを受動的に受け止める性質のものである。小説の中にそれが記録される際に起こっていることは、その顕現そのものの描写ではない。観念的・精神的な意味が具体的なもの・出来事・状況の中から抽出され、観念的・精神的に説明されるのではなく、そもそものその観念的・精神的な意味が現れた具体的なもの・出来事・状況を再現することで、そこにエピファニーを得ることで感じ取った意味を託す再構成が行われているのである。スティーヴンが、具体的なもの・出来事・状況の中に観念的・精神的意味の顕現を感じるとき、スティーヴンは、記号としての、具体的なもの・出来事・状況に現れた「意味」を読み取るのであるが、それが小説の中で描かれるとき、その意味は、記号としての、具体的なもの・出来事・状況に再度投影される。読者が小説を読むときには、読者も、具体的なもの・出来事・状況を、観念的・精神的「意味」を表す記号として読むこととなる。その読みの中で、スティーヴンも、観念的・精神的「意味」を表す記号として、具体的なもの・出来事・状況を「読む」こととなる。再現された場面の中で、再構成された小説の中で、スティーヴンは、意味を負わされた記号としての画像が――ちょうど映像のように――目の前を流れゆくのを「読み」、それを読者も同じように意味を負わされた記号としての画像が――ちょうど映像のように――目の前を流れゆくのを「読んで」いく。

このような意味での映像化はエピファニーだけに当てはまることではない。イメージにも当てはまる。というより、エピファニーもイメージの一種である。なにかの喩えとして使われるイメージは、代用をその基本的原理とする。細やかな印象・感情の代わりに、それを具体的に示すもの・わかりやすいものをもって代用する。この代用により、大雑把ないい方をするならば、細やかな感情や印象は、図像的な、形あるものの世界に移される。

『スティーヴン・ヒアロー』から『肖像』への書き換えに伴い、作中で使われるイメージにも細やかな手が加えられている。最もよい例は、鳥のイメージであろう。第一章冒頭で幼いスティーヴンが、謝らないと目をくりぬきに来るといわれたワシから始まって、ライバルの名に現れるヘロン、鳥占いに使えそうな図書館の上を飛ぶツバメ、浅瀬で見た「鳥の少女」、新しいものを作り出す芸術家として飛び立とうとするイカロスの飛翔と、多くの鳥のイメージが『肖像』の中では使われている。このような通奏低音のように響き合う連続性のあるイメージは『スティーヴン・ヒアロー』には見受けられない。

この『肖像』に散りばめられたイメージによって、細やかな感情や印象が、図像的な、形あるものの世界に移されるという意味において、映像性の高められた『肖像』の世界を、スティーヴンは図像を読み解きながら生きる。まるで鳥占い師(augur)が鳥の動きを見てそこから意味を読み取るように、スティーヴンは様々な事象から意味を引き出し、そしてそれがまた語り手・作者によって具体的な事象に再投影された世界の中で、意味を負わされた記号としての映像を読み解いていく。読者が『肖像』を読むことで目にするスティーヴンとはそのようなスティーヴンなのである。

イメージと一口にいっても、その性質によって、現れ方は異なってくる。類似性に基づくイメージと、隣接性に基づくイメージとは区別して考えなくてはならない。類似性に基づくイメージは、映像との親和性はむしろ低い。なぜなら、類似性に基づくイメージは、そこに「である」と「でない」を同時に含んでいるからである。たとえば、第四章でスティーヴンが海辺で目にする「鳥の少女」(a bird girl)は、「魔法によってその姿を見たこともない美しい海鳥に変えられたかのよう」に、脚は「鶴のように」ほっそりとしていて、胸は「鳩のそれのようにやわらかくきゃしゃ」と(P 171)、様々な鳥のイメージのもとで鳥の「ようである」としきりに書かれるが、鳥の「ようである」ということは、似ているが違うということも同時に意味し、鳥では「ない」ことも意味してしまう。本当ならば受け入れられるはずのないこの相反する「である」と「でない」は、文字の世界では、人間に本来的に書き込まれている、異なっていてもそれを結びつけて意味を見出そうとする、あるいは見出してしまう、解釈あるいは認知のシステムの働きにより、読む者の頭の中で結びつけられ、「でない」のに「である」という矛盾がそのまま理解されるが、同じことを、たとえば映像で表すのは存外難しい。というのも、映像は、「である」一つのものしか映し出せないからである。それを克服するには、図像を重ね合わせる技法や、異なる図像をカットで挟み、双方に関係があることを示唆する技法（モンタージュ）が必要になる。

それに対して、隣接性に基づくイメージは、映像との親和性が高い。たとえば、一部をもって全体を表す提喩は、そのまま映像に使える。一部をもって全体を表す際にも、一部であるがゆえに全体ではない差異が生じるのであるが、これはむしろ緊張感を生み、芸術性を高める役割をする。『肖像』におけるこの好例は、『肖像』第一章において消灯にやって来た先生が去っていく様子を、「先生の靴音が遠ざかっていった」（"The prefect's shoes went away." P 19）と描く部分に見出せる。靴は、ベッドに横たわり先生の存在を感知しようとするスティーヴンからすれば、その存在を最もよく教えてくれる先生の一部となっているという意味において、自然に焦点が当てられるものとなる。その靴は、知覚的には先生の靴であるが、スティーヴンの認識からすれば、先生の靴であるとともに先生自体を示す。なおこの隣接性に基づくイメージは、次項のクローズ・アップとも関連する。

劇的形式とクローズ・アップ

『肖像』が、これまで述べてきたような、直接性・臨場性の高められた場面中心の映像化された世界を目指しているとしても、それをすぐさま映画と結びつけるのは早急すぎる。同じような描出法は、映画でなくとも、劇を意識した場合にも生じてくると考えられるからである。場面中心の描き方にしても、重要な展開のあった場面を中心とした例示的な表現法にしても、もともと六三章構成にしようとしていたのを五章構成にしたのも、イン・メディアス・レス（*in medias res*「事物の渦中に」の意）と呼ばれる――叙事詩に常套的な、そしてまた『ユリシーズ』においても使われている――場面描写を前ぶりなく突然始める技法にしても、劇への志向性と考えられなくもない。とりわけ、ジョイスが、『肖像』の中で、芸術を、叙情的、叙事詩的、劇的の三つに分類し、作者の姿が神のように消える劇的な芸術形式を最も高く評価していたことを思い出すなら、劇への志向性の重要性は否めない。

ジョイスが『肖像』の中の美学談義の中で劇を最高の芸術形式と評価している以上、『肖像』を劇という観点から考察することは確かに必要となるが、その一方で、『肖像』には劇では使うことのできない手法が見られる。それがクローズ・アップである。その最もよい例は、第三章の説教の場面に見られる。ジョイスにとってトラウマ経験に近い、重要な意味を持つものとなったこの「地獄のエピファニー」も、一見するとただ長たらしいだけの説教にすぎないが、そこには微妙な心の距離の描出がある。まずは静修が行われるアナウンスが行われるが、彼の心はまだ「厚い霧」にとりまかれ、「麻痺したような」状態にある。しかし、彼の心はその霧が晴れて、今まで覆い隠していたものがあらわになるのを待っている（P 111）。というのも、彼の魂は情欲という種子から生まれた様々な罪にまみれているからである。彼は「恐怖の微光が心の霧を貫き始め」るのを感じる（P 111）。翌日行われる死と審判の話は、直接的には伝えられない。その話によって「落ち着きのない絶望状態からゆっくりと奮い立たせ」られたスティーヴンの魂が（P 112）、発せられる一語一語を罪にまみれた自分に当てられたものと受け止め、「説教者のナイフ」により、彼の良心が深く探られていくと感じる（P 115）、その心の中の反応によって間接的に伝えられる。「心の霧」が「恐怖の微光」によって貫かれ、光の差すおのれの心の中に見えた汚れきった自らの姿におののいた彼は、「呪われたる者の棲み家」

地獄についての話には聞き入らずにはいられない（Ｐ119）。牧師が話す言葉一つ一つは、魂の救済を求める彼にとっては聞き逃すことのできないものとなる。その結果として、牧師の言葉は直説法で余すことなく伝えられることとなる。

このように、ここにはスティーヴンの心が、静修の説教を聞くうちに、麻痺から解かれ、救済を求めるまでに至る様が、描かれる対象の前景化とともに描かれている。描かれるものとの距離は、スティーヴンにとってその対象が持つその重要度に反比例し、スティーヴンが意識を集中している度合い・スティーヴンが認める意味が大きくなればなるほど、距離は近くになり、描かれる対象は前景化してくる。ついには、地獄について話す牧師の言葉一つ一つが余すところなく直接的に描かれるのは、映画でいうクローズ・アップにより対象が大写しされるのに相当する。このクローズ・アップの手法は、舞台が固定化され、観客との距離も固定化された劇では、使うことができない。

『肖像』の革新性

その後に続く『ユリシーズ』や『フィネガンズ・ウェイク』と比較すれば程度は劣るものの、『肖像』にも十分な革新性がある。その革新の源には、『肖像』が長い時間をかけて書き換えられていく期間に、芸術として・文化として発展をしていった映画の影響が考えられる。とりわけ、場面中心・現在中心の描写による直接成と臨場性の強化、エピファニーやイメージを用いた映像的描出法、クローズ・アップには、映画の影響が色濃く認められるといえる。『肖像』の映画的要素は、『肖像』の中で最高の芸術形式と評価されていた劇的形式との関連においても考察されなければならないが、劇においては使うことのできないクローズ・アップの手法が『肖像』に見られることは、『肖像』への映画の影響の大きさを物語る。もっとも、映画と劇は、当時においては分けて考えなければならないほど遠い関係にはなかった。映画を呼び表す名称は未だ定まらず、ミュンスターバーグが映画を指す言葉として『フォトプレイ』を本の題名に使ったように、映画は劇の延長線上で考えられていたし、また映画のあり方も劇との関係で議論されていた。『肖像』が映画への近接性を示す一方で、『肖像』には、映画という形では表し得ないものが数多くある。とりわけ登場人物が示す細やかな感情の表現は、映像に移し替えることは難しい。

『肖像』が示す映画との類似性は、ジョイスが、アーティスト (artist) の原型たるダイダロス、これまでにない新しい芸術を生み出すアーティフサー (artificer) に立ち戻ってアーティストであろうとしたときに、すでに「芸術」の一分野になろうとしている、映画という新しい表現形式を意識せざるを得なかったこと、自らを取り巻く世界を認識し・写し／映す、当時最もモダーンな方式としての映画を自らの作品の中に取り入れようとしたことを示す。映画を意識することはまた、小説が映画とは異なるものであることを再度主張しなくてはならないことをも意味するのであろう。そのことを考えるならば、ジョイスが『肖像』において映画を取り入れつつ示した革新は、小説という表現形式の、現代におけるレゾン・デートルであるといえよう。

第11章　『ユリシーズ』と映画

ジョイスが文学で行なっていることは、われわれが新しい映画でやっていることに非常に近く、われわれがこれからやろうとしていることにさらに近い。（セルゲイ・エイゼンシュテイン、一九二九）

『ユリシーズ』の映画性について語ることの難しさは、一つには、『ダブリナーズ』や『若き日の芸術家の肖像』（以下『肖像』と略す）といった早い段階からすでに見られたジョイスへの映画の影響が、『ユリシーズ』に至るまでの時の経過の中で作品内部に深く潜行し、その形が見えにくくなっていること、第二に、『ダブリナーズ』や『肖像』と比較して情報量もやろうとしていることも多い『ユリシーズ』においては、様々な要素に映画の影響と思われる部分が紛れてしまうことにある。それでもなお、『ユリシーズ』には映画を前提に考えることによりその意味をより豊かに引き出せる点が数多くある。本章では、『ユリシーズ』の読みの可能性を豊かにするという観点から、『ユリシーズ』と映画との関係をできるだけ広く探ってみる。

初期映画

一口に映画といっても、今日的な映画、あるいは一般的にイメージされる映画と、ジョイスが映画の影響を受けた時期の映画とは、作られ方にしても、提示のされ方にしても、映画の持つ意味にしても、まったくといってもよいほどに異なっている。まずは初期の映画がどのようなものであったかを確認しておく。

まず第一に、初期の映画には音声が付けられていなかった。今日の映画に慣れている者には、音声のついていない映画は重要すぎる要素が欠けた不完全品に見えるかもしれないが、初期においては、映画フィルムそのものには音が付けられていないという意味での、無声が標準であったことは何度確認しておいてもよい。サイレント映画の時代は一九二七年まで続く。とはいえ、完全に音がない中で上映がされたかというと、それも正しくない。楽団による伴奏がつけられたり、レクチャラーと呼ばれる弁士による説明が付けられる形で上映された。たとえば一八九九年にロンドンで上映された受難劇は無声だったが、幕間に合唱隊が歌っていた（七月十五日付『ニューヨーク・タイムズ』）。一九一三年に上映された「パーシファル」(*Parsifal*) には楽団が付いていた（十一月十八日付『ニューヨーク・タイムズ』）。音声と映像とを同時に提示したいという欲求は強く、フォノグラフやグラモフォンと連動させる形も試されている。たとえば、アメリカにおける投写式映画機の発明者エジソンは、早くも一八九五年の段階でフォノグラフを使ってグランド・オペラを映画で見られるようになると発言している（十二月二九日付『ニューヨーク・タイムズ』）。一九〇七年一月二六日付の『ニューヨーク・タイムズ』は、ゴーモン社がフォノグラフと映画を連動させたことを報じる記事を載せている。一九一四年には、グラモフォンと映画を連動させたキネトフォンと呼ばれるエジソンの発明品の展示が行われる（一月二〇日付『ニューヨーク・タイムズ』）。その一方で、音声が付けられない映画の原型にこだわり、映画には音声は必要ないと説く者もいた (Münsterberg, 87-88)。しかし映画という新しい芸術が発展していく上で、無声であることは大きな枷となった。単純な情景描写は映像のみでもできたが、筋が複雑化していくときには媒体がどのようなものであれ場面の説明をしてくれるものが必要となった。そのような必要から差し挟まれるようになったインタータイトルを当時は「リーダー」と呼んだ。

第二に、初期映画には色もついていなかった。とはいえ、現像したフィルムに色を塗ってカラー化したり、カラーフィルムを開発しようとする試みは早くから行われる。たとえば、一八九五年には早くも赤と緑を使った3Dが試されているし（十二月二九日付『ニューヨーク・タイムズ』）、一八九六年四月二六日付『ニューヨーク・タイムズ』はエジソンの映画で色つきのものがあったことを伝えている。一九一三年十二月二六日付の『タイムズ』紙に掲載された映画の広告には「色つき」（Coloured）という表示が見られる。

第三に、上映される場所もヴォードヴィル、フェアグラウンド、ミュージックホール、旅回りの映画興行師により上映が行われた公会堂、教会等様々であった。そのような興業形態のため、映画は出し物の一つにすぎず、単体で出し物となるにはまだ時間が必要であった。

第四に、第三点と関係するが、初期の映画は単体で出し物にできるほどの長さはなかった。時間は短く、ショット数も少なかった。当初数十秒の長さしかなかった映画は次第に長さを増し、いわゆるマルチ・リール化し、一九一〇年代には二時間を超えるものも出てくるようになる。代表的な映画の長さを見てみることで映画の長さが変化していく過程を確認するならば、「月世界旅行」（“A Trip to Moon” 1902）十四分（十六コマ／秒）、「大列車強盗」（“Great Train Robbery” 1903）十一分（十八コマ／秒）、「カビリア」（“Cabiria” 1914）百四十八分、「国民の創生」（“The Birth of a Nation” 1915）百九十分（十六コマ／秒）といった具合である。長さの後ろに一秒あたりのコマ数を示しているのは、当時は撮影するときの速さと上映するときの速さが異なっており、どのような速さで上映するかによって当然上映時間も異なってくるためである。撮影は通常十六コマ／秒で行われたが、客の回転を速くするため、ときには倍ものスピード（三十二コマ

／秒）まで上映する速度を速めていたところもあった。撮影も上映も手回しで行われていたことがこれを可能にしていた（Briggs, 147）。映画の長さが長くなっていく背景には、映画が当初「貧民のための劇場」と形容されたことに示されるように、下層の人のための娯楽であったものが、その対象を中層へと変化させていったこと（Burch, 43, 98）(1)、後に触れる映画のナラティヴ化が関係する。

第五点も、同じく第三点と関連する。完結した映画作品という概念はまだなく、上映する側は、一つの映画全部を映すこともあれば、その一部を映すこともできた。また、映画制作側もそのような状況をよく理解しており、分売できる形で映画を作っていた。第六点としては、固有のジャンルがあったことを挙げておいてよいであろう。人々の行動や特定の職業の人たちの働きぶり、街の様子等を描いた記録映画的なアクチュアリティ映画(actuality film)、ナラティヴ映画ができるきっかけとなったともいわれるチェイス映画、映画ならではの操作によるトリック映画、アクチュアリティ映画の一つの変化形としてのファントム・ライド（phantom ride）は、『ユリシーズ』と映画の関係を考える際には特に重要であると考える。このほかにも、映画を撮る機械と上映する機械が一緒であったこと、当時のニトロセルロース・フィルムは発火しやすく、映画館は火事が頻繁に起こる危険な場所と見なされていた――そのため中流階層が近づきたがらなかった――こと等の違いがあり興味深い（Fullerton, 88; Burch, 47）(2)。

『ユリシーズ』と映画との関係を見ていこうとするときに、まず確認しておかなくてはならないことは、『ユリシーズ』の描き方は『肖像』の描き方を基本的に踏襲しており、その点ですでに映画的な要素を持っているということである。前章で見たことの繰り返しになるが、『スティーヴン・ヒアロー』から『肖像』へと書き換えられたとき、『肖像』に加えられた変化で重要かつ大きなものは、（一）描写がその場面・その時点中心の描写となり、（二）視点が、作者あるいは語り手の広い視点と設定されるのではなく、登場人物に沿ったものとなり、このような空間的中心と時間軸が設定されるのに伴い、(三) 提示される場面が、それに合わせた形に再現＝再構築され、それと同時に、(四) その場に居合わせるものでなければわからないこと、その場面には関係ないこと、作者ならではの一般的・補足的説明が省略された点にある。こうして『スティーヴン・ヒアロー』から『肖像』へと書き換えられたときにできた、場面中心の描き方を基本とする『ユリシーズ』は、少なくとも『肖像』が映画的であるといえるのと同様に、すでに映画的であるのだが、それに加えて映画的といえる要素がいくつかある。その具体的な例を、これまであまり扱われなかった部分を中心に見ていく。

第六章とファントム・ライド

ディグナムの葬式を描く第六章は、サンディーマウントからグラスネヴィン墓地へと馬車で向かう一行の様子から始まる。墓地に着くまでの様子には、プロジェクト・グーテンベルクの電子版 (e-text版) の語数でいうと五〇一〇語が費やされ、第六章全体の一万一〇九一語の四五%を占める。このことはこの墓地へと向かう一行の様子の描写が、重要な意味を持つことをひとまず意味する。この道行きは、テクスト中にもあるように「古き良き伝統」である (U 6: 36) ことに加え、ホメロスの『オデュッセイア』との照応関係から要請された部分もあろうが、それらとはまた違う意味でも興味深い点がある。

この道行きの間に示されるのは、馬車の中での会話のほか、墓地へ向かう途中に見受けられる人や風景である。墓地へと向かう馬車は、たとえば「馬車はちょうど棟割り長屋の前のむき出しの下水溝や掘り返した道路の盛り土のそばを通過し、不意に身を傾けながら角を曲がり、ふたたび電車道に出ると、かまびすしい車輪の響きとともに突進した」(U 6: 45-47)、「馬車はさらに速度を落としながらラトランド・スクエアの丘を駆け上がった」(U 6: 332) といった具合に、外側から描写されることもあるが、視点は主に馬車の内側に設定され、馬車の中から見える風景が描かれ、それに馬車に乗る人たちの反応（会話や、ブルームの意識の流れ）が加えられている。さらには、馬車の内部から外へと向かう視点を、実際は馬車に乗っていることからすれば動いているのを固定化し、外に見えるものの方があたかも動いているかのように描いている。動いているのが自分の方であるのに、自分の方を固定化しあたかもまわりが動いているかのように描く文学的技法をアナロジカル・エンアクトメントと呼ぶ。有名な例はワーズワースのルーシー・ポエムに見られる。『ユリシーズ』第六章にもこのアナロジカル・エンアクトメントが使われている。通りの家々の「ブラインドが流れ去っていき、「九番地の黒クレープを被せたノッカーも。半開きのドアも。歩くくらいのスピードで」(傍点は著者による、U 6: 26-28) 流れていく。「しばらくのあいだみんなが窓越しに眺めていると、通行人がつぎつぎに帽子を脱いで見送ってくれる」(U 6: 37-38) のは、馬車の中から見たときに帽子を脱いで死者への弔いの気持ちを表す通行人の姿が後方へと流れていく様を示す。馬車の窓からはつぎつぎと後ろへと過ぎていく建物や場所が見える(「ウォレス兄弟瓶詰め製造工場。ドダー橋」〔U 6: 54-55〕、「公立小学校、ミードの店の材木置き場、馬車溜まり」〔U 6: 171〕)。最初は全体が聞き取れないためになにを呼びかける言葉なのかはっきりしない「つぅぅ」という声も、馬車が靴紐売りの老人に近づくにつれて、「靴紐」を指す言葉であることがわかり、実際「靴紐四本で一ペニー」というかけ声が聞こえるようになる(U 6: 229-31)。このように、この道行きには、馬車が動いているために外に見えるものが動いて見えるのに、その動きを相対化し、見えるものの方が動いているかのような描き方をする部分が含まれている。

この描き方は、初期映画に現れるファントム・ライドに近いといえる。ファントム・ライドとは、乗り物にカメラを乗せて街の様子を描く手法、およびそれによって出来た映画を指す。例としては、リュミエールの「汽車にてイェルサレムを発つ」（"Leaving Jerusalem by Railway" 1896）、ビッツァーの「ニューヨークの地下鉄内部」（"Interior New York Subway" 1905）を挙げられる。前者は駅を出る汽車の一番後ろに載せたカメラから駅を写す。汽車が画面の右に向かって動くのに伴い、駅——といっても、野外の荒れた場所——は左側へとスライドしていく。おそらく出口に向かっているのであろう駅にいる人たちは、画面右側にゆっくり歩いているのだが、カメラが客よりも早く動くため外を歩く人たちは左側へと取り残されていく。彼らはカメラの存在に気づき、興味深げに、あるいはいぶかしげに、カメラの方を見ている。その目線は、カメラの位置の方が高いため上に向けられている。撮り方も含めて状況を説明するならばこのようになるが、出来上がった映画の見え方はそれとはずいぶん異なったものになる。駅が突然ゆっくりと左に流れ始め、右方向に向かっているはずの客は、左側に残されていく様子が、角度としてはやや下方に、見える映像となる。映画に慣れた現代の者にはこのような映画はなんの意味もない、ただ単に幼稚な試みにしか見えないかもしれないが、この映画が作られた当時の人たちには大きな、そして新鮮な驚きを与えていたはずである。映画を観る者には当然のことながらカメラが見えないことから、どのようにして映画を撮っているかわからず、視点の位置がどこにあるのかわからない。見えない、浮遊する視点から、実際には動いていないものが動き、動いているものもその動き方が通常とは異なって見える（右に向かっているはずなのに左に動いている客）映像は十分不可思議で、不気味ですらあったはずである。一九〇五年五月二二日付の『ニューヨーク・タイムズ』でもその撮影の様子が報じられたビッツァーの「ニューヨークの地下鉄内部」は、ニューヨークに出来たばかりの地下鉄の走る様子を特別車両に載せたカメラから撮る。出来上がった映画は、感覚的には、今日電車の先頭車両に乗って前方を眺めるのに似た光景を映すが、真っ暗な地下で隣のレーンを走る照明車両から間にある柱を通して入る光が作り出す明滅は(3)、今日この映画を観る者の目にも依然目新しく、幻想的である。初期映画に特徴的なジャンルといえるこのファントム・ライドは、一九〇四年当時のダブリンを描く『ユリシーズ』に入れるにふさわしいものといえる(4)。

第七章と「リーダー」

各章ごとに異なった文体が使われている『ユリシーズ』において、実験的な色彩の濃い後半部に比べ、意識の流れを中心とした文体が使われ、全体的におとなしい前半部の中で、第七章は特異な位置を占めている。主たる登場人物であるスティーヴンとブルームの視点中心であった最初の六章に比して、様々な登場人物が入り交じる新聞社での出来事を扱う第七章においては視野が広がる。それとともにどこから持ってこられたのか出所のわからない、見出しのようなものが挿入され、その見出しごとに区切られてナラティヴは分断される。この章の文体に関して問題となるのは、この見出しとナラティヴの漸進的な進行となる。従来この見出しは、舞台を新聞社とすることから、新聞の見出しであると考えられてきた。しかし、「K・M・A」(U 7: 980)や、「K・M・R・I・A」(U 7: 990)といった、本文中のなにを指しているのかわからないような見出しの存在は、見出しを新聞の見出しとするのでは足りないことを示す。

第七章の見出しの性質を考える際に有効なものとして、映画の「リーダー」を一つには挙げることができる。「リーダー」とは、とりわけ無声映画であるがために、映し出されている画面でなにが起こっているのかわかりにくいのを補うために挿入されるインタータイトルのことをいう。第七章に見られる、新聞のディスコースを反映した新聞の見出しのトーンからは外れる、たとえば「寄せ集め」(“OMNIUM GATHERUM” U 7: 604)のように大仰な見出しや、「おお、アイオロスの竪琴よ」(“O, HARP EOLIAN!” U 7: 370)や「汚き愛しのダブリン」(“DEAR DIRTY DUBLIN” U 7: 921)のように気の利いた見出しや、「?・?・?」(“???” U 7: 512)のようにふざけた見出しを、ディスコース的に新聞よりは軽いトーンを扱える映画の「リーダー」ととらえ直すのは、有意義な視点といえよう。

第七章の見出しを映画をヒントに考えようとするのであれば、もう一つ可能な考え方がある。それは、見出しによって分断されたセクションを、それぞれ一つの映画として見て、見出しを映画の表題とする考え方である。初期の映画においてはとりわけ、人々の行いを描く、ほんの数十秒で終わる映画が多かった。また初期の映画においては、すでに触れたように、映画は単体で独立して存在しておらず、他のものと組み合わされて上映されたり、作品の一部だけを取り出して上映したりすることがあった。第七章をそのようにして上映される小篇映画の集まりと考え、「見出し」を、そのようにして上映される小篇映画のそれぞれのタイトルと考えることも可能である。

このことはまた、第七章で取り上げられるテーマと初期映画でよく取り上げられたテーマとが共通していることからも支持される。第七章は次のようにして始まる。

　　ヒベルニアの首都の中心で

ネルソン塔の前に来ると、電車は速度をゆるめ、路線を替え、車両を替えて、フラックロック、キングズタウン・ドーキー方面、クロンスキー、ラスガー・テレニュア方面、パーマーストン・パーク・上ラスマインズ方面、サンディマウント・グリーン、ラスマインズ、リングズエンド・サンディマウント・タワー方面、ハロルズ・クロスへと出発していった。ダブリン合同市電会社の時刻係がしゃがれ声で電車を発車させていた。

——ラスガー、テレニュア行き！

——さあ行け、サンディマウント・グリーン行き！

右と左に並んで、がたがた車体をゆすり、りんりん鈴を鳴らし、二階建て電車と普通の電車が発車場を離れ、ぐいと曲がって下り線に入り、並んだまま滑るように走っていった。

――パーマーストン・パーク行き、発車！
　　王冠をいただく者
中央郵便局のポーチの下で、靴磨き立ちが客寄せをしては、靴を磨いていた。北プリンス通りに駐車をしていた、王の頭文字E・Rを胴につけた国王陛下の朱塗りの郵便車には、市内向け、地方行き、イギリス本国行き、海外行きの、手紙や、ハガキや、郵便書簡や、料金前納・保険付き小包が、いく袋もどさりどさりと投げ込まれていた（U 7: 1-19）。

ここで描かれる都市の様子は、初期映画でもよく取り上げられる題材であった。その例としては、たとえば、エジソンの「二三番街の出来事」（"What Happened on 23rd Street" 1901）や「フラットアイアン下にて」（"At the Foot of the Flatiron" 1903）や「ニューヨーク市『ゲットー』市場」（"New York City 'Ghetto' Market" 1903）を挙げられよう。

また第七章は、冒頭に描かれる電車の発車係、郵便配達人、靴磨きに始まり、ほかにも植字工、広告取りブルーム、編集長等、働く人々に焦点を当てているといってもよいが、このことも初期の映画に共通して見られる特徴である。初期映画は、好んで人々の働きぶりを描いていた。一九〇三年七月三十日付の『ニューヨーク・タイムズ』は郵便局で働く人の様子の撮影があったことを報じている。リュミエールの「消防車が行く」（"A Fire Run" c1896）や、ポーターの「アメリカの消防士の生活」（"Life of an American Fireman" 1903）等消防夫ものはいくつもの制作会社が取り上げるお気に入りのテーマであった。キネト・プロダクションの「坑夫の一日」（"A Day in the Life of a Coalman" 1910）は第七章にあるようなリーダーを中にはさみながら坑夫の一日を描いている。

第十章とアクチュアリティ・フィルム、アクチュアリティ・フィルムとしての『ユリシーズ』

本書第1章でも触れたことであるが、ジョイスの小説群においては、作品が異なっていても舞台と登場人物が重なり合うことが、大きな特徴となっている。『ダブリナーズ』に登場する人物の多くが、再度『ユリシーズ』に登場し、ある者はそこで言及される。たとえば、レネハン、ノージー・フリン、ジョー・ハインズ、カニガム、パワー、マッコイ、ボブ・ドーランは再び姿を現し、シニコー夫人、ゲイブリエル・コンロイ、ジュリア・モーカンには言及がなされる。『肖像』のスティーヴンは『ユリシーズ』に欠かせない人物となっているし、コンミー神父も再度『ユリシーズ』に登場する。結果として、『ユリシーズ』は、ジョイスの他の作品を微妙な形で取り込んだ作品となっており、ジョイスの小説は一つの作品群といってよいものを形成している。このような性質を持つジョイスの小説群を表す適切な言葉はまだない。

『ユリシーズ』のこのような特徴を、一章内に凝縮しているといってもよいのが第十章である。第十章は十九のセクションから成り、そのそれぞれのセクションでは、ちょうど『ダブリナーズ』においてそうであったように、それぞれの登場人物に焦点が当てられる。その一方で、その中に、同じ時間に他の場所で起こっていることを描く数行が挿入されることで、それぞれのセクションと他のセクション、あるいは全体との関係性が示され、これにより、ちょうど『ダブリナーズ』と『肖像』の世界がある意味で『ユリシーズ』によって統合されるのと同じように、それぞれのセクションは統合される。

ここに現れる注目すべき要素は二つある。一つは個別の人へ焦点を当てての写実的描写であり、もう一つは、できるだけ多くの人を描き、取り入れようとする全体への志向性である。

この性質は、ジョイス的な表現を使っていうなら、当時の初期映画の一ジャンルと、奇妙な「コインシデンス」を示す。そのジャンルとはアクチュアリティ・フィルムである。アクチュアリティ・フィルムとは、現実、つまりは街の中で行われる日常の諸相をありのままに描く映画で、代表的な例は、「ありのままの生活」(“Life as it is lived”)」をモットーとするリュミエールに見出せる (Jacobus, 528)。駅に着いた汽車から降りる人々を描いた「汽車の到着」(“Arrival of a Train” 1895)、工場から帰る人たちを描いた「工場から帰る人々」(“Leaving the Factory” 1895) は最もよく知られた例である(5)。

このジャンルが成立したポイントの一つは、たくさんの人が映っている点にあった。つまり撮る側がたくさんの人を撮れば、そこにはたくさんの人が映っていることになり、それにより人々は映画を自分が映っているから、あるいは映っているかもという関心から映画を観に行ったのである。アイルランドでもこの手の映画が撮られていることが確認されている。一九〇二年十二月から翌年一月にかけてエンシャント・コンサート・ホールでかけられたミッチェルとケニヨンによる「生のダブリン」(“Living Dublin”) と題されたシリーズ二作は教会から出て来る人たちを写している。そのうちの一つ「フランシス・ザビエル協会を出て行く会衆たち」(“Congregation Leaving Jesuit Church of St. Francis Xavier”) には壁に貼られたコンミー神父の説教を知らせるポスターが写っている (Trotter, 94-95)。

ここに見出せるのは、できるだけ多くを取り入れることによって生じる広告効果への意識である。それは『ユリシーズ』にもいえることである。『ユリシーズ』は、ダブリンが突然消えたとしても『ユリシーズ』をもとに再現できるとジョイスが豪語したほど細かく描かれる街並みでも有名だが (Budgen, 67-68)、それもこの点から考察をすることができる。『ユリシーズ』に含まれた多くの場所、とりわけ店は、『ユリシーズ』によって意図せずその名前を世に知らされる恩恵を受けている。ダブリンを訪れるならば『ユリシーズ』にゆかりのある通りや場所にプラークが埋め込まれているのに気がつくが、それはこのことを示すよい例となる。『ユリシーズ』には、登場人物や場所についてだけでなく、『ユリシーズ』後半にとりわけ多く使われるカタローグの手法による名前の列挙や、人間の体の器官、色、技巧等をジョイスが作った「スキーム」に従って網羅的に描こうとすることに現れているように、百科全書的性格があるといえるが、その根底にはアクチュアリティ・フィルムと通ずる、映し得るものすべてを記録しようとする欲求を見出すことができる。

第十一章とレスキューもの

あたかもセイレーンに引き寄せられたかのように人々がオーモンド・ホテルに集まり、音楽の影響を受ける様子を描く第十一章には興味深い点が二点ある。一点は、モリーとの逢瀬のために、モリーのもとへと馬車で向かうボイランの様子が、最初はその馬車に乗っている様子が描かれていたのが、ホテルから遠ざかるに従い、馬車が立てる「ジングル」(jingle) という音だけで表されるようになるのと、それとは逆に、忘れた音叉を取りに来る目の不自由な青年調律師がホテルへと近づく様子が、「タップ」(tap) という音だけで表されるようになるところである。

この二つの音の挿入は第十一章で起こっている混乱を代表して表す。その混乱とは、つまりは、細かい場面の変化が、それを示す記号なしに行われていることによるものを指す。バーのカウンターの様子を描いたかと思うと、場面は食事をするブルームや、歌が歌われているピアノ周辺へと変化し、さらには今取り上げている、ホテルから遠ざかるボイランやホテルに近づいてくる調律師を描く小場面へと変化していく。実際には離れた箇所で起こっているいくつかのことを、場面が変化していることを示す記号なしに描くことは、あたかも同一の場所で起こっているかのような印象を与え、混乱をもたらす。同様のことは、小さい規模では第七章や第九章で、大きい規模では第十章においても起こっていた。

場面変化は古くから文学にもあり、それ自体新しいものではないが、場面変化を示す記号なしに行われる場面変化となると話は変わってくる。場面変化を示す記号なしに行われる場面変化を、混乱なく理解できることを『ユリシーズ』というテクストが前提としていたとするならば、それはなにに基づいていたのであろうか。それに一つの答えを与えてくれるのが映画である。小説だとわかりにくい場面変化も、映画の場合にはそれほどでもない。映像に映る背景・人が状況を示すマーカーとして機能し、どこでなにが起こっているのを描いているかは、映されている映像からわかるからである。とりわけ第十一章に見られるような細かい場面変化は、映画では常套的手法となっていく。

もう一点興味深いのは、ホテルの中での場面変化とホテルの外で起こっていることへの場面変化は、その距離の違いから、違う性質のものとなるであろうことと関係する。ホテルの中で起こる事柄は、細かい焦点の当て方に違いはあるにしても同じ場所の出来事と理解されるが、ボイランと調律師の様子を知らせる場面変化は、その距離ゆえに異質性を持つこととなる。その二つを並べて描くクロスカッティングは、ある種の緊張感を生み出す。この緊張感は、ある事件が起こった現場と、救出に向かう存在を、同時並行的に描くレスキューものの映画が生み出す緊張感に似ている。初期映画の中で例を探すとするなら、パテの「城勤めの医者」(“The Physician of the Castle” 1908)、グリフィスの「見えざる敵」(“An Unseen Enemy” 1912)、「エルダーブッシュ渓谷の戦い」(“The Battle of Elderbush Gulch” 1913) が挙げられるであろう。第十一章の場合には、ブルームに救いをもたらすのではなく、逆に害を及ぼすものを描くところが興味深い。第十章においてと同様第十一章においても、同じ時間に他の場所で起こっていることを簡潔な形で示す映画的なテクニックが示されていることは重要なポイントとなる。

第十二章と映画的時間操作と多ジャンル性

第十二章は、このあとサンディーマウントにあるディグナムの家に保険のことで話をしに行くのに、マーティン・カニンガムと待ち合わせるために寄ったバーニー・キアナンのパブで、ブルームが受ける受難を描く。その受難は、ブルームに対する冷ややかな目から生ずる。正体のよくわからない語り手の(6)、ブルームを見る眼差しには、回復不能な距離が感じられる。その距離感をより攻撃的に表してしまうのは、自分たち仲間とそこには含まれない人たちとの間に明確な線引きをし、その他者に攻撃的な態度を示す「市民」と呼ばれる熱狂的愛国主義者であるが、語り手の目に宿る冷たい距離感も基本的には「市民」のそれと変わらない。ブルームに対する攻撃は、パブにいるそのような他者の視線からだけもたらされるのではない。この章には、語り手によるのとは明らかに違う眼差しからの描写が二八箇所見られる。それにより、ブルームは様々な視点に置かれ、その視点ごとの見え方に即した外形や性質を持った者へと変化する。その意味においてこの章は、視点の持つ他者性、変化をその対象に必然的にもたらすという意味での攻撃性、そのような力を及ぼすものとしての視点のイデオロギー性を表す。

たとえば、時間が古代へと、唐突かつ強引に、引き戻されると、アイルランド自体が、イギリスの政治的介入を受ける前の、いってみれば「失墜前の」楽園状態に復帰し、豊かで満ち足りた国へと変貌するにつれ、ブルームも騎士へと変化する。戦う意志など持たないブルームであっても、その視線の中では戦うための人間に変えられてしまう。聖書的な視点による描写の中では、ブルームは昇天するエリヤへと姿を変えさせられる。

物語の中での時間は、一九〇四年六月十六日木曜日の午後五時頃に現在が設定されているのだが、このようなどこからもたらされるのかわからない視点変化のため、結果として第十二章にはいくつもの時間が混在することとなる。時間が止まってしまうことすらある。たとえば、子どものための初歩読本をもじった雌鶏のくだりが、「ガー・ガー・

ガラ。クルック・クルック・クルック。ブラック・リズは家の雌鶏です。彼女は卵を生むとたいそう嬉しそうにします。おじさんはブラック・リズの下に手を入れて、生み立ての卵を取ります。ガラ。クルック・クルック・クルック・クルック。するとお人よしのレオおじさんがやってきます。ガー・ガー・ガー・ガー・ガラ。クルック・クルック・クルック」(U 12: 846-49) と挿入されるとき、そこでは第十二章に描かれる出来事は進行せず、その意味において時間は止まっている。

物語的現在のほかにいくつもの時間が混在する第十二章であるが、気をつけなくてはならないのは、その時間が単純にある時点からある時点へと変化するのではないということである。物語的現在から他の時点へと移動するとき、それはその時間に完全に移ることを意味しない。たとえば過去のある時点に移ったとしても、それは単純に過去に移るのではない。つまり、描かれる対象が、物語的現在から時間移動をし、その過去に戻っているのではないのである。アクションとしては物語的現在でのアクションを続けつつ、もう一つの時間を帯びるのであり、そのとき時間は二重化している。物語的現在でありつつもう一つの時間でもあるという、いってみれば、時間のモンタージュが起きているのである。

ついでにここで付け加えておくならば、この時間のモンタージュはジョイスの文学の本質を占める。よく知られているように、『ユリシーズ』はホメロスの『オデュッセイア』の世界と照応関係を持ち、一九〇四年六月十六日という時間は、オデュッセウスが冒険をした古代と重ね合わされている。ほかにも、『ユリシーズ』には『ハムレット』の世界、聖書の世界との対応関係があり、時間はさらに多層化されている。章単位で見るならば、第十二章で起こっていることとは、第十四章でより大々的、より体系的に行われる。『フィネガンズ・ウェイク』もまた同様にいくつもの時間を持つ小説である。『ユリシーズ』で行われた時間の多層化の実験は、言葉にしても人間にしても場所にしても一つが全とつながることを目指す『フィネガンズ・ウェイク』においては、一つの時間に、堆積したすべての時間、すなわち歴史が凝縮された世界が示される。

第十二章における時間の乱れは、二重化に留まらない。物語の進行とは関係のない文章が挿入されるとき、そこで物語的現在は一旦停止し、別の時間に接ぎ木される。右に述べた時間の二重化においては時間軸上の二つの時間が重ね合わされるが、物語の進行とは関係のない文章の挿入部においては、物語的現在と平行したどこかにあるもう一つの時間が示され、いわば空間的な二重化が起こる。たとえば、「愛は愛を愛することを愛する」で始まるセクション（U 12: 1493-1501）が挿入されると、物語的現在は一旦停止され、もう一つ別の、無時間的現在に時間は移る。

第十二章の随所で起こる時間の二重化と関連して興味深いのは、様々なジャンルの文章が挿入されることによる、一章内での文章ジャンルの多様化である。通常一つの作品、あるいは少なくとも一つの章内では、文のジャンルは一つの範囲内に収まることが予想・期待されるが、各章で異なった文体を用いる『ユリシーズ』はそのような予想と期待とを簡単に裏切ってしまう。そればかりか、各章の中でも文体の変化を見せ、読む者にさらなる混乱を起こす。その傾向はとりわけ『ユリシーズ』後半部の第十二、第十三、第十四章に強く現れるが、第十二章はその中で先駆け的な役割を果たしている。この章には、死んだはずのディグナムの霊が現れたことに関する降霊術的記述、国会答弁、ボクシングの試合の結果を伝える文章、これから処刑をされる者の妻との別れの言葉、アイルランドの昔のスポーツの記述等々、種々雑多な文章ジャンルが織り込まれている。

時間的・空間的に二重化された時間と、様々なジャンルの文章を単一の章の中で提示されるときに、それを読む者が置かれるポジションは、きわめて特殊である。時間のモンタージュにより、物語的現在と、時間的・空間的に重ね合わされたもう一つ別の時間の「両方に同時に」身を置き、雑多なジャンルの文章を続けざまに見せられるからである。

読者が置かれることになるこのような特殊なポジションは、ある意味で初期映画を観る観客のそれに近い。すでに述べたように初期映画においては、短い、様々なジャンルの映画が組み合わされて上映されていた。ジョイスのヴォルタ座初日の演目を見てみても、ミステリー「呪いの城」("The Bewitched Castle")、ドキュメンタリー「パリの最初の孤児院」("The First Paris Orphanage")、悲劇「ベアトリチェ・チェンチの悲劇」("The Tragic Story of Beatrice Cenci")、喜劇「デビルド・クラブ」("Devilled Crab")、「保育園」("La Pouponnière")といった具合に、観客を飽きさせないためにいろいろなジャンルのものがかけられていた(McCourt, 145; McKernan, 7)。

観客は、映画を観つつ、現在に身を置きながら、映画の中のもう一つ別の時間と場所に同時に身を置く。今この時間に映画館にいつつ、映画であるからこそ現実と見誤ってもなんら不思議のない時間と場所に同時に身を置く(Münsterberg, 14, 45, 94)。現代人であれば忘れてしまっているこのような共感覚を、映画にまだ慣れていない時代の人たちであれば新鮮かつ強烈に感じていたであろうことは容易に想像がつく。第十二章の二重の時間と多ジャンル性は、初期映画が映し出される場とのアナロジーで理解することができる。

第十五章とトリック映画

第十五章の特徴はなんといっても、シュールリアリスティックな幻覚を描く点にある。『ユリシーズ』のここに至るまでの章とは異なり、劇の形式を取り、雰囲気や感情や心理を、具体的なイメージで表象するこの章は、基本的に映像的性格を強めている。たとえば、川面から立ち上がる霧は、ゆっくりと這ってくるヘビとなり(「川霧がヘビの群れのようにゆっくり忍び寄る。」"Snakes of river fog creep slowly." (U 15: 138)、砂撒き車は恐ろしい竜と形容され(「竜のような砂撒き車」"a dragon sandstrewer" (U 15: 184-45)、客引き女はオオカミの目を輝かせる(「客引き女(オオカミの目を光らせて」」"THE BAWD: (Her wolfeyes shining)" (U 15: 369)。小道具もたくさん現れる。浮かび上がったレモン石けんは光と香りを発散し（「新しいきれいなレモン石鹸が空に昇り、光と芳香を放つ。」"A cake of new clean lemon soap arises, diffusing light and perfume." (U 15: 335-36)、太陽となった石けんの中に薬屋スウィニーの顔が現れる（「石鹸太陽の円の中に、薬屋スウィニーのそばかす顔が現れる。」"The freckled face of Sweny, the druggist, appears in the disc of the soapsun." (U 15: 340-41)。しかしその映像性は、逆にこの章から劇の性格を奪ってしまう働きをする。というのも、一つには、めまぐるしくその姿を変えるイメージは、劇の形式では追い切れないからであり、もう一つには、第一点目とも重なるが、劇では再現するのが難しいからである。それでもト書きと台詞の書かれた劇の形で書かれた第十五章は、一体どのようなものとして存在し得るのだろうか。一つ考えられるのは読むための劇であり、もう一つ可能なのはトリック映画である(7)。事実ジョイスの創作ノート『スクリブルドホブル』には『ユリシーズ』の第十五章の表題のもとに「映画は偽りの姿を示す」("cinema fakes") というトリック映画を意識した表現が見られる (Connolly, 119)。

トリック映画はアクチュアリティ・フィルムと並ぶ初期映画に特徴的なジャンルである。トリック映画は、『ユリシーズ』が舞台とするのと同じ、世紀が二十世紀に変わるころ現れるが、リュミエールの映画技師が「壁の取り壊し」("Demolition of a Wall" 1895) を上映した際に、一旦流し終えた映画を逆まわしにして映し、崩れたはずの壁が元通りになるところを映し出したところ、それを目にした観客が大喜びをしたというエピソードは(8)、トリック映画自体が映画の中に本質的に内在していたことを示唆する。つまりは、トリック映画というジャンルは、映画が持つ本質から偶発的にして必然的に生まれているのである。その本質の一つは、好きなところで撮影を止め、また再開が可能であるという、止めたり再開したり、あるいは速めたり遅くしたり、あるいはまったく逆にする、といった時間の操作をやろうと思えば自由にできるという点にあり、もう一つはフィルムをつなぎ合わせて編集する技術を用いれば、あるショットをいかなるショットにでもつなぐことができるという点にある(9)。

ブルームが銅色の半月のついたナポレオンの帽子をかぶって登場したり(「ブルーム:(琥珀の半月をいただく紫色のナポレオン棒をかぶり)」U 15: 464)、リチー・グールディングが女性の帽子をかぶって登場したり(「(三つの婦人帽をピンで頭に留めたピンで頭に留めたリチー・グールディング)」U 15: 499)、デニス・ブリーンがサンドイッチマンの看板をぶらさげて登場したり(「(デニス・ブリーンが白いシルクハットをかぶり、ウィズダム・ヒーリーのサンドウィッチマン用広告看板をぶらさげ)」U 15: 479)と、めまぐるしいイメージの変化を見せる第十五章においては、登場人物たちも急に服装を変え、突飛な姿を見せたりする。実際の劇では難しいこの種の衣装替えも、時間操作の可能な映画においては容易にできる。またこの章においては、ナイトタウンにいるはずのない人が突然現れ、そしてまた突然消えていく。その例は、「トミーとジャッキーがそこで消える」(U 15: 241-42)、「黒水銀剤を注入した男が現れる。後ろにヴェールをかぶった人影(U 15: 748)、「(行列の先頭が現れる。先触れはジョン・ハワード・パーネル)」(U 15: 1411-12)、「砲声一発。マッキントッシュの男は消える」(U 15:1565)、「(テーブルの上にタバコが一本現れる。スティーヴンはそれを眺める)おもしろいね。客間手品か」(U 15: 3620-22)、「スティーヴンとブルームは鏡を見つめる。ひげのないシェイクスピアの顔が鏡に現れる」(U 15: 3821-22)と枚挙にいとまがない。二重の意味でいるはずのない人、つまりはすでに死んでしまい、この世にいるはずのない人(ブルームの母エレン、父ヴィラグ、子どもルーディ等)が現れる不思議は、劇でも表現可能で、また劇においても用いられる技法であるが、トリック映画を念頭に置くならば、より容易に、そしてより楽しく、理解することができる。

最終部においてイートン校の制服を着たルーディが現れる、第十五章で最も重要な場面も、二つの点において映画的といえる。一つには、「暗い壁を背に人影がゆっくりと現れてくる……」"Against the dark wall a figure appears slowly ....."(U 15: 4956-57)と書かれているように、この幻影は壁に現れるのである。使われている前置詞が「〜を背にして」

を意味する"against"であるにしても、ここには映画の投写のイメージを読み取ることができる。もう一点も投影ということと関わる。ルーディが映画のように投影されているとして、それがどこから投影されているかを考えてみるならば、この場面でルーディのことを知っているのはブルームしかいないであろうことからすると、ブルーム以外には考えられない。ルーディはブルームを出所として投影される。とするならば、このときのブルームの役割は投写機に近い。

このことはブルームだけに限られたことではなく、第十五章全体のあり方とも関連する。第十五章に出てくる幻影は、登場人物の心の中にある不安やら欲望やら記憶やらが結びついて出来た想念を映像として取り出したものである。たとえば、ブルームが犯した過去の罪が様々な形を文字通り取りながら自ら告白するのは、ブルーム自身が罪として感じるほどに重い存在となった自らの過ち、ブルームの心の中に秘められたドラマを、まわりの世界に投影しているからにほかならない。スティーヴンが母の亡霊に怯え、トネリコの杖を剣のごとく振るい「この世の終わり」をもたらすのも、スティーヴンの心の中のドラマの投影にほかならない。第十五章にあっては、登場人物は比喩的な意味で映写機として存在する。

ついでながら思い出しておいてよいことは、当時は同じ機械で撮影と上映の両方をしていたことである。というのも、そのような記録と表出のイメージが、第十五章において何度か登場し、キーワードとなっている記憶という言葉に見られるからである。第十五章に至る前に、あるいは『ユリシーズ』という小説が始まるその時間よりも前に起こったことの記憶が、この章において、なんらかのきっかけで、形を変えながら、あたかもパンドラの箱を開けたごとく、不吉なるものの様相を帯びて出てくるとするならば、第十五章まで記録をし、第十五章で投影する、そんな機械のイメージが浮かび上がってくる。

第十五章の幻影と亡霊的映画

第十五章において映し出される幻影の持つ性質は、奇妙にも初期映画の持つ二つの性質と符合している。その二つの性質とは、現実にあるものをそのまま写し取る写実性と現実に虚構を持ち込む虚構性である。一見相反するように見えるこの二つの性質は、一方はアクチュアリティ・フィルムに体現され、もう一方はトリック映画に体現されていた。この二つの性質は、しかし、初期映画に限定される性質ではなく、今日にまで続く映画の本質である。『ユリシーズ』という作品がアクチュアリティ・フィルムのような写実的描写を基調としながら、一方で第十五章を中心にトリック映画のような幻影劇を提示していることは、『ユリシーズ』という小説が映画から受けた影響の大きさを物語る。

第十五章に現れる幻影は不在と現前のパラドックスを示している。現れる像が、目の前にいる人や物の像をそのまま映しているのであるならば、それは幻とはならない。幻を幻影であると理解するのは、その本体がその場にあるような姿で、その場に存在しないはずのことを読者が理解しているからである。娼婦として現れるガーティーは幻影である、と理解する（そしてその理解をもとに、安心してイメージの変化を楽しめる）のは、ガーティーがその場にいないはずということをわれわれが理解しているからである。すでに見たように、第十五章にはその場に不在のはずの人、この世に不在のはずの人がたくさん現れる。

不在と現前のパラドックスは、映画の本質でもある。現実的・写実的に目の前に提示されるイメージは、実体性を持って観客の前に立ち現れる。それにより観客は、映画の中の世界と現実の世界との境を容易に超え、あたかも映画の中の世界に現前しているかのような錯覚を抱く。それが映像が観るものに訴えかける写実性の正体であり、映画が持つ観客を引き込む力の正体である。初めて映画を観た人たちが、汽車が自分たちの方に近づいてくるのを描いた初期映画を見て驚きの声を上げたというのは有名な話であるが（Trotter, 18; Harding and Popple, 5）、このエピソードが示すのは、まさにこのような性質である（昨今の３Ｄ映画は、映画が原初的に持っていたその力を再度取り戻している。３Ｄ映画において観客側に向けてナイフや手裏剣が投げられると、観客は思わず顔をそらして避けようとする）。しかし、実際には、当然のことながら、観客は映画の中の世界には現前していない。観客は不在の存在として映画の世界に現前している。

今日の映画であるならばまた話は異なってくるが、初期の映画においては、映画の世界自体が不在なるものが立ち現れる場と認識されていた。一八九六年七月にリュミエールの映画を観たゴーリキは、「昨晩私は影の世界にいた」との表題で、七月四日付の『ニジェゴロツキィ・リストーク』紙に評を寄せている。

もしあなたがたがそこにいるということがどんなに奇妙であるかを知ってさえいたなら。そこは、音もなく、色もない世界だ。そこにあるすべてが――大地も、木々も、人々も水も空気も――単調な灰色に浸されている。灰色の空の上を横切る太陽の光は灰色で、灰色の顔には灰色の目、木々の葉も灰色だ。命ある形ではなく、その影、動きではなく、その音を消された亡霊だ（Harding and Popple, 5-6）。

初期映画の、色もない灰色の世界で、音もなくうごめくものに、命を感じることができず、亡霊を感じ取ったそのゴーリキの感性は、正しく鋭い。そう感じ取ったがゆえに、おそらくは異界に入り込んでしまったかのような錯覚を覚え、おぞましさや、少なくとも居心地の悪さ、気味の悪さを感じ取ったこのゴーリキの経験は、初期映画が持っていた見逃すことのできない一面を見事に表している。

映画的でない『ユリシーズ』

小説の映画性と一言でいっても、そこには細かいイメージの使い方や描き方のレベルでの小説と映画の親和性から、小説のテーマやアクションの映画との親和性といったレベルまで幅広くあるにしても、それを考えるときにひとまず有効なのは、小説を読みながら、各々の場面を映画化しようとしたらどうしたらよいか考えてみることであろう。具体的な映画をイメージできるのであれば、なんらかの点で映画的な要素があるといえよう。その際には、その小説がすでに映画化されているのであれば、それと比較をしてみるのも有益である。あるいは逆に映画の側から考えて、映画で使われる手法を頭に置きながら小説を読んでみることも可能であろう。

『ユリシーズ』には、そのどちらの方法論で見るにしても、映画的といえる部分が多く見つかる。これまで取り上げたいくつかの章はその一部にすぎない。その一方で『ユリシーズ』には映画的とはいえない部分がある。たとえば第十七章はその一つといえよう。この章でブルームはスティーヴンを連れて自宅に戻る。自宅の鍵を履き替えたズボンに入れたままだったことに気がつき、英語でエリアと呼ばれる地下室への明かり取り用のスペースから地下室に降りてなんとか自宅に入ったブルームは、スティーヴンを家に招き入れ、ココアを飲みながら彼としばらく話をする。泊まっていくよう勧めるブルームの誘いを断り、ブルームの家を去ることにしたスティーヴンを見送ってから、この日一日の出来事を振り返ってクールダウンを図った後に、ようやくブルームはモリーのいるベッドへ潜り込む。このような要約をする限りにおいては映画にするのも簡単のように聞こえるこの章も、映画化するのは存外難しい。

その難しさは、文体に起因する。それぞれの章で異なった文体を用いる『ユリシーズ』の例に漏れず、第十七章においても特徴的な文体が使われている。三〇九の質問とそれに対する答えの形式で書かれているこの章の文体には、少なくとも三つの特徴がある。まず第一は、誰から発せられるのかわからない質問と、誰によって答えられているのかわからない答えから成る形式を取っている点。第二点目は、その質問と答えが、対象から大きく距離を取った地点から発せられ、そこには冷たさを感じさせるほどに客観的で冷静な眼差しが感じられる点。第三点目は、様々な質問が発せられそれに対する答えがなされることにより、情報過多が起こる点。これにより、これまでの章の中では知り得なかった登場人物の背景がわかるようになる（たとえば、この小説が舞台としているのが一九〇四年であること〔U 17: 95-96〕、ブルームとスティーヴンがこれまで会ったことがあったかについて〔U 17: 466-72〕、ブルームとスティーヴン共通の知人としてのミセス・リオーダンのこと〔U 17:477-86〕、両者の両親〔U 17:532-39〕のこと、ブルームの父親がどのように自殺したかについて〔U 17: 621-32〕、スティーヴンの母親の葬式の日付とブルームがそれに出られたかについて〔U 17: 951-53〕、ブルームの家の本棚にある本の題名〔U 17: 1362-1407〕等々）一方で、焦点は拡散化され、多すぎる情報の中でなにを見ていけばよいのかがわからなくなってしまう。たとえば、「水を愛し、水を汲み、水を運ぶ者ブルームは暖炉レンジへ引き返しながら水のいかなる属性を賛美したか」（U 17: 183-84）という二五番目の質問に対しては、「その普遍性。その民主的な平等性と、自らの水平を保とうとする本性への忠実さ。メルカトル投影図の海洋におけるその広大さ。太平洋スンダ開口において八千尋を超えるその計り知れぬ深さ。海岸のあらゆる地点をつぎつぎに訪れる波と表面微粒子の落ち着くことのない性質」に始まり、「人体の九十パーセントを占めるその偏在性。沼沢地、悪疫性湿地、しおれたままにしてある花を生けた水、月の欠ける時期の澱んだ水たまり等におけるその悪臭の有毒性」に至るまで、五十行近くにわたって水の属性が列挙されるが（U 17: 185-228）、その中で第十七章を読む読者に必要な情報はごくわずかしかない。

これによって問題となるのは、このような質問と答えという形式が取られることにより物語内の時間が分断されてしまう点にある。物語の時間は直線的に進むことを止め、進んでは止まり、また進んでは止まりという運動を繰り返す。このこと自体は、第十二章において見られた漸進性と同じく、映画が獲得した時間の操作可能性を反映していると見るのであれば、映画的であるといえるが、第十二章のような中心となるナラティヴがない点において性質を異にしている。第十七章には、先ほど要約をするにあたり示したようなアクションがあるのだが、第十七章における質問と答えはそのアクションを示すのとは違う意図を持っているように感じられる。たとえば、「彼らの年齢の間にいかなる関係があるか？」という質問に対する「十六年前の一八八八年にブルームが現在のスティーヴンの年齢であったときスティーヴンは六歳であった。一六年後の一九二〇年スティーヴンが現在のブルームの年齢になるときブルームは五四歳になる。一九三六年にブルームが七十歳、スティーヴンが五十四歳になると最初は十六対〇であった彼らの年齢比率は、十七と二分の一対十三と二分の一となり、将来任意の年数が加わるにつれてますます比率は大きく格差は小さくなるであろう……」という答えは、二人の年齢の関係を数学的可能性を列挙する遊びの中に置くことで、現在という時間から太古から未来へと永遠に続く時間の中に二人の関係を開く役割を果たす（U 17: 446-461）。

『ユリシーズ』は、内容の小説というよりは、文体と形式の小説である。その意味するところは、小説の中で起こることが一義的に重要となるのではなく、文体と形式が、それよりも高い次元において意味を決定する、ということである。『ユリシーズ』の文体と形式は、小説の中で起こることをもとにして、あるいはそれとは別のところで、意味を付け足す。それは、装飾であったり、意味の補足であったり、意味の軌道修正であったり、新しい意味の示唆であったりと多様な働きをする。第十七章の場合、起こっていることと、文体・形式との関係は相当程度ねじれ、離れている。要約で記したこの章の中のアクションとこの章の冷たい質疑応答形式との間にはつながりを見出すのが難しい。それはとりわけ、ブルームがスティーヴンの知的レベルに合わせようと、スティーヴンであれば使うであろうような外来語表現を自分の会話表現に織り交ぜ、スティーヴンに自らの存在を印象づけようとする様子、およびそのような大げさな表現を使うことから胡散臭さやまやかし性が生じ、なにが本当でなにが偽物なのかの境目があやふやになる様を文体のレベルで模し、示した第十六章の後に続く章であるがゆえに余計に目立つ。というのは、スティーヴンに対し自らの存在や知識をアピールしようとするブルームの態度は、第十七章においても第十六章と変わらないであろうことが当然予想され、実際多岐にわたるトピックが質問と答えに取り上げられていることはそのことを示すが、第十七章の文体は、ブルームの熱い態度を読者に感知させないまでに冷たい。この章で起こることにしてもブルームの態度にしてもそれらを表すのに適切とはいえない第十七章の文体は、別のところにある意味を探すよう読者に促す。第十七章の文体が生み出すねじれ、距離、あるいは、不協和音は、弁証法的に作用し、より高い次元での新しい統合的意味を要求する。

その新しい意味の在処を示すヒントは、三四番目の質問「夜ひげを剃ることにどんな有利な点があるか」に対する答えにある。そこには、その方がひげがやわらかいとか、前回使ったブラシを意図的に石けん水の中に置いたままにしておいたのであればブラシがやわらかいといった理由に加えて、「一日の出来事を静かに振り返ることができる」という理由が書かれている(U 17: 277-87)。つまり、ブルームは一日が終わろうとする時間に、振り返ろうとする事柄との間に生まれた時間的距離により、静かな心持ちのもとでその日の出来事についてあれこれと考えるのを習わしとしている。第十七章の文体の冷たさは、ブルームがその日の出来事を振り返るときの静かな精神を反映するものであり、第十七章の問いと答えから成る文体は、ブルームが一日の終わりに日課として行っている内省と関係があるのである。

しかしスティーヴンが去った後ブルームが感じた「星と星との間の冷たさ」を思わせるほどの冷たさが必要だったのは、それなしには扱うことのできない大きな精神の混乱と動揺があったからである。冷たさが感じられるほどに客観的な沈静化を図らねばならなかったことは、その精神の混乱・動揺をもたらす源の持つ力の大きさが、それほどまでに大きいことを物語っている。質問と答えという形式は、単に一日の出来事を振り返るときの検証する態度を示すだけではない。核心にある問題に立ち向かうのを遅らせたい、その問題から逃れたいという気持ちをも表している。それは質問と答えが繰り返されればされるほど、進みが遅くなること、核心へ迫るのが遅れていくことに現れている。それほどまで大きな核心とは『ユリシーズ』においては一つしかない。モリーの姦通である。『ユリシーズ』という小説は、本書第1章でも見たように、愛する妻が他の男と関係を持つことになることを予期しつつも、それが行われる当日に、その危機に苦しみ、その問題から目を背けようとしたり忘れたりしようとしながら逃避し、それでもなお止めることのできない時間の流れの中でその現実を受け入れざるを得ず、受動的にその難局に立ち向かい乗り越えようとする男の物語である。したがって、『ユリシーズ』とは精神の世界の物語である。彼が精神の世界で受ける受難は大きく、叙事詩になぞらえるに値する。それこそが、ジョイスがこの小説に「ユリシーズ」というタイトルを与えたことの意味であり、その認識こそ、現代のダブリンにおける一大エピファニーとなる。

第十八章もまた完全な形で映画化するには難しい。前章でなんとか気持ちを落ち着かせたブルームが、おそらくは意を決してモリーのいるベッドに入り、卵二つをつけた朝食を翌朝出してくれと頼み、モリーの尻にキスをし、胎児のような姿勢で眠りにつくブルームの傍らで、モリーは物思いにふける。前の日に行われた密通（とはいえブルームは知っていたが）の相手のボイランについて、ブルームが連れてきたスティーヴンについて、過去の男たちについて、そしてブルームについて。第十八章で起こることといえばそれだけである。この章においても問題なのは文体である。

映画的でないがゆえに映画的

第十七章や第十八章は、そこに映画的な要素がないわけではないが、今見たように、章全体で見るならば、映画的とはいえない。このような章の存在は『ユリシーズ』の映画的性質を考えるときに妨げとなるであろうか。その問いに対する答えは否と考える。その理由を以下で述べる。

『肖像』と映画との関係を論じた前章の繰り返しになるが、投写式の映画の誕生は一八九五年にまで遡る。当初は、動くものを写し・映すことができることに対する畏怖に近い驚きと単純かつ純粋な喜びを表していた（その意味ではまだ今日的な意味での映画になってはいなかった）映画は、現実を写す・映すことを原点としつつ、その対象をナラティヴの領野に少しずつ広げながら、ジャンルとしての映画の土台を固めていく。一九〇〇年代後半には、いわゆる「映画の文法」が作られていき、今日の映画の基礎が固められていく。上映時間についても、当初はほんの数十秒程度の長さしかなかったものが、『肖像』が本として発表される頃には、三時間を超す大作が作られるようになる。このような映画の歩みを、デイヴィッド・ボードウェルとジャネット・ステイガーは、一八九五年から一九〇六―一九〇八年の期間を原始的映画期、一九〇六―一九〇八年から古典的ハリウッド映画様式に至る移行期に入り、おおむね一九〇九―一九一一年に始まった古典的ハリウッド映画様式の形成はおおよそ一九一七年までに完結するとしている（Bordwell and Staiger, ch14）。

ジョイスが創作を始め、作品を発表していくのは、まさに映画が、芸術形式として、文化として確立されていく時期と重なる。そのとき芸術家としてのジョイス、とりわけ、『肖像』最終部で高らかに宣言をしているように、これまでにない芸術を作り出そうとする芸術家としてのジョイスであるならば、映画から影響を受けないはずがない。とりわけ、一九〇九年にアイルランド初の映画館ヴォルタ座をダブリンに開館しているジョイスであるならば、これまでにない芸術を考えようとするとき、映画という新しい芸術形式を視野に入れずにすますことは考えられない。

映画からの影響は二つの形を取ることになるだろう。一つには、映画が切り開いた新たな地平を積極的に取り入れようとする形が考えられる。そのとき映画は、新しい可能性を文学にも開いてくれる希望としてある。もう一つには、映画というこれまでにない芸術形式が誕生したモダーンな時代において小説が存続し得るかを考えるに違いない。モダーンな映画が誕生したことで、「古い」芸術形式となった小説にはたして存在する意味があるのか、どのような形を取るならば小説が存在し得るか、を考えたに違いない。そのとき映画は、新しい、より豊かな可能性を秘めた芸術形式であるがゆえに、不安や怖れの対象としてある。当時書かれた記事には、映画と演劇の関係を論じるものが散見されるが、そこには実際演劇に関わる人たちが抱いた不安が色濃く出ている（Murray, 1）。そのような状況の中で、小説は映画では描けないものを描くのでなければ意味がないと考える人がいたとしてもなんら不思議はない。モダニズムという革新の時代に生きたジョイスの、あるいは他のモダニズム作家の革新の根は、このような希望と不安という相反するものに一つには求められる。

話をもとに戻すならば、『ユリシーズ』に存在する映画的でない章は、純粋に――ということがあり得るとして――映画的でない可能性もあるが、映画という芸術形式を意識するがゆえに、映画という芸術形式に対抗して小説の小説らしさを主張した章、あるいはもっと大きくいうのであれば、映画という芸術形式がある現代において、小説の可能な形、あるいはあるべき小説の形を示した章、小説がまだ芸術として生き残る価値があることを証明するための反映画的な章として考えてみる必要がある。その観点からすれば、映画的でないことは、必ずしも映画的でないことを意味するのではなく、逆説的に映画的であることを意味する可能性がある。ジョイスの『ユリシーズ』中に見られる映画的性格からすれば、『ユリシーズ』における反映画的な性質を示す章は、映画的であることを反転した形で示すと考えることができる。

第12章　『ユリシーズ』とモンタージュ

ジョイスと映画

ジョイスの小説と映画との関係を論じるときに障害となったことが三点ある。そのまず一点目は、伝記的な資料が少ないことである。ジョイスが映画を観ていた事実は随所で確認できるのであるが（Murray, 124; Rocket, 21; Trotter, 87; Spiegel, 71-80; Burkdall, 1-8）、いつどのような映画を観ていたのかは未だにはっきりしない。ジョイスがダブリンに開いた映画館でどのような映画をかけていたかも近年に至るまで明らかにされなかった。そのために、ジョイスの伝記においても十分な関心が向けられたとはいえなかった。エルマンはジョイスの映画館開設を投機目的という観点でしか見ていない。しかし、これは前述のようにジョイスがいつどのような映画を観たのかはっきりせず、また当のジョイス自身が、映画に触れることが少なかったことを考えるのであれば仕方のなかったこととともいえる。ジョイスが映画に触れる度合いの少なさは、不自然なほどで、そこには意図的なものすら感じられる。というのも、当時銀行勤めをしていたジョイスが、一九〇七年に弟のスタニスロース宛に送った手紙に、「映画しか興味をもてるものはない」と書いていることからすれば（書簡集Ⅱ、217）、相当数の映画を、早い段階から観ていたことは間違いなく、ジョイスがアイルランドで最初の映画館を設立している事実からもそのことはうかがわれる。また『スクリブルドホブル』という本の形でまとめられた、ジョイスの創作用ノートの中にも、『ユリシーズ』第十五章に関連して「映画は偽りの姿を示す」("cinema fakes")という記述が見られ、ジョイスが『ユリシーズ』を書くにあたって映画を意識していたことを裏付ける(Connolly, 119)。それにもかかわらずジョイス自身が映画について言及することが少なかったことは、自身にとって重要なこと、あるいは作品の鍵となるようなことはあえて隠す、おおむねどの作家にも共通して見られる傾向によるものと考えてよい。小説においても映画の存在は構造的に隠されている。観る側としても観せる側としても映画に携わり、映画がモダーンな生活に欠かせないものとなるまでを目の当たりにしてきたはずのジョイスの姿は、『ユリシーズ』の舞台が一九〇四年六月十六日という一昔前に設定され、しかも一日という短い時間の中の物語として語られるとき、巧妙に隠されてしまう。『ユリシーズ』において映画に関連した――あるいは関連している可能性のある――事柄に言及されるのは、以下の五箇所のみである。ブルームが第八章で食べものの名前として想起する「デビル・クラブ」(U 8: 762)は、ジョイスがヴォルタ座の初日にかけた映画のタイトルでもある。マッコイとレネハンの二人が第十章でそばを通った、「ダン・ローリーのミュージックホール」(U 10: 495)は映画も出し物に入れていた場所である。第十三章でブルームが思い浮かべる「ケイペル通りのミュートスコープの写真。男性専用。ピーピング・トム。ウィリーの帽子で女たちはなにをしたか」(U 13: 794-95)は、投写式映画よりも前にあった映像を用いた成年男性用のエロティックな娯楽への言及である(Don Gifford, 394)。第十六章で言及される「バッファロー・ビル」(U 16:404)は、「バッファロー・ビルズ・ワイルド・ウェスト」(一八九四)という映画への言及とも考えられる。第十七章でブルームが魅力を感じる場所として挙げていた、「まだ誰も無事にわたったことのない」「ナイアガラ瀑布」(U 17: 1987)は、初期映画でよく撮影されていた、特に海外の、人がまだ行ったことのないような場所の一つであった(1)。

障害となった第二点は、映画の歴史の中で、ジョイスが影響を受けていた時期の映画はちょうど初期映画の時期にあたるが、初期映画自体が映画批評の中で軽視されてきたことを挙げることができる。意識的にか無意識的にか、今日あるような映画を映画のあるべき姿とする観点から、そのような形態をまだ帯びることのない初期映画を、映画となる前の映画と見る風潮が間違いなくある。もっとも初期段階の映画を原始的と呼ぼうとすることの中にそれは如実に示される。ときにはほんの数十秒で終わり、中にナラティヴもなにもない、ただ撮れるものを撮って映しているにすぎないように「見える」初期映画であれば、「原始的」と形容したくなったとしても理解できないことはないが、初期映画には初期映画の見るべき点がある。それが認められてきたのはようやく近年に至ってのことである。その背景の一端には、初期映画の多くが、経過する時間の中で朽ちてしまった事情がある。ジョイスがダブリンに開いた映画館で上演していた映画についても事情は同じで、現存するものは残念ながらわずかしかない（McKernan; Sicker）。

障害となった第三点は、ジョイス批評における偏りにある。ジョイスの小説と映画との関係が論じられるようになったのは、ソヴィエトの映画監督セルゲイ・エイゼンシュテインが『ユリシーズ』の映画性に触れて以来のことで、その意味においては早くから取り上げられてきた問題といえる。エイゼンシュテインはヨーロッパ来訪中の一九二九年十一月にジョイスに会い、『ユリシーズ』において使われているモンタージュの手法を賞賛し、映画がやろうとしていることをジョイスはすでに小説の中で行っているとジョイスを高く評価した。以来ジョイスと映画の関係を論じる際には、いわばモンタージュの技法を使った作品として扱うことが伝統となってしまい、以後の『ユリシーズ』批評はその流れから逃れることが難しくなってしまった。モンタージュ以外の観点から映画との関係を扱うようになるのは、ようやく近年に至ってのこととなる。

エイゼンシュテインの二つのモンタージュ

エイゼンシュテインが『ユリシーズ』および自身の作品にどのようなモンタージュを考えていたのかを見ていこう。エイゼンシュテインが『ユリシーズ』に見出していたモンタージュは、意識の流れにあった。『ユリシーズ』の中で起こる事柄とは別に語られる意識の流れにエイゼンシュテインは映像と意識の流れの二重写しを見た（Murray, 125）。エイゼンシュテインはしかし無声映画においては意識の流れのモンタージュを表すことは難しいと考えていた。作品を読むときに、一方で小説の中で起こることを読みつつ、もう一方で意識の流れを読むのと同じように、一方では、小説の中で起こることを描き、そこに音声で意識の流れをかぶせるヴォイスオーバーを最適な表現方法と考えていた（Murray, 125）(2)。

エイゼンシュテイン自身が用いたモンタージュの概念は指す範囲が広く、それを一言で表すのは難しいが、個々の断片にイメージの方向性を持たせて、それらを全体へと統合させる構成をすること、と定義できよう。あるいは、異なった表層的な意味を持つものを意味の方向付けをしつつ対位法的に配置することで、より高次の全体的意味へとまとめ上げる弁証法的手法といってもよい（エイゼンシュテイン、1981: 14, 65, 78, 97-98, 131-32, 157）。その手法を用いた「戦艦ポチョムキン」（一九二五）における最も代表的なモンタージュは、反乱に成功したポチョムキン号の水兵たちが、市民を虐殺するコサック兵たちに向かって始めた艦砲射撃により炸裂する砲弾と三頭のライオン像とを交互に映し出す場面にある。うずくまっているライオン、前足で立ったライオン、そして最後に立ち上がったライオンを順次映し出すことによって、蜂起した民衆の怒りを表現している。

小説と映画に見られるこの二つのモンタージュは、見かけは異なるが、そこから共通項を抽出することができる。それは、両者ともがそれぞれ異なった二種類のものを並置することにより関連づけを行っている点にある。『ユリシーズ』において並置されている意識の流れと小説内で起こる事柄の場合は、そもそも意識の流れが小説内で起こることへの反応となっていたり、あるいは意識の流れで描かれることが小説内で起こるという意味においては、すでに関連がある。その意味では後者とは異なる。「戦艦ポチョムキン」において並置される、炸裂する砲弾とライオン像との間には本来的な関係はないからである。しかし、前者の場合にも、内容での重なり合いがあるにしても、並置される二者が示す意味という点では相互に異質であり、その意味では後者と変わらない。また前者の場合には音声（=意識の流れ）と映像が並置されるのに対して、後者の場合には、映像（打ち込まれ、炸裂する砲弾）と映像（そこにカットインされるライオン像）とが並置されるという違いもあるが、ここで重要なのは、異なった二種類のものを並置することで結びつけを行うということで、その結びつけるものの媒体の違いはとりあえず問題としなくてよい。

隠喩とモンタージュ

異なった二種類のものを並置することにより行う関連づけとは、新しい意味の創造である。別種のものを、結びつけて新しい意味を生み出す弁証法的なプロセスは、文学には馴染みが深い。モンタージュは、なんのことはない、隠喩と同じ構造を持っているからである。文学における隠喩とは、あるものに代えてそれと似ているもので表現するレトリックを指す。似ている対象を明示する比喩である明喩（simile）に対して、その似ている対象を明示しない比喩を隠喩、あるいは暗喩（metaphor）という。たとえば「星が笑う」という隠喩的表現は、星が瞬く様と、人が笑う様が似ていることを前提に、「瞬く」という言葉の代わりに、それと似ている「笑う」という言葉をもって表現をしている。「瞬く」は、それと似ている「笑う」でもって置き換えられている。

隠喩がレトリックとして機能し、文学的、あるいは芸術的な意味を持つのは、本書第10章でも触れたように、そこに「である」と「でない」を同時に含んでいるからである。隠喩に含まれる「〜のような」「〜のように」という喩えは、「〜のようである」ことを意味するが、同時に「〜ではない」ことをも意味する。星は、人が笑うのに似たように瞬くという意味では、「笑う」といえても、字義通りの意味では星は「笑わない」。この「である」と「でない」の間の差、あるいは矛盾が文学的・芸術的な価値を生み出す。差、あるいは矛盾自体が文学的・芸術的なのではない。それは通常であれば、単なる差・矛盾としてしか理解されない。重要なのは、その両者が隠喩となるときに統合されるという点にある。つまり、「である」が「でない」という差・矛盾が、いってみれば弁証法的に解消され、統合されているのである。ここに文学的・芸術的価値がある。隠喩の中に直感的に感じ取られる差・矛盾は、理解を一時停止させ、緊張感を生み出す。隠喩的関係が理解され、その差・矛盾が解消され、統合されるとき、緊張感が解消される悦びと、新しい意味が生み出される悦びが生じる。

これまで確認してきたモンタージュと文学における隠喩の両者に共通する構造から、両者の類縁性が明らかになるが、両者の媒体の違いから生じる違いにも注意を払っておきたい。単純ないい方をするなら、映像の場合には、映し出された映像は、その映し出されているものを限定的に意味する。たとえばりんごが映されるとき、そこに示されるのは、その映像によって示されたりんごであって、ほかのりんごではない。カラー映像であれば、色も明確に限定されよう。白黒映像であっても、その白黒の濃淡の限定されたりんごとして理解される。そして映像の場合には、なによりも、「そこにある」「そこに映し出された」りんごであって、それ以外の、そこに映し出されているのではないりんごではない、という大きな限定が加えられる。それに対して言語で「りんご」といった場合には、「りんご」ではあるが、その属性は受け止める側の裁量に任される。つまり、「りんご」と書いてあるのを読む人は、「青いりんご」を想起するかもしれないし、人によっては「赤いりんご」であるかもしれないし、「青森のりんご」であるかもしれない。

りんごであれば、どのりんごでもよいのである。言語の場合にも、映像の場合同様、指示対象とするものを意味するが、言葉とそれが意味するものとの間には、映像の場合と違って、あそびがあるといってよい。映像は、その情報量の多さから、指示対象を限定してしまう。それが映像に言語が持つ以上の「本物らしさ」(verisimilitude)という幻想を与える。

映像が現前にあるものを一義的に示す性質を持つということが意味するのは、映像の場合、「である」と「でない」を同時に併せ持つ隠喩的な比喩を表すのは難しいということである。なぜなら現前にあるものを一義的に示すということは「である」ことをのみ表すからである。モンタージュという技法が映像に必要であったのは、このような映像の性質による。映像では表すのが難しい「でない」の部分を補うための一つの手法としてモンタージュはある。とするならば、ここからモンタージュの本質的な異質性が浮かび上がってくる。つまり、同じ類似関係を表す手法であるにしても、映像の場合には、「でない」部分を並置することで強引に「でないが、である」状態を生み出しているといえる。同じ隠喩的な表現であるにしても、基本的に異質で、「でない」ものを、並置することで強引に関係づけるのが、モンタージュであるといえる。とするならば、モンタージュにより示される類似関係は、常に外部から持ってこられることになろう。このことは、言葉による隠喩の場合に、隠喩という形を帯びたときにはすでに似ているものによって代置が行われており、類似関係が内部に取り込まれて、埋め込まれているという意味において、類似関係が内在的であるのと対照をなす。

このことが意味するのは、隠喩とモンタージュは、両者ともがそれぞれ異なった二種類のものを並置することにより関連づけを行う比喩である点においては同じであるが、その作られ方という点からすると方向性が逆で、種類が別と考えられるということである。隠喩に含まれる「である」と「でない」ということでいうと、常に外付けの形で「でない」を並置し、無理矢理「である」を生み出すモンタージュは、十六世紀から十七世紀にかけて活躍した「形而上学派」と呼ばれた詩人たちが詩の中で使ったコンシート（conceit）と呼ばれる比喩に似た、遠い関係にあるものを無理矢理結びつける力業とおもしろみを内在的に含む。

映像における隠喩と文学におけるモンタージュ

隠喩とモンタージュの種類が異なるということは、両者が手法としては異なったものとして現れることを意味する。映像における隠喩がモンタージュであるにしても、文学におけるモンタージュは隠喩とは必ずしもならない。モンタージュは、隠喩の一種であるにしても、隠喩とは別の現れ方をする。その理由は、繰り返しになるが、隠喩の場合には、似ているものに置き換えられることで類似関係が示され、それにより似た関係にある二つのものの関係がすでに内部で処理された形で現れるのに対して、モンタージュの場合には、あるものに、それとは違う別のものを加え、並置することで類似関係が示されるため、似た関係にある二つのものの関係が外部に現れた形になるからである。したがって、映画の手法を取り入れた文学作品には、隠喩とは別にモンタージュが現れることになる。

『ユリシーズ』の中に例を探すのであれば、それは第一章冒頭部に早くも現れる。マーテロ・タワーの上に、話をしているマリガンとスティーヴンがいる。マリガンは、最後の晩餐で「これは私の体なり」といったキリストをもじって、ひげを剃りに使うシャボンの泡をキリストの体に見立て、黒ミサをする牧師のごとくそれが体に戻る秘儀を見せようとする。調子のよいことをいうマリガンの口元に目が向くと、金の被せものをした歯が光る。

彼［マリガン］は牧師の口調で加えて言った。

――というのも、みなさん、これは真のキリストでしてね。体も魂も血も槍によってできた傷も。ゆったりとした音楽を頼む。紳士諸君、目を閉じていただけるかな。少々お待ちを。どうやら白血球あたりにちょっと問題があったらしい。みなさん、お静かに。

彼は横から上にのぞき込んで長いゆっくりとした口笛を吹き、熱中した様子で少し間を取った。並びのよい白い歯を金の被せもののついたところできらきらと光らせながら。クリュソストモス。鋭い口笛が二つ静けさの中返ってきた（U 1: 20-27）。

そのあとに突然現れる「クリュソストモス」という言葉は、その前の文の調子とも、その後の文の調子とも合わず、浮いた言葉になっている。まず一つには、その意味が不明で、前後の文脈との関係もわからない。もう一つには、前後にあるのは、その三人称の語りから語り手による地の文であることがわかるが、一言ぽつりとつぶやかれたようなこの言葉を地の文の一部と考えることは、まったく不可能であるとはいえないにしても、難しい。この単語一つだけでなにかを意味しようとするのは、語り手による前後の描写と趣旨が異なっている。ドン・ギフォードが『ユリシーズ』に付けた注によれば、「クリュソストモス」という言葉は、雄弁であることから「金の口を持つ」と形容された古代ギリシア人の名を示すが（Don Gifford, 14）、それを想起できるほどの深い知識を示すこと、およびそれを読者に求めることは、語り手の意図と異なる。また単語一語による表現はつぶやきにも似て、その簡潔性ゆえに、心の中で起こる感情の現れを想起させ、これまた語り手による状況描写と齟齬をきたしている。このことからこの言葉は、『ユリシーズ』において「意識の流れ」が一番最初に現れた例と見なされるわけであるが（Riquelme, 160）、この言葉は、異質なものを並置し、並置することでその関連づけを求め、出来上がった関連づけにより異質性の解消をはかると同時に新しい理解を生み出す。

この後スティーヴンが死に際の母親のことを思い出す場面で、母親が吐いたものがたまる椀と目の前に広がるダブリン湾が重なるのもモンタージュの例といってよい。

スティーヴンは、肘をザラザラとした花崗岩の上に置きながら、手のひらを額にあて、てかりの出た黒い上着の袖の端を見ていた。まだ愛の痛みとはいえない痛みが、彼の心を苛立たせた。音もなく、夢の中で、彼女は死んでしまった後、彼のもとにやってきて、ぶかぶかの茶色の経帷子の中の彼女の痩せた体は蝋と紫檀の匂いを放ち、彼の上に、物言わず、恨めしげに、かがみ込むときに彼にかかる彼女の息は、湿った灰の匂いをかすかにさせていた。彼は、すり切れた袖口越しに、横にいる栄養分の行き届いた男が偉大なる優しい母とほめたたえた海が見えた。湾と水平線が作る輪はくすんだ緑色の液体をたたえていた。彼女の死の床の横に置かれた白い陶器の椀には、発作を起こし大きなうめき声を上げて吐いたときに彼女がもうだめになった肝臓からむしり取るように出した、ドロっとした緑色の胆汁が入っていた（U 1: 100-10）。

このようなモンタージュは、すでに『若き日の芸術家の肖像』（以下『肖像』と略す）にも見られる。第一章も終わりに近いところで、子どもたちがほかの子たちがしたことに対して懲罰を受けるかもしれないことについて話す場面に次のような描写が入る。

——反乱を起こそうじゃないか、とフレミングが言った。どうだい？
みんなはだまっていた。あたりはしんとしていて、クリケットのバットの音が聞こえるけれど、それも前よりゆっくりしている。ピック、ポック（P 44）。

ただ単に子どもたちが話をしているときに、クリケットのバットの音が聞こえていたように読めるこの文が、スティーヴンの心象を表していることは、この後も繰り返されるクリケットのバットの音への言及を読むとわかる。一ページ後に、

みんなが笑った。でも少しこわがっているのが感じられた。しんと静まり帰った灰色の大気に中でクリケットのバットの音があちらこちらから聞こえてきた。ポック。あの音は聞こえるだけだが、もし実際にぶたれたら痛い。罰棒も音を立てるが、でもあんな音じゃない（P 45）。

と描かれるとき、クリケットのバットの立てる音は懲罰棒によってぶたれるときの痛みを連想させるものとしてスティーヴンの心の中にある。そうすると、一ページ前に聞こえたその音も、教師への反乱という行為の物理的暴力性とそれを起こそうとする者たちが心の中にため込むエネルギーと関係することがわかる。バットの音がゆっくりと聞こえるのは、反発する気持ちを持ちながらも、いざ立ち上がろうと呼びかけられると尻ごみしてしまい、気持ちがにぶるからであろう。第一章最終部でもクリケットのバットの音への言及が再び行われるときには、そこには更なる変奏が見られる。

やわらかい灰色の静けさの中でボールのぶつかる音が聞こえていた。そしてあちらこちらからクリケットのバッ

トが立てる音が、やわらかい灰色の空気を通して伝わってきた。ピック、パック、ポック、パック。いっぱいになった水盤にゆっくりと落ちる噴水の小さな水滴のよう（P 59)。

ここに至るまでにスティーヴンは、無実の罪によりドーラン神父から不当な懲罰を受け、その嫌疑と屈辱をコンミー神父に直訴することにより晴らしている。バットの立てる音が、水滴の音と重なり合っていく明喩的なモンタージュは、暴力的なエネルギーが浄化され、落ち着きを取り戻したスティーヴンの心持ちを見事に表している。

これらの例から、モンタージュとはジョイスが得意とする観念の連鎖を表現する方法の一つにすぎないとの印象を持ったとしても、なんら不思議はない。モンタージュとは、そのよう観念の連鎖の結果として表れる。重要なことは、いくつかある観念の連鎖の表現法の中から、モンタージュという形を選択しているということであろう。『ユリシーズ』だけではなく早くも『肖像』においても見られるモンタージュの例は、ジョイスが観念の連鎖を表現する方法の一つとして、映画的なモンタージュという手法を選んだことを意味している。

「つなげる」モンタージュ

モンタージュが、あるものやある情景と、それを見て想起されるイメージを並置していくとき、モンタージュはその二つを「つなげる」。「つなげる」とここでいうのは、通常であれば関係が見つからない二つのものの間に関係性を見つけるということと、その関係性によって新しい意味を生み出す作用を指していっている。このとき、「つなげ」られる二つのものの時間と空間には、一時停止と重なり合いという二つのことが起こる。モンタージュが起こった段階で、「いま」と「ここ」はまず一旦宙吊り状態に置かれる。その前段階を経て、「いま」と「ここ」とは違う時点・地点と「つなげ」られ、そこと重なり合う。死んだ母のことを思い出すスティーヴンは、意識あるいは思い出の中にある、その意味では定まりを持たず浮遊している、どこにあるのか不明の時点・地点へと身を移す。それは過去に戻るということとはまた違う。語りはその過去に戻らないし、朝八時頃のマーテロ・タワーという物語的現在は変わらない。また、母親が死の床にあったのは、過去の事実であり、それは固有の場所と過去の時間を持つが、意識や思い出の中にあるその病床の母親像は、過去に起こったことに基づきながら現在とは違うという意味での「過去」という曖昧な枠組みの中にあるのであって、その明確な時間・空間的属性は保留されている。

モンタージュにより、ある時点・地点が、それとは違う時点・地点に「つなげ」られ、ある時点・地点がその時点・地点であることを一時停止されるとき、時間と空間に制限されない不思議な空間が切り開かれる。時間と空間に制限されないという意味で、無時間的、無空間的空間が切り開かれるといってもよい。モンタージュとはそのような特殊な時空を切り開く契機でもある。

静的・詩的モンタージュ、「シンボル化」とエピファニー

モンタージュによって展開されるこのような時空は、その中で物事の動きが止まり、イメージだけが残るという意味において、静的(static)である。そこには静けさも漂う。ゆえに、モンタージュの理解は、静かに、静的に行われる。モンタージュによって切り開かれるそのような性質を持った無時間的、無空間的空間は詩的空間といってもよい。動き、時間が一旦止められ、ある時点・地点がその時点・地点であることを一時的に保留される状態をもたらすことを指し示すには、切り開くという表現がふさわしい。この動きの中で起こることは、概していえば、イメージ化である。動き、時間が一旦止められ、ある時点・地点がその時点・地点であることを保留されるということの意味は、目の前

の情景やアクションが表層的な意味のレベルから、その下の意味のレベル、イメージのレベルへと切り替えられるということである。そのことが、同じ意味のレベル、イメージのレベルにある他のものへと結びつけられることを可能にし、それを促す。早くも一九一六年に映画論を著したミュンスターバーグが、映画における映像は見えるままの意味を表すのではなく、なんらかの別の意味を表すためにあるということを表現しようとして、映像は事実とシンボルが入り交じったものあるといった (Münsterberg, 30)、その意味での「シンボル化」がまさに起こっているのである。表層的な意味、つまりは目の前で起こっていることを字義通りに解釈するレベルでの意味から、深層にある意味、つまりは記憶や知識と結びついて形成される、より広く深い視野のもとで生み出される意味へと、切り替えが行われているのである。

この意味のレベルの切り替えをミュンスターバーグの言葉をヒントに「シンボル化」と呼ぶことにするならば、これはジョイスの小説の本質にあるものと似ていることに気がつく。それはつまりエピファニーである。そのことを理解するために、エピファニーがエピファニーとして感知され、記憶され、それが小説に描かれるまでの時系列と、最終的に小説の中の描かれた場面に至るまでの過程を再度確認してみよう。まず作者が生活をする中でエピファニーは現れる。ジョイスが見聞きするその場面の中に、その場面で行われていることとは違う別の意味が現れる。それにより日常的な場面の中からジョイスは精神的な意味を抽出していく。具体的な事象から、たとえば卑俗的である、あるいは美的であるといった、抽象的な意味を引き出す。ジョイスがこれらをエピファニーとして記録に残すとき、具体的な場面は、精神的な意味を表す記号、すなわちシニフィアンの役割を担わされる。ジョイスは、このようにして出来た記号（シニフィアン）と意味（シニフィエ）の関係を用いて、ちょうど意味（シニフィエ）を表す記号（シニフィアン）としての文字を使って文章を書いていくのと同じように、小説を書いていく。

映画との関係でいえば、ここで注目すべきは二点ある。一つは、小説にエピファニーを描いていくときには、ちょうどエピファニーが形成されるプロセスとは逆のプロセスが起こっているということである。つまり精神的な意味を表す場面の再現＝再構成が行われるということである。その再現＝再構成とは、『肖像』について論じた際にも触れたように、映画的な意味での場面（シーン）として描くことを意味する。『スティーヴン・ヒアロー』と『肖像』には、同じエピファニーを扱う部分があるが、その描き方が異なっていたことはすでに本書第1章において見た通りである。その際場面（シーン）として描けているか否かの違いが作品としての完成度の違いとなっていたこと、場面（シーン）として描く『肖像』の描き方を踏襲した『ユリシーズ』が、その意味において映画的な描写法を引き継いでいることはもう一度確認をしておいてよい。

注目すべき点のもう一つは、エピファニーとして精神的な意味が抽出される段階で、先にモンタージュについて見た「シンボル化」が起こっているということである。エピファニーとしてとある出来事から「精神的意味」が抽出されるとき、その出来事は文字通りの意味とは別の意味を帯びる。表層的な意味、つまりは目の前で起こっていることを字義通りに解釈するレベルでの意味から、深層にある意味、つまりは記憶や知識と結びついて形成される、より広く深い視野のもとで生み出される意味へと、切り替えが行われている。

モンタージュとエピファニーに共通する点は、両者に類似性を与える。より正確には、モンタージュにはエピファニーが持つ性質の一端がある。モンタージュを目にしたとき、エピファニーを感じるのは、このような理由による。先に見た、マリガンが歯に被せた金が目立つ口で調子よくしゃべる様子から「クリュソストモス」という言葉がひっそりと置かれる場面にしても、マーテロ・タワーの上から眺め見るダブリン湾から母親が胆汁を吐いた椀を思い出す場面にしても、そこにはエピファニーを思わせる「精神的意味」の表出がある。

「である」と「でない」が混じった世界を切り開くモンタージュ

現在でもなく、過去でもないという意味で無時間的な時間、ここでもほかのどこかでもないという意味で無空間的とでもいうべき空間、それは「である」と「でない」が入り交じった時空間である。モンタージュが隠喩と共通の構造を持つことはすでに確認したことである。その隠喩に特徴的なのは、「である」と「でない」が同時に存在し、矛盾した状態が作られることであることも確認した。今確認したことは、隠喩において特徴的な「である」と「でない」が同時に存在する矛盾した状況が、時間と空間についても起こるということである。このことが『ユリシーズ』において持つ意味は大きい。なぜならば、『ユリシーズ』とは、「である」が「でない」を多層的に表す小説であり、そうして開かれた狭間の世界を垣間見させる小説であるからである。

「である」と「でない」は様々な装置によって生み出される。T・S・エリオットが神話的手法と表現したホメロスの『オデュッセイア』との照応関係は『ユリシーズ』の本質的部分を示すものとして有名だが、これによりブルームおよびスティーヴンは、それぞれオデュッセウス、テーレマコスの役割を担わされ、彼らのよう「である」が、実際にはそう「ではない」。シェイクスピアとの照応関係、聖書との照応関係によって同様に「である」が「でない」比喩的関係が示される。『ユリシーズ』という小説のタイトル自体もそのような装置の一つである。このような小説のタイトルは通常、小説の主人公の名がユリシーズであること、あるいは小説の中で起こることがユリシーズに関連したことに近いことを示すのが普通だが、『ユリシーズ』の場合には、ユリシーズという名の人物は登場しない。小説の内容を見てもそこには『ユリシーズ』という表題が示唆するものは見出せない。したがって『ユリシーズ』というタイトルが妥当であると判断できるものは基本的にない。ジョイスについて研究をしている者であれば、それをジョイスが

『ユリシーズ』を書くにあたって作成していた計画表をもとに、『ユリシーズ』の中に『オデュッセイア』との照応関係を見て、『ユリシーズ』というタイトルもそこに還元するであろうが、ハリー・レヴィンが決して交わることのない平行関係と表現した両者の関係を（Levin, Harry, 71）、予備的な知識なしに理解することは、基本的にはできない。今日では高く評価される『ユリシーズ』も、発表当時はその意図が理解されず、評価されなかった事実は、なによりもそのことを示している。『ユリシーズ』というタイトルは、スティーヴンとブルームの物語が始まる前にその物語に並置されたモンタージュである。テクストの一番最初の、まだページ数すら与えられていないところに置かれたこのタイトルは、物語には出てこない人間の名前であるその異質性ゆえに、その意味を理解されないままそこに取り残される。読者は、そのままテクストを読み進み、一九〇四年六月十六日の物語を読む。しかし、テクストにはユリシーズの名は現れず、それに関連した出来事も起こらない。そのとき、テクストのタイトルと、テクストはまさに並置された状態にある。しかし、この表題は、『ユリシーズ』というタイトルとそれとは異質な物語が、融合され統合された弁証法的な高みへと上がることを可能にし、それを促す、契機としてある。

パララックスのかなたへ

モンタージュが、あるものとあるものを並置し、その両者を「つなげ」、そこで両者が融合された世界を生み出すことをこれまで見てきたが、その並置を可能にするものはなんであろうか。なによりもまず、並置が行われるためには、二つのものがなくてはならない。その二つは、基本的に異なったものであるが、そこにはなんらかの共通性がなければならない。モンタージュは、そのような性質を持った二つを見出す複眼的な眼差しが必要となる。ブルームが第八章で突然思い出し、その意味を知ることに強迫観念を覚えた言葉パララックス（parallax）は、そのような眼差しを説明してくれる言葉の一つである（U 8:110）。パララックスとは、「異なった地点から見たときのある天体の見え方の違い」、「視差」を意味する天文用語であるが、一般的に「異なった視座から見たときにある人・ものに現れる見え方の違い」と理解してよい。モンタージュはパララックスから生まれ、観る・読む者にパララックスを与える、とひとまずいってよいであろう。

しかし、パララックスという言葉を頼りに考えるときに、抜け落ちてしまう点がある。それは二つの見え方の関係である。天文用語としてのパララックスの場合には、二つの見え方の間に重要度の違いを設けることはおそらくないが、モンタージュの場合にはある。そこには、隠喩の場合同様、意味の方向性とでも呼ぶべきものがある。並置される二つを、本義と喩義という点から考えるならば、比喩の場合と同様に、本義よりも喩義の方に重点が置かれることになる。

この一般的性質は、重要な意味を持つ。というのも、あるものが持つ意味が、別のものが持つ意味に吸収され、あるものは別のものの持つ意味を表す記号の役割を果たすことになっていくとするならば、あるものは、それが持つ意味においてよりも、別のものが持つ意味において見ていかなくてはならなくなるからである。これにより、大げさないい方をするのであれば、あるものを見ながら別のなにかを見なくてはならなくなる。情報量の多い、アクチュアリティ・フィルムのような写実的な――ということの意味は、あるがままを映しているのであるからあるがままに解釈をするよう求めるということである――側面を持つ作品であるにもかかわらず、『ユリシーズ』がそこに描かれているのではない別のものを探させるよう読者に要請をするのであれば、そこには不気味な空隙が開けてくることになる。

注

第Ⅰ部
第1章
(1) ケルトの文様については、鶴岡真弓『ジョイスとケルト世界』、『ケルト／装飾的思考』参照。
(2) ジョイスが『ユリシーズ』を出版するにあたり、ゲラ段階で盛んに加筆をしていたことは有名である。
(3) 『オデュッセイア』を貞節の物語とはとらえない考え方もある (Herring, 49-61)。

第Ⅱ部
第2章
(1) ジョイスの計画表には Carlo Linati に送ったものと、H. Gorman, S. Gilbert に送ったものの二種類がある。ここで使っているのは後者である。計画表の内容・説明については、Peake に詳しい。
(2) 特に Marilyn French に多くを負う。しかし、彼女が、第十六章、第十七章においても narrative distance は大きくなり続けると考えている点で意見を異にする。
(3) この発展形式は、Vico の *Scienza Nuova* の公理に合致するものである。It is another property of the human mind that whenever men can form no idea of distant and unknown things, they judge them by what is familiar and at hand." (Vico, 18).
(4) 『ユリシーズ』の各章には、雑誌掲載時にホメリック・タイトルが付けられていたが，本として出版される際に削除された。しかし，慣例に従ってホメリック・タイトルで呼ぶことがある。
(5) M. Church は，『肖像』および『ダブリナーズ』にも Vico の影響を見出そうとしている。Church, 1967/1968, 150-56 参照

(6) 代表的な例は、K. Lawrence である。

第3章

(1) これらの説以外のものとしては、J. H. Raleigh, "Who Was M'Intosh," *James Joyce Review*, 3 (1959), 59-62 のジョイスの弟の Stanislaus Joyce 説がある。また、Ellmann は、S. Gilbert がこの謎の男はウェザラップであるといった、とジョイスの伝記に記している (Ellmann, 1982, 516)。

(2) Frank, 221-40, 433-56, 643-53. 'story' (*fabula*) と 'plot' (*sjuzet*) と 'spatiality' との関係については、Rabkin, 79-99 参照。'spatiality' は一九四五年に提示された考えであるが、現代性を持つ。その有効性については *Critical Inquiry* 誌上で議論されている。Spanos, Gullòn, Holtz, Mitchell 等を参照。

(3) 名前、もしくは命名に関するモチーフが『ユリシーズ』には見られる。実際に存在しているのに名前がないのが、マッキントッシュの男であるならば、逆に名前があるのに実体がないのが、『ユリシーズ』という題名に示された名前である。また、マッキントッシュの男は、着ていた雨合羽からメトニミカルにマッキントッシュと命名されるが、同じようにブルームが「捨てるから」(throw away) といったのを競馬のヒントと受け取りバンタム・ライオンズはスローアウェイという馬に賭ける。cf. Thomas, 113-14.

(4) このほかに、マッキントッシュの男の謎は、D. A. Miller の "nonnarratable" に対立的に想定され、"the instance of disequilibrium, suspense, and general insufficiency from which a given narrative appears to arise; the various incitements to narrative, as well as the dynamic ensuing from such incitements" と定義される "narratable" として見ることもできる。

第4章

(1) マーサは広告を見て応募してきた四四人のうちの一人。

(2) ブルームの下着に対するフェティシズムは、妻モリーの藤色のガーターへの執着や、ガーティー・マクダウエルのスカートから見えた下着を見ながら自慰にふける様子によく表れている。

(3) 花言葉の現れる部分の原文は、以下のようになっている。"Angry tulips with you darling manflower punish your cactus if you don't please poor forgetmenot how I long violets to dear roses when we soon anemone meet all naughty nightstalk wife Martha's perfume." (U 5: 264-66) ギフォードの注によれば、男花、サボテン、夜の茎はいずれも男性器を表し、チューリップ、忘れな草、スミレ、バラ、アネモネには花言葉としてそれぞれ、危険な快楽、真実の愛、慎ましさ、愛と美、はかなさ・期待という意味があるという (Don Gifford, 90)。

(4) わかりやすい例としては、『ユリシーズ』第六章、『フィネガンズ・ウェイク』第一巻第八章、第三巻第一章を挙げることができる。
(5) このほかにも、列車が通過したときにブルームの頭の中にイメージとして浮かんだ酒の洪水が、花びらのような泡を運んでいくと描かれる箇所（"bearing along wideleaved flowers of its froth"〔U 5: 317〕）、聖餅が食人種に受けるのは聖餅がキリストの体とされるからということを"cotton"という語を用いて説明する箇所（"Why the cannibals cotton to it."〔U 5: 352〕）、喪服姿の未亡人を雑草でもある"weeds"を用いて説明する箇所（"a widow in her weeds"〔U 5: 460-61〕）を挙げることができる（Peake, 185）。

第5章

(1) ハートは、実際に地理的に確かめることにより、第十章に描かれている人と人との出会いを一分刻みの表にしている。

第Ⅲ部

第6章

(1) 『ユリシーズ』の不毛と豊饒のテーマは、『ユリシーズ』とよく似ているT.S. Eliot の *Waste Land* のそれほどは注目されなかったように思われる。その原因の一つには、たとえば、J. Frazer が *The Golden Bough* で示したような古代世界における象徴体系では『ユリシーズ』のあまりに小さい部分にしか光を当てることができなかったことにあると考えられる。cf John Vickery, *The Literary Impact of* The Golden Bough (Princeton: Princeton UP, 1973).
(2) cf *Hamlet*, I, ii.
(3) "I thirst" (U3: 485) というスティーヴンの言葉も彼の不毛性を示すものとして解釈できる。cf. *John* 19: 2.
(4) ブルームも「溺死というのは人がいうにはもっとも快適らしい」（U 6: 988）と同じことを考える。
(5) バフチーンは、Mikhail Bakhtin, *Rabelais and his World*, trans, Hélène Iswolsky, (Bloomington: Indiana UP, 1984)（以下 *RW* と略す）、および '*Problems of Dostevsky's Poetics*, trans. Cary Emerson (Minneapolis: U of Minnesota P, 1984)（以下 *PDP* と略す）、第四章においてもカーニヴァル論を展開している。カーニヴァルと小説との間の記号論的研究に関しては、Barbara A. Babcock, "The Novel and the Carnival World: An Essay in Memory of Joe Doherty," *Modern Language Notes*, 89 (1974), 911-37; ジュリア・クリステヴァ『記号の解体学―セメイオチケ』(せりか書房、1983)、第3章「言葉、対話、小説」、第1巻、55-103 参照。祝祭としてのカーニヴァルの形態については、フリオ・カロ・バロッハ『カーニバル――その歴史的・文化的考察』(法政大学出版局、1987）に詳しい。バフチーンのいうグロテスクは、その肯定的な面を見落としている近代のグロテスク観とは違う。*RW*,30-58 における批判参照。

(6) 中世において「逆立ちした世界」のトポスが形成されていたことは E.R. Curtius も指摘している。E.R. Curtius, *European Literature and the Latin Middle Ages* (Princeton: Princeton UP, 1973), 94-98. また、Barbara A. Babcock, *The Reversible World: Symbolic Inversion in Art and Society* (Ithaca: Cornell UP, 1978) にも多くの「さかさまの世界」の文学的・文化的・文化人類学的事例の報告および研究がある。

　ここでいうグロテスク・リアリズムとは、カーニヴァルに代表・集約される民衆的・祝祭的笑いの文化において形成された美的概念、または、イメージ体系である。その中では、相矛盾したものが結合された形で表現される。その典型的な形は、笑っている妊娠した老婆、キメラ（chimera）である。Bakhtin, *RW*, 3-58 参照。V. Mercier は *The Irish Comic Tradition* (Oxford: Oxford UP, 1962) で、アイルランドにはこれによく似た 'macabre and grotesque humour' が存在したことを論じている (11, 47-77)。

(7) 「かいつまんでいうなら、終わることのない大雨によりすべてがよみがえり、実りも増すだろう……」（Ｕ 14: 521-22）。

(8) このほかにも地獄への言及は、Ｕ 15: 2908, 3205, 3518, 3889,4212 にも見られる。

(9) 格下げの一形態として、地獄で滑稽な服装をさせるという伝統がある (Bakhtin, *RW*, 383-84)。

(10) このほかにも、ブルームが高校でやった劇は、「あべこべ物語」であり（Ｕ 15: 3010-11）、マラカイ・オフリン神父は長いペチコートをつけて上祭服（chasuble）を裏返しにまとい、二本の左足をうしろ前にねじ曲げて出てくる（Ｕ 15: 4693-95）。また、ここでは、黙示録第一九章六節は "Htengier Tnetopinmo Dog Drol eht rof, Aiulella!" と逆に読まれ、神は逆綴りで dog となる（Ｕ 15: 4708-11）。Lindsey Tucker もこの章の "inverted nature" を指摘している (Tucker, 113)。

(11) 第十五章には、多くの打擲への言及がある。"the whipping Post"（Ｕ 15: 907）, "birching"（Ｕ 15: 1096）, "scourges himself [Bloom]"（Ｕ 15: 1806）, "sjambok him [Bloom]"（Ｕ 15: 1883-84）, "stone him [Bloom] and defile him"（Ｕ 15: 1900）, "stones at Bloom"（Ｕ 15: 1902）, "strikes at his [Bloom's] loins"（Ｕ 15: 3461）, "flopping"（Ｕ 15: 3671）, "raise weals out on him [Bloom]"（Ｕ 15: 3779-80）などである。

(12) Ｕ 15: 1935-56. 彼は、ベロに批難されたところでも死ぬ（Ｕ 15: 3220, 3225）。

(13) cf. Ｕ 2: 380-81, 351; Ｕ 15: 3718. このようにいうディージー氏に対して、スティーヴンは "A shout in the street" が神であるといって困惑させる（Ｕ 2: 382-86）。cf. "God: noise in the street"（Ｕ 9: 85-86）、この言葉は、民衆の文化、カーニヴァルの原理の肯定にほかならない。

第7章

(1) 同様な例は、Ｕ 11: 284-85, 331-31, 464 等に多数見られる。

(2) 同様な例は、Ｕ 11: 213-17, 289-90, 340-42, 641-42, 1074-76 等に多数見られる。このような呼応は、言葉の反復的使用をも問題とする。

(3) "Essex Bridge" は "bridge of Yessex" となる（Ｕ 11: 229）。"Bloowho"（Ｕ 11: 86）, "Bloowhose"（Ｕ 11: 149, "Seabloom, greasebloom"（Ｕ 11:

1284）という形も出てくる。

第８章

(1) Ｕ 17: 532-37, 1869-72 参照。家系に関しては、Raleigh, 11-19 参照。
もう一点興味深いことを指摘しておくならば、テクストに示されている範囲では、ブルーム家の男子につけられた名前は、レオポルド（リポティ）とルドルフという名前と、ヴィラグとブルームという姓の順列組み合わせで出来ている。このような名前の付け方は、紛らわしさを感じさせるとともに、名前とその人のアイデンティティとの間の関係が恣意的であることを強く感じさせる。またヴィラグというのは、ハンガリア語で花を意味する言葉で、ブルームならびに彼が偽名として使っているフラワーという名前と意味の点で共通点を持っている。

(2) 同様に、第十三章での「自分を逃げ出したつもりで結局また自分にぶつかる」（Ｕ 13: 1110）というブルームの考えは、第九章においてスティーヴンがいっていることと似ている（Ｕ 9: 1042-46）。第九章と第十一章の間にも類似がある（Ｕ 9: 651-53, 11: 907-08）。第十五章では、ほかにも第九章で話題になっていたシェイクスピアの遺書の中の言葉が、ベラの口から出たり（Ｕ 9: 697-715, 15: 3198-99）、第七章で出てきたブルームが知らないはずの言葉が、彼の前でいわれたりする（Ｕ 7: 628, 15: 812）。第十五章における思念や発話のテレパシー的移動に関しては、Peake, 268-69; French, 189; Maddox, Jr., 137-38 参照。

(3) 「ブルームって奴にはちょっぴり芸術家の風情がある」（Ｕ 10: 582-83）という言葉も、スティーヴンが芸術家であることを考え合わすと興味深い。

(4) 本章は、遊びの側面を否定するものではない。むしろ逆である。茶化し、言葉遊び、パロディーといった要素は、『ユリシーズ』の作品世界に陽気な雰囲気をもたらし、カーニヴァル的な性格を強める。スティーヴンとブルームの融合も、階層秩序がなくなり、すべてのものが混沌とした状態に置かれ、改新へと向かうカーニヴァル的世界の中だからこそ可能となるものである。『ユリシーズ』とカーニヴァルの関係については、本書第６章参照。

第９章

(1) モリー像、特に彼女の性に対する態度ほど、批評家の間で分かれたものはない。モリー像に関する論争については、Shechner, 196-97 によくまとめられている。位置については、音楽でいう "coda" と考える批評家もいるが、説得力のある議論とはなっていない。French, 203 参照。

(2) ジョイスのカーニヴァル性についてもようやく注意が向けられてきている。Parrinder, Kershner, Bell が取り上げているが、文体の動きとの関連性や、主人公の下降と上昇の動き、第十四章、第十五章のカーニヴァル的意味など分析されていない。Bowen には意図としては近いものが認められるが、十分とはいえない。

(3) スティーヴンは第二章で、歴史における無数の可能性と実現した可能性の関係について考えをめぐらしている（U 2: 49-52, 67）。その観点から第十八章における意味の可能性と実現された意味の可能性との関係を考察してみるのも興味深い。

(4) 引き込む存在としてのモリーについては、Henke, 1978, 241-43 参照。自然、大地としてのモリーについては、Peake, 338; Maddox, Jr, 338 参照。ジョイスは手紙の中でも地球を描こうとしているといっている。Letters,I, p.160. またジョイスの草稿には、"MB=spinning,Earth", と記されている。*Joyce's* Ulysses: *Notesheets in the Brirish Museum*, ed., Phillip Herring (Charlottesville: UP of Virginia, 1972), 515 参照。また、Joseph, C., Voelker は、"'Nature it is': The Influence of Giordano Bruno on James Joyce's Molly Bloom," *JJQ*, 14 (1976), 39-48 において、ブルーノの影響をモリーに見ている。

第Ⅳ部

第10章

(1) グリフィスの代表作 "The Birth of a Nation" (1915) は、一八七分の大作である。当時グリフィスの制作した映画も軒並み長編となっている。cf. Fullerton, 98.

第11章

(1) Burch は、映画監督の生まれについても、Zecca 等家柄の低い人が多かったのに対し、メリエスはよい家柄であったことを指摘しており、興味深い (Burch, 72)

(2) 当時の新聞を見ると映画館の火事のニュースが多く目に付く。たとえば一九一三年十二月二二日付、一九一四年一月三日付『タイムズ』参照。映画館は一九〇九年の映画法（Cinematograph Act）によりライセンス制となる。

(3) *Treasures from American Film Archives*, program 4 の Scott Simmon の解説によると、この明滅は体に悪いのではないかという議論が当時あった。

(4) ピランデロの『シュート』にもファントム・ライドに似せた情景描写が見られる。

(5) Lee A. Jacobus は実際第十章を one-reel 映画の連続ととらえている (Jacobus, 530)。ジョイスは『ユリシーズ』について、Eisenstein か

Walter Ruttman なら映画化可能と発言している(Murray, 126)。Ruttman がドキュメンタリー映画監督であったことは、ジョイスが『ユリシーズ』のアクチュアリティ・フィルム的な側面を意識していたことを示しており、興味深い。

(6) 語り手を犬とする柳瀬尚紀説は興味深い。

(7) Austin Briggs は Copenhagen シンポで第十五章と映画の影響すでに指摘している。Thomas L Burkdall はそれを受けメリエスとの類似性を確認している (Burkdall, 1996, 260)。

(8) *The Movie Begins: A Treasury of Early Cinema 1894-1913*, vol.2, (New York: Kino Video, 2002) につけられた Barry Salt のコメントによる。

(9) Tom Gunning は、トリック映画のトリックが従来は時間操作により作られていたと考えられていたが、実際には編集によっていたことを発見した (Elsaesser, 95-103)。

第12章

(1) "Buffalo Bill's Wild West," in *More Treasures from American Film Archives 1984-1931*, program 1 (National Film Preservation Foundation, 2004). "Niagara Falls," in *The Movie Begins*, vol. 2, (New York: Kino Video, 2002).

(2) エイゼンシュテインがこのように意識の流れに注視したことは、『ユリシーズ』の意味を多少ずらしてしまうことも意味している。意識の流れは、確かに『ユリシーズ』の基本的スタイルであり、文体上の実験が行われる後半部を考慮に入れてもなお基調であることは間違いないのであるが、意識の流れに重点を強く置きすぎると、とりわけ後半部において行った文体の実験の意味合いが薄れてしまう。

初出一覧

第Ⅰ部　序　論
第1章　『ユリシーズ』の詩学　書き下ろし

第Ⅱ部　文体の詩学
第2章　『ユリシーズ』におけるスタイルの変化と歴史的パターン、『試論』第二四集、五九－七八頁（東北大学英文学研究室、一九八五年）
第3章　マッキントッシュの男と『ユリシーズ』の詩学、『文化』第五〇巻第一・二号、九一－一一二頁（東北大学文学会、一九八六年）
第4章　『ユリシーズ』第五章「ロータス・イーターズ」においてヘンリー・フラワーが花開かせるもの、『言語文化』第四四巻、三七－五〇頁（一橋大学語学研究室、二〇〇七年）
第5章　書き下ろし

第Ⅲ部　カーニヴァルの詩学
第6章　『ユリシーズ』における死と再生のカーニヴァル、『言語文化』第二五巻四五－六六頁（一橋大学語学研究室、一九八八年）を大幅に書き直し
第7章　「ブリーヴン」と「ストゥーム」に向けての物語（一）、*Joycean Japan*、第二号、三六－四五頁（日本ジェイムズ・ジョイス協会、一九九一年）
第8章　「ブリーヴン」と「ストゥーム」に向けての物語（二）、『一橋論叢』第一〇五巻第三号、四二一－五八頁（一橋大学一橋学会、一九九一年）
第9章　カーニヴァル的なるものモリー、『一橋論叢』第一〇七巻第三号、二二四－四三頁（一橋大学一橋学会、一九九二年）

第Ⅳ部　映画の詩学

第10章　モダーンの痕跡——『若き日の芸術家の肖像』と映画——、*Joycean Japan*、第二一号、五〇－六一頁（日本ジェイムズ・ジョイス協会、二〇一〇年）

第11章　書き下ろし

第12章　書き下ろし

主要参考文献

James Joyce, *Letters of James Joyce*, 3 vols, ed. Stuart Gilbert (New York: Viking, 1957-66).
James Joyce, *Selected Letters of James Joyce*, ed. Richard Ellmann (London: Faber and Faber, 1975) .
The Critical Writings of James Joyce, ed. E. Mason and R. Ellmann (London: Faber and Faber, 1959).
Joyce, Stanislaus, *My Brother's Keeper: James Joyce's Early Years* (1959; Faber and Faber,1982).

The Griffith Masterworks, 7 vols (New York: Kino Video, 2002).
History of Motion Pictures: Early Films by Thomas Alva Edison, 7 vols (Orlando: A2zcds, 2005).
Landmarks of Early Cinema, (Chatsuorth, CA: Image Entertainment, 1994).
Landmarks of Early Cinema 2: The Magic of Méliès, (Cha+Suorth, CA: Image Entertainment, 1994).
More Treasures from American Film Archives 1894-1931, 3 vols (San Francisco: National Film Preservation Foundation, 2004).
The Movies Begin: A Treasury of Early Cinema 1894-1913, 5 vols (New York: Kino Video, 2002).
Nickelodia, vol.1-2, (South San Francisco: Unknown Video, 2006-07).
Saved from the Flames: 54 Rare and Restored Films 1896-1944, 3 vols (Los Angels: Flicker Alley, 2008).
Treasures from American Film Archives, 4 vols (San Francisco: National Film Preservation Foundation, 2000).
Unseen Cinema: Early American Avant-Garde Film 1894-1941, 7 vols (Cha+Suorth, CA: Image Entertainment, 2005).
『レ・フィルム・リュミエール』4巻（ジェネオンエンタテインメント、2005）。

Adams, R. M., *Surface and Symbol: The Consistency of James Joyce's* Ulysses (New York: Oxford UP, 1962).
Aldington, Richard, "The Influence of Mr. James Joyce," *English Review,* 32 (1921), 333-41.
Antoine-Dunne, Jean, "Joyce, *Bloom* and the Interior Monologue," *Film & Film Culture,* 3 (2004), 48-53.
Babcock, Barbara A., "The Novel and the Carnival World: An Essay in Memory of Joe Doherty," *Modern Language Notes*, 89 (1974), 911-37.
———, *The Reversible World: Symbolic Inversion in Art and Society* (Ithaca: Cornell UP, 1978).
Bakhtin, Mikhail, *Rabelais and his World,* trans. Helene Iswolsky (Bloomington: Indiana UP, 1984).
———, *Problems of Dostoevsky's Poetics*, trans. Caryl Emerson, (Minneapolis: U of Minnesota P, 1984).
Baron, Scarlett, "Flaubert, Joyce: Vision, Photography, Cinema," *Modern Fiction Studies*, 54 (2008), 689-714.
Barrow, Craig Wallace, *Montage in James Joyce's 'Ulysses'* (Madrid: Studia Humanitatis, 1980).
Barthes, Roland, *S/Z* (Paris: Edition du Seuil, 1970).
Begnal, M. H., 'The Mystery Man of *Ulysses*, "*Journal of Modern Literature*, 2 (1972), 565-68.
Beja. M., "The Wooden Sword:Threatener and Threatened in the Fiction of James Joyce" *JJQ,* 1 (1964), 33-41.
Bell, Robert H., *Jocoserious Joyce: The Fate of Folly in* Ulysses (Ithaca: Cornell UP, 1991).
Benstock, Shari, "Ulysses as Ghoststory," *JJQ*, 12 (1975), 396-413.
Blamires, Harry, *The New Bloomsday Book: A Guide through* Ulysses, 2nd, ed. (London: Routledge, 1988).
Bordwell, David and Staiger, Janet, *The Classical Hollywood Cinema: Film Style and Mode of Production to 1960* (London: Routledge, 1985).
Bowen, Zack, Ulysses *as a Comic Novel* (Syracuse: Syracuse UP, 1989).
Briggs, Austin "'Roll Away the Reel World, the Reel World': 'Circe' and Cinema," in *Coping with Joyce: Essays from the Copenhagen Symposium* ed. by Morris Beja and Shari Benstock (Columbus: Ohio State UP, 1989), 145-156.
Budgen, Frank, *James Joyce and the Making of* Ulysses (Bloomington: Indiana UP, 1960).
Burch, Noël, *Life to those Shadows* (Berkeky: U of California P, 1970).
Burkdall, Thomas L., "Cinema Fakes: Film and Joycean Fantasy" in *Joyce in the Hibernian Metropolis: Essays*, ed. by Morris Beja and David Norris, (Columbus: Ohio State UP, 1996), 260-69.
———, *Joycean Frames: Film and the Fiction of James Joyce* (London: Routledge, 2000).
Card, J. V. D., "'Contradicting': The Word of Joyce's 'Penelope'," *JJQ*, 11 (1973), 17-26.

Card, J. V. D., *An Anatomy of' Penelope,"* (London: Associated UP, 1984).

Church, Margaret, "A Portrait and Vico: A Source Study," *Approaches to Joyce's Portrait: Ten Essays*, ed. T.F. Staley and B. Benstock (Pittsburgh : U of Pittsburgh P, 1976), 79-80.

———,"Time as Organizing Principle in the Fiction of James Joyce," *Work in Progress: Joyce Centenary Essays*, ed. R.F. Peterson, A.M. Cohn, and E.L. Epstein (Carbondale: Southern Illinois UP, 1983), 70-81.

———, "*A Portrait* and Vico: A Source Study," *JJQ,* 5 (1967/1968), 150-56.

Curtius, E. R., *European Literature and the Latin Middle Ages* (Princeton: Princeton UP, 1973).

Cole, David W., "Fugal Structure in the Sirens Episode of *Ulysses,*" *Modern Fiction Studies,* 19 (1973), 221-26.

Connolly, Thomas, *James Joyce's Scribbledehobble: the Ur-Workbook for* Finnegans Wake (Evanston: Northwestern UP, 1961).

Cope, Jackson I., "James Joyce : Test Case for a Theory of Style," *ELH*, 21 (1954), 221-36.

Crosman, Robert, "Who Was Mlntosh?" *JJQ*, 6 (1968), 128-36.

Deane, Paul, "Motion Picture Techniques in James Joyce's 'The Dead'", *JJQ,* 6 (1969), 231-36.

Deming, Robert (ed.), *James Joyce: The Critical Heritage* (London: Routledge and Kegan Paul, 1970).

de Vore, Lynn, "A Final Note on M'lntosh," *JJQ*, 16 (1979), 347-50.

Don Gifford, Ulysses *Annotated: Notes for James Joyce's* Ulysses, 2nd ed. (Berkley: U of California P, 1988).

Duffy, John J., "The Painful Case of M'lntosh," *Studies in Short Fiction*, 2 (1965), 183-85.

Eliot, T. S., (ed.), *Literary Essays of Ezra Pound* (London: Faber and Faber, 1954).

Ellmann, Richard, *James Joyce,* 2nd ed. (1959: New York: Oxford UP, 1982).

———-, *Ulysses on the Liffey* (Oxford: Oxford UP, 1972).

Elsaesser, Thomas (ed.). *Early Cinema: Space, Frame, Narrative* (London: British Film Institute, 1990).

Fargnoli, A. N., and Gillespie, M. P., *James Joyce A to Z: the Essential Reference to the Life and Work* (New York: Facts on File, 1995).

Frank, Joseph, "Spatial Form in Modern Literature," *The Sewanee Review,* 53 (1945), 221-40, 433-56, 643-53.

French, Marilyn, *The Book as World: James Joyce's* Ulysses (Cambridge, MA.: Harvard UP, 1976).

Frye, Northrop, *Anatomy of Criticism: Four Essays* (Princeton : Princeton UP, 1957).

Fullerton, *Celebrating 1895: the Centenary of Cinema* (London: John Libbey, 1998).

Gabler, H. W., "The Seven Lost Years of *A Portrait of the Artist as a Young Man*," in *Approaches to Joyce's* Portrait: *Ten Essays*, ed. T.F. Staley and B. Benstock (Pittsburgh: U of Pittsburgh P, 1976), 25-60.

Gibbons, Luke, "'The Cracked Looking Glass' of Cinema: James Joyce, John Huston, and the Memory of 'The Dead'," *Yale Journal of Criticism,* 15 (2002), 127-48.

Gilbert, Stuart, *James Joyce's* Ulysses: *A Study* (1930 ; rpt. New York: Vintage, 1955).

Goldberg, S. L., *The Classical Temper: A Study of James Joyce's* Ulysses (London Chatto and Windus, 1961) .

Goldman, Arnold, *The Joyce Paradox: Form and Freedom in his Fiction* (London: Routledge and Kegan Paul, 1966).

Gordon, John, *James Joyce's Metamorphoses* (Dublin : Gill and Macmillan, 1981).

Gordon, J. S., "Notes and Discussion: The M'lntosh Mystery," *Modern Fiction Studies,* 29 (1983), 671-79.

Gullón, R., "On Space in the Novel," *Critical Inquiry*, 2 (1975), 11-28.

Hall, Jr., Vernon, "Joyce's Use of Da Ponte and Mozart's Don Giovanni," *PMLA*, 66 (1951), 78-84.

Hart, Clive and Hayman, David, *James Joyce's* Ulysses: *Critical Essays* (Berkeley: U of California P, 1974).

Hayman, David, "The Empirical Molly," in *Approaches to* Ulysses: *Ten Essays*, ed., T.F.Staley and B. Benstock (Pittsburgh:U of Pittsburgh P, 1970).

———, Ulysses: *The Mechanics of Meaning* 2nd ed. (Madison, WI: The U of Wisconsin P, 1982).

Harding, C and Popple, S, *In the Kingdom of Shadows: A Companion to Early Cinema* (London: Cygnus Arts,1996).

Henke, Suzette,A., *Joyce's, Moraculous Sindbook: A, Study of* Ulysses (Columbus: Ohio State UP, 1978).

——— "James Joyce and Erotic Cinema: Nora Barnacle, Molly Bloom and Fetishistic Scopophilia," *Film & Film Culture,* 3 (2004), 69-76.

Herring, Phillip F., "The Bedsteadfastness of Molly Bloom," *Modern Fiction Studies*, 15 (1969), 49-61.

———, (ed.), *Joyce's* Ulysses: *Notesheets in the British Museum* (Charlottesville: UP of Verginia, 1972).

Holtz, W., "Spatial Form in Modern Literature: A Reconsideration," *Critical Inquiry,* 4 (1977), 271-83.

Humphrey, Robert, *Stream of Consciousness in the Modern Novel: A Study of James Joyce, Virginia Woolf, Dorothy Richardson, William Faulkner, and Others* (Berkley: U of California P, 1954).

Iser, Wolfgang, *Implied Reader: Patterns of Communication in Prose Fiction from Banyan to Beckett* (Baltimore: The Johns Hopkins UP, 1974).

Jacobus, Lee A., "Bring the Camera Whenever You Like: 'Wandering Rocks,' Cinema Ambulante, and Problems of Diegesis," in *Images of Joyce*, Vol. II, ed. by C. Hart, C. G. Sandulescu, B. K. Scott, and F. Senn (Gerrards Cross: Colin Smythe, 1998), 526-38.

Karl, F. R., *Modern and Modernism: The Sovereignty of the Artist 1885-1925* (New York: Atheneum, 1985).

Kenner, Hugh, "The Rhetoric of Silence," *JJQ*, 14 (1977), 382-94.

Kermode, Frank, *The Genesis of Secrecy : Studies in the Theory of Fiction* (Cambridge, MA: Harvard UP, 1979).

Kershner, R.B., *Joyce, Bakhtin and Popular Culture: Chronicles of Disorder* (Chapel Hill: U of North Carolina P, 1989).

Lawrence, Karen, *The Odyssey of Style in* Ulysses (Princeton, NJ: Princeton UP, 1981).

Levin, Harry, *James Joyce: A Critical Introduction*, rev.ed. (1941; New York: New Directions, 1960).

Levin, Lawrence L., "The Sirens Episode as Music," *JJQ*, 3 (1963), 12-24.

Litz, A. Walton, *The Art of James Joyce: Method and Design in* Ulysses *and* Finnegans Wake (London Oxford UP, 1961).

Lyons, J.O., "The Man in the Macintosh," *A James Joyce Miscellany*, 2nd ser., ed. M. Magalaner (Carbondale: Southern Illinois UP, 1959).

Lyons, J.B., *James Joyce and Medicine* (Dublin: Dolmen Press, 1973).

McCourt, John, *The Years of Bloom: James Joyce in Trieste 1904-1920* (Madison: U of Wisconsin P, 2000).

Maddox, Brenda, *Nora: The Real Life of Molly Bloom* (Boston: Houghton Mifflin, 1988).

Maddox, Jr., J. H., *Joyce's* Ulysses *and the Assault upon Characters* (New Brunswick, NJ: Rutgers UP, 1978).

McKernan, Luke, "James Joyce's Cinema," *Film and Film Culture*, 3 (2004), 7-20.

Mercier, Vivian, *The Irish Cmic Tradition* (Oxford: Oxford UP, 1962).

Mickelsen, M., "Types of Spatial Structure in Narrative," *Spatial Form in Narrative*, ed. J. R. Smitten and A. Daghistany (Ithaca: Cornell UP, 1981), 63-78.

Miller, D. A., *Narrative and its Discontent: Problems of Closure in the Traditional Novel* (Princeton, NJ: Priceton UP, 1981).

Mitchell, W. J. T., "Spatial Form in Literature: Toward a General Theory," *Critical Inquiry,* 6 (1980), 539-67.

Münsterberg, Hugo, *The Photoplay: A Psychological Study* (1916; New York: Dover, 1970).

Murray, Edward, *The Cinematic Imagination: Writers and the Motion Pictures* (New York: Frederick Ungar, 1972).

Oeler, Karla "A Collective Interior Monologue: Sergei Parajanov and Eisenstein's Joyce-Inspired Vision of Cinema," *Modern Language Review,* 101 (2006), 472-87.

O'Leary, Liam, *Cinema Ireland 1896-1950: From the Liam O'Leary Film Archives* (Dublin: The National Library of Ireland, 1990).

Parrinder, P., *James Joyce* (Cambridge: Cambridge UP, 1984).

Peake, C. H., *James Joyce: The Citizen and Artist* (Stanford, CA: Stanford UP, 1977).

Pratt, George C., *Spellbound in Darkness: A History of Silent Film,* revised ed.Greenwitch, CT: (New York Graphic Society, 1973).

Rabkin, E. S., "Spatial Form and Plot," *Spatial Form in Narrative*, ed. J. R. Smitten and A Daghistany (Ithaca: Cornell UP, 1981), 79-99.

Raleigh, J.H., "Who Was M'lntosh," *James Joyce Review,* 3 (1959), 59-62.

Raleigh, J. H., *The Chronicle of Leopold and Molly Bloom:* Ulysses *as Narrative* (Berkeley: U of California P, 1977).

Riquelme, J. P., *Teller and Tale in Joyce's Fiction: Oscillating Perspectives* (Baltimore: The Johns Hopkins UP, 1983).

Rockett, Kevin, "Something Rich and Strange: James Joyce, Beatrice Cenci and the Volta," *Film & Film Culture,* 3 (2004), 21-34.

Scholes, Robert E. and Kam, Richard Martin (eds.), *The Workshop of Daedalus: James Joyce and the Raw Materials for* A Portrait of the Artist as a Young Man (Evanston, IL: Northwestern UP, 1965).

Shechner, Mark, *Joyce in Nighttown: A Psychoanalytic Inquiry into* Ulysses (Berkley: U of California P, 1974).

Sheehan, Thomas W. "Montage Joyce: Sergei Eisenstein, Dziga Vertov, and *Ulysses" JJQ* 42-43 (2004-2006), 69-86.

Sicker, Philip, "Evenings at the Volta: Cinematic Afterimages in Joyce" *JJQ,* 42-43 (2004-2006): 99-132.

Spanos, W. V., "Modern Literary Criticism and the Spatialization of Time: An Existential Critique," *Journal of Aesthetics and Art Criticism*, 29 (1970), 87-104.

Spiegel, Alan, *Fiction and the Camera Eye: Visual Consciousness in Film and the Modern Novel* (Charlottesville: U of Virginia P, 1976).

Strong, L. A. G., *The Sacred River: An Approach to James Joyce* (1951; rpt.New York: Octagon Books, 1974).

Sultan, Stanley, *The Argument of* Ulysses (Columbus: Ohio State UP, 1964).

Theall, Donald F, *Beyond the Word: Reconstructing Sense in the Joyce Era of Technology* (U of Tronto P, 1997).

Thornton, Niamh, "From *Ulysses* to *Bloom*: An Interview with Seán Walsh," *Film & Film Culture* 3 (2004), 35-47.

Thomas, Brook, *James Joyce's Ulysses: A Book of Many Happy Returns* (Baton Rouge: Louisiana State UP, 1982).

Tiessen, Paul, "Literary Modernism and Cinema: Two Approaches" in *Joyce/Lowry: Critical Perspectives,* ed. by Patrick A. McCarthy and Paul Tiessen, (Lexington, KY: UP of Kentucky, 1997), 159-76.

Trotter, David, *Cinema and Modernism* (Oxford: Blackwell, 2007).

Tucker, Lindsey, *Stephen and Bloom at Life's Feast: Alimentary Symbolism and the Creation Process in James Joyce's* Ulysses (Columbus: Ohio State UP, 1984).

Vaglio, Carla Marengo, "Cinematic Joyce: Mediterranean Joyce" in *Joyce in Trieste: An Album of Risky Readings* ed. by D. G. Knowles, Geert Lernout, John McCourt, (Gainesville, FL: UP of Florida, 2007), 223-40.
Van Caspel, Paul, *Bloomers on the Liffey: Eisegetical Readings of Joyce's* Ulysses (Baltimore: The Johns Hopkins UP, 1986).
Vickery, John, *Literary Impact of* The Golden Bough (Princeton: Princeton UP, 1973).
Vico, Giambattista, *The New Science of Giambattista Vico,* trans. T.G.Bergin and M. H. Fisch, 2nd ed., (1948; rpt, Ithaca: Cornell UP, 1970).
Voelker, Joseph C., "'Nature, it is': The Influence of Giordano Bruno on James Joyce's Molly Bloom," *JJQ*, 14 (1976), 39-48.
Williams, Keith, "Cinematic Joyce," *James Joyce Broadsheet,* 57 (2000).
———, "Joyce and Early Cinema," *James Joyce Broadsheet*, 58 (2001).
Woolf, Virginia, *The Crowded Dance of Modern Life* (London: Penguin, 1993).

セルゲイ・M・エイゼンシュテイン『エイゼンシュテイン全集』第二、六、七巻（キネマ旬報社、1974, 1980, 1981）。

ジュリア・クリステヴァ『記号の解体学――セメイオチケ』（せりか書房、1983）。

鶴岡真弓『ケルト／装飾的思考』（筑摩書房、1989）。

―――、『ジョイスとケルト世界――アイルランド芸術の系譜――』（平凡社、1997）。

V・ナボコフ『ヨーロッパ文学講義』（TBSブリタニカ、1982）。

フリオ・カロ・バロッハ『カーニバル――その歴史的・文化的考察』（法政大学出版局、1987）。

柳瀬尚紀『ジェイムズ・ジョイスの謎を解く』（岩波書店、1996）。

あとがき

ジョイスという作家とのつきあいも予想を超えて長くなった。どの作家の場合にもいえることであろうが、突き詰めれば突き詰めるほどわからなくなる。それは自らの足りなさによるところが大きいが、理解というものが持つ本質でもあるのだろうと思う。わかることが多くなれば、逆にわからないことが見えてくる。わかるということの先には必ずわからないことが待ち受けている。

逆のいい方をするならば、ある段階まで理解をしなければ、その次の段階の理解をもたらしてくれる、わからない（ことがわかっている）状況というのは見えてこないということなのだろう。その意味ではわからないことはこの上なく幸せなことだ。幸いにしてというより、不幸なことに、私はこの幸いなる者に留まるわけだが、想像してみるに、わかるということはそれに対して不幸なことだ。あるところまでは誰かが導いてくれたり、誰かがついてきてくれる。しかしその先は一人で行かなくてはならない。そして恐ろしいことにその先に限りはない。理解をするということはそんな孤独を引き込むことだ。それに、決して終えるということのないテクストと向き合う作業は、つきつめるなら、他者の他者性を確認する作業であると同時に自分の中にある他者性を確認する作業へと通じていくように思える。

私事になるが、本書を刊行するまでに思いがけず時間がかかってしまった。ジョイスがたどり着いた最後の境地『フィネガンズ・ウェイク』を先に読まねばならない、などと考え横道に入ってしまったのと、まわりの仕事に追われ、それが延びてしまった。時の狭間の中に消えてしまったかもしれぬこの本を、こうして刊行することができたのは、一橋大学法学研究科研究選書としてまとめる機会をいただけたことによる。一橋大学法学研究科の先生方に御礼申し上げたい。

東信堂の下田勝司氏、二宮義隆氏にはいつも適切なアドバイスをいただいた。ここに謝意を表したい。

足りぬ点は多々あることと思う。それについては諸氏のお叱りを甘んじて受けたいと思う。

二〇一〇年国立にて

金井嘉彦

〔ラ行〕

〔ワ行〕

〔マ行〕

〔ヤ行〕

索　引

※ジョイス作品中の人物名にはその登場作品の略号を付している。(U) ＝『ユリシーズ』、(P) ＝『若き日の芸術家の肖像』、(SH) ＝『スティーヴン・ヒアロー』

〔ア行〕

〔カ行〕

著者紹介

金井嘉彦（かない　よしひこ）

1959年長野県生まれ。東北大学大学院博士課程前期2年の課程修了。1984年東北大学文学部助手、1987年一橋大学法学部講師、1992年同助教授を経て、2000年より一橋大学法学研究科教授。専門は現代イギリス文学、現代アングロ＝アイリッシュ文学。

主な著作

『ジェンダーより世界を読むII』(明石書店、2008年、共著)、ドミニク・ラカプラ『思想史再考』(平凡社、1993年、共訳)、『ジェイムズ・ジョイス事典』(松柏社、1997年、共訳)、「時賀死参《じがじさん》、あるいは“awn”についての分裂した物語」『言語文化』第36巻(1999年)、「Ondt から and へ—『怒蟻《イカアリ》と慈悲希望ス』における二枚目の鏡」『言語文化』第37巻(2000年)、「『フィネガンズ・ウェイク』第2巻第1章におけるトロープとしての人間についての聞こえない劇」『言語文化』第38巻(2001年)、「永遠の螺旋—『ケルズの書』から『フィネガンズ・ウェイク』へ—」『言語文化』第39巻(2002年)、「『ドラキュラ』における知の暴力」『一橋法学』第3巻第3号(2004年)。

The Poetics of *Ulysses*

一橋大学法学研究科研究選書
『ユリシーズ』の詩学　　定価はカバーに表示してあります。

2011年2月2日　　初　版第1刷発行　　〔検印省略〕

著者©金井嘉彦／発行者 下田勝司　　印刷・製本／中央精版印刷

東京都文京区向丘1-20-6　　郵便振替00110-6-37828　　発行所
〒113-0023　TEL (03)3818-5521　FAX (03)3818-5514　　株式会社 東信堂

Published by TOSHINDO PUBLISHING CO., LTD.
1-20-6, Mukougaoka, Bunkyo-ku, Tokyo, 113-0023 Japan
E-mail : tk203444@fsinet.or.jp　http://www.toshindo-pub.com

ISBN978-4-7989-0038-4　C3098

東信堂

〈未来を拓く人文・社会科学シリーズ〈全17冊・別巻2〉〉

- 科学技術ガバナンス　城山英明編　一八〇〇円
- ボトムアップな人間関係—心理・教育・福祉・環境・社会の12の現場から　サトウタツヤ編　一六〇〇円
- 高齢社会を生きる—老いる人／看取るシステム　清水哲郎編　一八〇〇円
- 家族のデザイン　小長谷有紀編　一八〇〇円
- 水をめぐるガバナンス—日本、アジア、中東、ヨーロッパの現場から　蔵治光一郎編　一八〇〇円
- 生活者がつくる市場社会　久米郁夫編　一八〇〇円
- グローバル・ガバナンスの最前線—現在と過去のあいだ　遠藤乾編　二二〇〇円
- 資源を見る眼—現場からの分配論　佐藤仁編　二〇〇〇円
- これからの教養教育—「カタ」の効用　葛西康徳・鈴木佳秀編　二〇〇〇円
- 「対テロ戦争」の時代の平和構築—過去からの視点、未来への展望　黒木英充編　一八〇〇円
- 企業の錯誤／教育の迷走—人材育成の「失われた一〇年」　青島矢一編　一八〇〇円
- 日本文化の空間学　桑子敏雄編　二二〇〇円
- 千年持続学の構築　木村武史編　一八〇〇円
- 多元的共生を求めて—〈市民の社会〉をつくる　宇田川妙子編　一八〇〇円
- 芸術は何を超えていくのか？　沼野充義編　一八〇〇円
- 芸術の生まれる場　木下直之編　二〇〇〇円
- 文学・芸術は何のためにあるのか？　吉岡洋・岡田暁生編　二〇〇〇円

- 紛争現場からの平和構築—国際刑事司法の役割と課題　城山英明・石田勇治・遠藤乾編　二八〇〇円
- 〈境界〉の今を生きる　荒川歩・川喜田敦子・谷川竜一・内藤順子・柴田晃芳編　一八〇〇円
- 日本の未来社会—エネルギー・環境と技術・政策　城山英明・鈴木達治郎・角和昌浩編　二二〇〇円

〒113-0023　東京都文京区向丘 1-20-6　TEL 03-3818-5521　FAX03-3818-5514　振替 00110-6-37828
Email tk203444@fsinet.or.jp　URL:http://www.toshindo-pub.com/

※定価：表示価格（本体）＋税

東信堂

人は住むためにいかに闘ってきたか ——〔新装版〕欧米住宅物語	早川和男	二〇〇〇円
イギリスにおける住居管理 —オクタヴィア・ヒルからサッチャーへ	中島明子	七四五三円

〔居住福祉ブックレット〕

居住福祉資源発見の旅 …新しい福祉空間、懐かしい癒しの場	早川和男	七〇〇円
どこへ行く住宅政策 …進む市場化、なくなる居住のセーフティネット	本間義人	七〇〇円
漢字の語源にみる居住福祉の思想	李桓	七〇〇円
日本の居住政策と障害をもつ人	大本圭野	七〇〇円
障害者・高齢者と麦の郷のこころ …住民、そして地域とともに	伊藤静美・田中秀樹・加藤直人	七〇〇円
地場工務店とともに：健康住宅普及への途	山本里見	七〇〇円
子どもの道くさ	水月昭道	七〇〇円
居住福祉法学の構想	吉田邦彦	七〇〇円
奈良町の暮らしと福祉：市民主体のまちづくり	黒田睦子	七〇〇円
精神科医がめざす近隣力再建 …進む「子育て」砂漠化、はびこる「付き合い拒否」症候群	中澤正夫	七〇〇円
住むことは生きること …鳥取県西部地震と住宅再建支援	片山善博	七〇〇円
最下流ホームレス村から日本を見れば	ありむら潜	七〇〇円
世界の借家人運動 …あなたは住まいのセーフティネットを信じられますか？	髙島一夫	七〇〇円
「居住福祉学」の理論的構築	柳中権・張秀萍	七〇〇円
居住福祉資源発見の旅Ⅱ …地域の福祉力・教育力・防災力	早川和男	七〇〇円
居住福祉の世界：早川和男対談集	早川和男	七〇〇円
医療・福祉の沢内と地域演劇の湯田 …岩手県西和賀町のまちづくり	高橋典成・金持伸子	七〇〇円
「居住福祉資源」の経済学	神野武美	七〇〇円
長生きマンション・長生き団地	千代崎一夫・山下千佳	八〇〇円
高齢社会の住まいづくり・まちづくり	蔵田力	七〇〇円

〒113-0023 東京都文京区向丘 1-20-6 TEL 03-3818-5521 FAX03-3818-5514 振替 00110-6-37828
Email tk203444@fsinet.or.jp URL:http://www.toshindo-pub.com/

※定価：表示価格（本体）＋税